Les enquêtes de
l'inspecteur Higgins

Christian Jacq

Les enquêtes de l'inspecteur Higgins

QUI A TUÉ L'ASTROLOGUE ?

LE TUEUR DU VENDREDI 13

ÉDITIONS FRANCE LOISIRS

Édition du Club France Loisirs,
avec l'autorisation de J Éditions

Éditions France Loisirs,
123, boulevard de Grenelle, Paris.
www.franceloisirs.com

En 1988, sous le pseudonyme de J.B. Livingstone, j'ai publié une première version de cette enquête, aujourd'hui obsolète. Voici la seule version autorisée.

ISBN : 978-2-238-12001-1

Quant aux criminels, aux menteurs et aux parjures, ne te soucie pas de leur sort ; les astres se chargeront d'eux.

Sagesse égyptienne

QUI A TUÉ L'ASTROLOGUE ?

L'Égypte menant à tout, j'ai eu la chance, lors d'un séjour de recherche au British Museum, de rencontrer un personnage extraordinaire. Aimant se faire appeler Higgins, en dépit de ses titres de noblesse, cet inspecteur de Scotland Yard avait été chargé d'un grand nombre d'enquêtes spéciales, particulièrement complexes ou « sensibles ».

Entre nous, le courant est immédiatement passé. D'une vaste culture, Higgins m'a accordé un privilège rare en m'invitant dans sa demeure familiale, une superbe propriété au cœur de la campagne anglaise. Et il m'a montré un trésor : ses carnets relatant les affaires qu'il avait résolues.

J'ai vécu des heures passionnantes en l'écoutant et obtenu un second privilège : écrire le déroulement de ces enquêtes criminelles, fertiles en mystères et en rebondissements.

Voici l'une d'entre elles.

— 1 —

Mai, dans la mémoire des Anglais, demeurait le plus élégant et le plus raffiné des mois. Le 24, on célébrait le jour de la naissance de la reine Victoria, et le derby d'Epsom avait lieu pendant cette période qui, naguère, voyait l'arrivée des aristocrates en ville. Venant de leurs domaines, ils amenaient les jeunes filles, parées de toilettes somptueuses, afin de préparer un mariage magnifique ; lorsque prenaient fin bals et réceptions, de nombreuses fiançailles étaient annoncées.

Âgé de soixante-quinze ans, Junctin Ampton songeait souvent à cette époque révolue dont il avait connu les derniers feux. Grand, mince, très digne, le visage long et fin orné d'une abondante barbe blanche entretenue avec soin, Ampton était considéré comme l'un des meilleurs astrologues du monde.

Combien de thèmes astrologiques ses mains, d'une taille impressionnante, avaient-elles dressés ? Des dizaines de milliers, sans doute ; initié très jeune à cette discipline complexe où art et science étaient indissociables, Junctin Ampton n'avait cessé d'étudier le monde des hommes en fonction du ciel. Signes du zodiaque, planètes, maisons astrologiques, aspects et transits planétaires nourrissaient son quotidien et formaient son langage habituel, quelque peu déroutant pour le profane.

Toujours vêtu d'un costume beige clair de style indien, élégant sans affectation, à l'aise dans tous les milieux, Ampton avait eu comme clients des chefs d'État, des milliardaires, des aristocrates de haute lignée, des vedettes du spectacle, des banquiers et tant d'autres personnalités avides de se connaître et de connaître leur destin. Il avait convaincu de nombreux sceptiques et impressionné les rationalistes les plus sectaires sans en tirer vanité.

L'astrologue aimait marcher tôt le matin et tard le soir dans les rues du quartier de Mayfair où était sis son hôtel particulier, une bâtisse à deux étages de style victorien remplie d'ouvrages consacrés à l'astrologie ; il ne dérogeait jamais à ses habitudes, qu'il pleuve ou qu'il vente. S'oxygéner le cerveau était une opération vitale après plusieurs heures de recherche sur des cartes du ciel qui ne livraient pas facilement leur secret.

Ampton aurait pu être très riche, car les membres de sa clientèle ne rechignaient pas à lui verser des honoraires considérables ; mais il passait parfois deux ou trois mois sur un thème afin d'en comprendre les différents aspects, sans établir ses tarifs en fonction du temps investi et du travail effectué. Satisfait de jouir d'une aisance appréciable, l'astrologue n'avait d'autre passion que sa pratique qu'il avait portée au plus haut niveau. Il parvenait même à tracer des destinées à partir de données incomplètes, à reconstituer le passé comme à prédire l'avenir, savait décrypter le caractère le plus mystérieux. Aucune barrière psychologique ne lui résistait : aucun individu, si fermé fût-il, ne parvenait à se terrer derrière ses artifices.

Né à Bombay, d'une mère indienne et d'un père anglais, Junctin Ampton avait vécu en France, en Italie et au Brésil avant d'élire domicile à Londres pour y finir son existence. Sans se mêler à la bonne société britannique, il avait obtenu ses faveurs et son respect.

Depuis un an, des centaines de demandes affluaient ; avec gentillesse mais fermeté, Ampton refusait de monter les thèmes et de s'en occuper, prétextant qu'il était à la retraite, et remplissait ses loisirs en déchiffrant de vieux grimoires pour compléter son savoir.

En vérité, l'astrologue se concentrait sur quelques cas particuliers ; l'un d'eux, notamment, requérait toute son attention.

Vers dix heures du soir, Junctin Ampton rentra chez lui ; son valet de chambre bénéficiait de son jour de congé, et il devait se débrouiller seul pour mettre la table et déguster un dîner froid. Trop préoccupé, l'astrologue se contenta d'un thé au jasmin qu'il préparait à la perfection. Le doux breuvage lui permettrait de réfléchir la nuit durant et d'explorer l'incroyable hypothèse qui prenait corps.

Le bureau de l'astrologue était l'antichambre du cosmos. Sur le plafond en forme de dôme étaient peintes les constellations ; il lui suffisait de lever la tête et de mettre en marche un mécanisme d'horlogerie pour faire circuler les planètes et procéder aux calculs les plus fins. Une bonne dizaine de planisphères de très grande taille l'aidaient à localiser n'importe quel lieu de naissance sur la surface du globe ; des éphémérides, disposées sur une bibliothèque en acajou, lui donnaient la position des planètes depuis l'Antiquité jusqu'à l'an 2500. Quant aux « tables des maisons astrologiques », il en possédait une bonne cinquantaine et jouait de tous les systèmes connus afin d'en tirer l'essentiel. De l'héliocentrisme au géocentrisme, aucune lecture du ciel ne lui était inconnue.

En cette nuit de printemps, Junctin Ampton regrettait presque d'avoir acquis une science aussi pointue ; ce qu'il lisait dans les étoiles l'épouvantait. Sceptique sur sa propre découverte, l'astrologue avait décidé de procéder à une ultime vérification. Pour la dixième fois, il examina les documents, refit ses calculs, mit en doute ses interprétations. Mais nul ne pouvait déplacer les astres et modifier leur cours selon son bon plaisir.

Aucun doute possible.

Junctin Ampton, pour la première fois de sa vie, fut mort de peur. Ses grandes mains tremblaient, incapables de tenir un stylo. À présent, il savait qui et quand, et devinait où et comment. Il ne devait donc plus tarder à parler et à dire ce qu'il prévoyait afin d'éviter le plus atroce des drames.

Une inquiétude le saisit... Et si l'on s'en prenait à lui avant qu'il eût la possibilité d'intervenir ? Un être décidé à ce point et doté de telles capacités ne reculerait devant rien. Il prit aussitôt quelques précautions indispensables ; s'il lui arrivait malheur, tout ne serait pas perdu. Pourquoi ne pas rédiger un texte accusateur et précis, ou, mieux encore, appeler Scotland Yard ? On lui rirait au nez, bien sûr ! Un astrologue annonçant un crime... Il entendait déjà la réponse : « Quand il aura été commis, nous nous en occuperons. »

L'astrologue s'assit à sa table de travail, un zodiaque sous les yeux.

Ce zodiaque qui contenait le secret de la vie et de la mort.

Le contempler lui redonna un peu de sérénité ; il prit alors la seule décision qui s'imposait : convaincre l'assassin de renoncer à son effroyable projet. Il le connaissait mieux que quiconque et saurait utiliser les arguments justes.

Toute autre démarche serait vouée à l'échec. Certes, la partie ne serait pas facile ; il lui faudrait batailler ferme, menacer si nécessaire ; mais il devait réussir à tout prix. Au zodiaque de lui indiquer le chemin à suivre.

Plongé dans sa méditation, Junctin Ampton n'entendit pas s'ouvrir la porte de son bureau.

Il n'entendit pas non plus le pas léger de l'assassin. Quand la corde lui serra le cou, il eut la preuve qu'il ne s'était pas trompé en l'identifiant ; mais il avait commis une lourde erreur en croyant le dissuader. Incapable de résister, il traça un trait sur la carte du ciel et s'effondra.

— 2 —

De la fenêtre de son bureau, l'ex-inspecteur-chef Higgins observait un pic épeiche qui venait de cueillir une noisette et tentait de la casser avec son bec, en calant la coque contre un arbre. Comme l'oiseau était jeune et la noisette robuste, il ne parvenait pas à ses fins ; après avoir pris un temps de réflexion et de repos, il vola jusqu'au puits en pierre et décela une anfractuosité où il inséra le fruit convoité. Il dut arrondir un peu la cavité de sorte que son butin ne s'échappât pas. Doté d'une intelligence exceptionnelle, capable de s'adapter et de modeler un matériau, le pic épeiche brisa la coque d'un coup de bec précis et dégusta un mets savoureux. Puis il revint se poser sur le rebord de pierre où Higgins avait déposé une seconde noisette, provenant de sa réserve de l'année passée. Certes, la famille d'écureuils qui logeait dans le bois voisin prélevait la plus grande partie de la récolte ; mais il en restait assez pour Higgins et son chat siamois Trafalgar. Quant à Mary, la robuste gouvernante de soixante-quinze ans, elle n'appréciait pas les fruits secs.

Chaque matin, l'ex-inspecteur-chef Higgins remerciait le ciel de lui avoir donné la possibilité de goûter la paix de son domaine familial, sis à The Slaughterers[1], un petit

1. Les Assassins.

village calme et charmant du Gloucestershire où la campagne la plus traditionnelle résistait encore au progrès et au modernisme.

Plutôt trapu, de taille moyenne, les cheveux noirs, la lèvre supérieure ornée d'une moustache poivre et sel taillée et lissée à la perfection, les tempes grisonnantes, l'œil vif, parfois malicieux, Higgins avait une allure débonnaire. Considéré comme le meilleur « nez » du Yard, en dépit de ses méthodes passéistes, il attirait naturellement la confiance et aurait pu devenir un excellent confesseur s'il n'avait choisi de lutter contre le crime. Né sous le signe du chat, selon l'astrologie orientale, il ne perdait jamais son calme et gardait sa ligne de conduite où des valeurs désuètes et périmées, telles l'amitié, la rectitude ou la loyauté, occupaient le premier rang.

C'est à cause d'elles qu'il avait refusé un compromis, quelques années auparavant, face au *Commissionner Chief Constable,* le grand patron de Scotland Yard, et choisi de prendre une retraite anticipée, loin du bruit et de l'agitation de Londres. Bien qu'il fût promis aux plus hautes destinées administratives, Higgins n'avait pas transigé, préférant tondre sa pelouse, entretenir sa roseraie, relire les bons auteurs, se promener en forêt, et discuter avec Trafalgar au coin du feu, après lui avoir préparé un repas de gourmet.

L'ex-inspecteur-chef aimait sa vieille demeure au toit d'ardoise, aux murs de pierre blanche et au porche soutenu par deux colonnes ; des fenêtres XVIIIe à petits carreaux rythmaient deux étages disposés selon le Nombre d'Or et les hautes cheminées de pierre se dressaient, immuables, vers les nuages chargés de pluie.

Higgins aimait le froid, le vent, les brumes et les ondées fréquentes indispensables à la bonne tenue du gazon ; était-il plus grand plaisir que d'admirer un rideau de perles d'eau décorer les chênes centenaires ? Quand il franchissait le minuscule pont de bois enjambant la petite rivière Eye, l'ex-inspecteur-chef éprouvait à chaque fois le même plaisir ; en revenant de sa promenade quotidienne, il allumait le feu dans la grande cheminée du salon, ôtait son trench-coat aux boutons de bois et s'installait confortablement dans un fauteuil de famille qui gémissait avec discrétion.

Le bureau du premier étage était un domaine strictement interdit à quiconque ; Mary n'avait pas le droit d'y pénétrer pour y passer plumeau et balai que Higgins maniait lui-même dans ce sanctuaire où étaient cachés les carnets noirs en moleskine, couverts d'une écriture fine et rapide narrant les épisodes de nombreuses enquêtes criminelles. Combien de mystères, à jamais inconnus du grand public, y resteraient celés ?

On frappa à la porte.

– Qui est là ?

– Mary.

– Je suis occupé.

– Le téléphone, pour vous.

Higgins était obligé de se rendre sur le territoire de Mary, une cuisine de plus en plus moderne où elle avait installé deux instruments barbares, la télévision et le téléphone ; et la voilà qui manipulait un ordinateur portable ! Après avoir traversé plusieurs guerres, un nombre incalculable de crises économiques et sociales, la gouvernante croyait encore au progrès, mais considérait que le Yard n'était qu'un repère de brigands et de malfaiteurs.

– Tâchez de ne pas vous éterniser, recommanda Mary ; j'ai le déjeuner à préparer.

L'ex-inspecteur-chef saisit le combiné.

– Scott Marlow à l'appareil ; pardonnez-moi de vous importuner, mais...

– Un ennui ?
– Un très gros ennui.
– À ce point ?
– Pourrais-je venir vous voir ?
– Si une tourte aux poireaux et un bœuf mode ne vous effraient pas, je vous invite à déjeuner.

Les mains sur les hanches, Mary roulait des yeux noirs.
– Un couvert de plus, si je comprends bien !
– Marlow a beaucoup d'admiration pour vous et votre art culinaire.
– N'essayez pas de me flatter et occupez-vous du vin. Je ne vais quand même pas tout faire, dans cette maison !

*

* *

Le superintendant Marlow n'avait pas la taille mannequin et n'aurait eu aucune chance lors d'un concours d'élégance ; vêtu d'un costume banal, grisâtre et mal ajusté, il présentait un embonpoint certain. Higgins appréciait sa conscience professionnelle et son honnêteté foncière, qualités qui seraient bientôt considérées comme des perles rares.

Marlow semblait gêné en entrant dans la salle à manger.
– Votre invitation me touche beaucoup, Higgins.
– Cette saison est merveilleuse, ne trouvez-vous pas ? Oubliez un peu les rigueurs de la ville, superintendant.

Dans le bar aménagé au cœur de la souche d'un vieux chêne, Higgins puisa une bouteille de Dom Pérignon, rafraîchie à la perfection.
– Goûtez ce chef-d'œuvre, recommanda Higgins en versant le liquide doré dans des flûtes en cristal.
– Votre accueil est merveilleux, mais…

– Mais vous ne parvenez pas à chasser les soucis.
– Je ne sais comment aborder le sujet.
– Un meurtre, je présume ?
– Oui, mais si bizarre !
– Un personnage excentrique ?
– Vous pouvez le dire : un astrologue.
– Pourquoi êtes-vous chargé de l'affaire ?
– Parce qu'il était aussi une notabilité.
– Clientèle aisée qui aime la discrétion et redoute le scandale, je suppose.
– Précisément ! Si je pouvais bénéficier de vos conseils, j'éviterais un dramatique faux pas. L'astrologie n'est pas mon fort ; vous, en Orient, avez été initié à cette science occulte et en connaissez tous les secrets.
– C'est beaucoup dire.

Mary avait dressé une table parfaite, sans oublier le chemin de fleurs coupées. Les assiettes, en porcelaine de Sèvres, rivalisaient de beauté avec des verres en cristal de Baccarat.

– La retraite est un art difficile, superintendant ; ma mémoire et mes forces faiblissent, et je dois veiller sur ce vieux domaine aux multiples impératifs.
– D'après des rumeurs, indiqua Marlow, des personnalités proches de Buckingham auraient rencontré cet astrologue. Le grand patron m'a demandé d'identifier l'assassin au plus vite.
– Toujours ces exigences démesurées… Asseyez-vous et goûtez ce pâté aux herbes.

Le superintendant se sentait déprimé ; en venant à The Slaughterers, il n'avait guère d'espoir. Devant l'excellence des mets, il se résigna ; autant apprécier un somptueux repas avant de repartir vers la capitale.

– Comment s'appelait votre astrologue ?
– Junctin Ampton, répondit Marlow.

Higgins hésita quelques instants avant de poser sa flûte ; Trafalgar vint se frotter contre son mollet. Il s'étonna de l'immobilité de l'ex-inspecteur-chef et de son manque d'empressement à lui faire partager son repas. Les yeux du félin et ceux du superintendant fixèrent Higgins.

– Junctin Ampton, répéta-t-il avec gravité ; à la fin de ce déjeuner, nous commençons l'enquête.

— 3 —

Le quartier de Mayfair, limité par Piccadilly, Park Lane, Oxford Street et Regent Street, demeurait le plus chic de la capitale. Un peu froid, souvent austère, volontiers mondain et snob, il ne se souvenait guère de la foire de mai qui lui avait donné son nom avant de disparaître sous le règne de George III. Qui n'appréciait les élégants squares de Grosvenor, de Berkeley et de Hanover ? Dans les rues de Mayfair, bordées de résidences somptueuses, les Rolls ne manquaient pas ; la vieille Bentley de Marlow, achetée à un revendeur douteux, fit bonne figure.

Le superintendant, trop heureux d'obtenir le concours de Higgins, n'avait pas osé lui poser de questions. L'ex-inspecteur-chef lui avait demandé de se rendre au plus vite sur le lieu du crime.

Une bonne dizaine de *bobbies*, qui devaient leur sobriquet au prénom du fondateur de Scotland Yard, Sir Robert Peel, montaient la garde devant le domicile de la victime. Higgins hésita avant de descendre de voiture.

– Junctin Ampton, dit-il, recueilli : comme c'est étrange.

Marlow ne contint plus sa curiosité.

– Connaissiez-vous cet homme ?

– L'astrologie est un milieu peuplé de charlatans, mais Ampton n'était pas de cette race-là. Je l'ai rencontré en

Orient ; il m'a prédit mon destin avec une exactitude extraordinaire, comme s'il était inscrit dans les étoiles. Bien sûr, expliquait-il, les astres inclinent mais ne déterminent pas ; lui, cependant, possédait la capacité de déchiffrer leur langage. J'ignorais qu'il fût installé à Londres.

– D'après les premières investigations, indiqua le superintendant, il se montrait fort discret ; faire partie de sa clientèle relevait de l'exploit. Après une carrière errante, il avait décidé, semble-t-il, de prendre sa retraite ici. Il nous faudra vérifier tout cela.

– Soyons très précis et très rigoureux, mon cher Marlow.

La voix de Higgins semblait presque angoissée.

– Vous semblez inquiet, remarqua le superintendant.

– Ce crime est d'une exceptionnelle gravité.

– Que voulez-vous dire ?

– Il nous faut découvrir au plus vite le mobile.

– Que craignez-vous ?

– Je l'ignore, mais on ne tue pas un homme comme celui-là au hasard.

– Un client mécontent, peut-être ?

– Ampton ne s'est jamais trompé.

– J'ai confié l'examen du corps à Babkocks.

– Excellente initiative ; avez-vous procédé à un examen attentif des lieux ?

– Pas encore ; je vous attendais. Babkocks s'est contenté d'une première étude du cadavre sur place, avant de le faire transporter à la morgue.

– Conclusion ?

– Étranglement.

– Vos hommes n'ont touché à rien ?

– À rien ; j'ai fait poser des scellés sur la porte du bureau où l'astrologue a été assassiné.

– Comment le crime a-t-il été découvert ?

– Après son jour de congé, dimanche, le domestique de Junctin Ampton s'est étonné de trouver ouverte la porte d'entrée de l'hôtel particulier. Paniqué, songeant à un cambriolage, il a aussitôt téléphoné au Yard. Ce sont deux policiers qui ont trouvé le corps. Inutile de soupçonner le domestique ; c'est un vieux serviteur de familles nobles, tout à fait inoffensif.

– Je veux le voir.

– Immédiatement ?

– Immédiatement.

Higgins était concentré comme un pianiste qui, avant un concert, se laisse pénétrer par l'œuvre à transmettre au public, afin que ses doigts deviennent musique. D'ores et déjà, il ne voulait plus rien voir d'autre que l'enquête et les fils plus ou moins ténus la rattachant au mobile et à l'assassin.

L'ex-inspecteur-chef interrogea le domestique sur le trottoir, devant l'hôtel particulier ; l'entretien dura une demi-heure. L'homme repartit, libre.

– Vous aviez raison, superintendant, ce brave serviteur n'est pas suspect.

– Que vous a-t-il appris ?

– Rien d'important, je le crains ; Junctin Ampton était bien à la retraite et recevait fort peu. Son domestique avait un jour de congé par semaine ; il pouvait varier.

– A-t-on le nom de ses visiteurs ?

– Ils ne le donnaient pas et l'astrologue était un homme secret, métier oblige. Un point intéressant : il passait le plus clair de son temps dans son bureau.

– Autrement dit, il continuait à travailler.

– Avec acharnement, comme il l'a fait sa vie durant. Un astrologue, s'il veut nourrir son intuition, ne doit pas cesser de jouer sur le clavier du zodiaque.

– Pourtant, à son âge, il aurait pu s'octroyer quelque loisir.

– De deux choses l'une, mon cher Marlow : ou bien il s'amusait en pratiquant son art, ou bien il traitait une affaire capitale.

– Puisqu'il a été tué, la seconde solution…

– Ne tirons pas de conclusions hâtives, elles nous obscurciraient l'esprit.

Higgins refusait les a priori et les idées toutes faites ; travaillant à la manière d'un vieil alchimiste, il laissait les faits s'accumuler avant de les placer, comme matière première, dans l'athanor où l'or serait séparé du plomb. Encore fallait-il observer avec un œil si attentif qu'il ne déformerait rien.

L'ex-inspecteur-chef avait pris les premières notes sur son carnet noir ; son crayon, finement taillé, courait sur le papier.

– Autre renseignement, confia-t-il à Marlow : Junctin Ampton était un homme aux habitudes impérieuses. Depuis son installation à Londres, elles ne variaient pas. Tôt le matin, après le breakfast, une promenade dans les rues de Mayfair ; travail dans son bureau ; déjeuner léger ; courte sieste ; retour au bureau ; *tea time* ; bureau derechef ; dîner ; bureau jusqu'à vingt et une heures ; seconde promenade dans le quartier et coucher.

– Une véritable existence de moine !

– Il se comportait déjà ainsi lorsqu'il était jeune ; selon lui, comprendre un thème astrologique nécessitait de l'étudier pendant des heures, de s'y incorporer, de devenir la personnalité inscrite dans le zodiaque afin de prévoir ses réactions, son mode de pensée et son avenir.

– Et c'était efficace ?

– Junctin Ampton vous radiographiait l'âme.

– Je ne peux pas y croire, déclara Marlow.

– Je vous comprends ; l'astrologie que nous connaissons aujourd'hui n'est qu'une pâle superstition en regard de la haute science qu'avaient développée les Égyptiens, les Sumériens, les Indiens et les Chinois. Ampton n'ignorait aucune des facettes de la tradition.

De gros nuages noirs s'accumulèrent au-dessus de Mayfair ; la pluie menaçait.

Sur le trottoir apparut l'inimitable silhouette de Babkocks, le meilleur médecin légiste du Royaume-Uni. Sosie de Winston Churchill, il portait une veste d'aviateur en cuir, héritage de la Royal Air Force, et fumait un gros cigare composé de déchets de tabacs exotiques dont il bourrait ses poches. Babkocks faisait parler un cadavre comme personne ; de plus, il mettait un point d'honneur à le restituer dans un état meilleur qu'à « la livraison », selon ses propres termes. Son laboratoire était zone interdite et ses méthodes demeuraient l'un des secrets les mieux gardés du pays. Grand amateur de whiskey irlandais qu'il pimentait avec de la cendre de cigare, il marchait avec la lenteur des professionnels revenus de tout.

– Si Higgins est sur le coup, dit-il en découvrant l'ex-inspecteur-chef, il va y avoir du sport.

Les premières gouttes tombèrent.

– Entrons, proposa le légiste ; l'eau, c'est dangereux.

Higgins leva les yeux vers le ciel, espérant qu'il lui serait favorable.

— 4 —

Marlow fit sauter les scellés et ouvrit la porte du bureau de l'astrologue.

Le superintendant, l'ex-inspecteur-chef et le légiste entrèrent en silence ; l'immense pièce ressemblait à un sanctuaire païen voué au culte du cosmos. Une faible lumière éclairait un mobilier riche et austère ; le regard était vite attiré par les constellations et les signes du zodiaque peints sur le dôme.

– Sinistre, jugea Marlow.

– Envoûtant, rectifia Babkocks ; ça me donne des idées pour ma salle de dissection.

Higgins, imité de ses deux collègues, n'avait avancé que de cinq pas. Il voulait prendre possession des lieux avec la plus extrême prudence, ne pas détruire le moindre indice susceptible de le mettre sur la voie ; ses deux collègues connaissaient ses méthodes et les respectaient.

– Quand Junctin Ampton a-t-il été assassiné ? demanda l'ex-inspecteur-chef.

– Lundi soir, répondit le légiste.

– L'heure ?

– Difficile à préciser ; à part du thé d'excellente qualité, aucune trace d'aliment ingéré récemment. Disons… entre vingt-et-une heures et vingt-trois heures.

– État physique ?

– Correct, pour un homme de soixante-quinze ans ; aucune maladie grave en vue.

– Cause de la mort ?

– On l'a étranglé.

– Avec quel type d'objet ?

– Comme il s'est à peine défendu, les marques sur le cou sont très peu profondes ; ça m'empêche d'être précis. Il pourrait s'agir d'un lacet de chaussure comme d'un cordage de bateau, ou même d'une chaînette.

– Aucune trace de lutte ?

– La peur s'est mêlée à l'étouffement ; peu de gens sont capables de se sortir d'une pareille situation. À son âge, il n'avait aucune chance. L'effet de surprise lui a ôté la quasi-totalité de ses moyens ; l'assassin n'a pas eu beaucoup d'efforts à déployer.

– Une femme pourrait-elle être coupable ? demanda Marlow.

– Sans problème ; vous n'imaginez pas la puissance d'un petit bout de femme décidée à supprimer quelqu'un.

– Autre chose ? s'enquit Higgins.

– Peu bavard, ton cadavre ! J'aurais préféré un crime plus sordide, avec du sang et des traces de lutte. Là, honnêtement, je n'aurai pas grand mal à te restituer un beau mort. Le seul aspect intéressant, c'est la chute du buste en avant.

– Explique-toi.

– L'assassin s'est approché par-derrière, sans bruit ; le pauvre vieux ne l'a certainement pas entendu, car il n'a même pas essayé de se retourner. L'autre lui a passé une cordelette autour du cou, ou quelque chose de similaire, et a serré. Sa victime a immédiatement suffoqué ; ton astrologue est peut-être mort d'une crise cardiaque. Il s'est effondré sur son bureau et son buste a recouvert le thème astrologique sur lequel il travaillait.

– Donc, l'assassin n'a pu voir ce document.

– Exactement. Il n'a pas pris le temps de déplacer le cadavre.

– Et le thème se trouve toujours sur le bureau.

– Tu me connais, Higgins, je ne dérange rien.

L'ex-inspecteur-chef s'approcha de la table de travail de Junctin Ampton.

L'astrologue, conformément à son habitude, avait dessiné à main levée le zodiaque et ses signes. Le trait était parfait, le cercle sans défaut, comme le dessin d'un moine zen, entraîné sa vie durant à accomplir le geste pur.

Une seule ligne droite, fichée dans le signe du Sagittaire ; aucune autre indication.

– Qu'a-t-il voulu dire ?

– Je suppose qu'il a révélé ainsi un ascendant, estima Higgins ; on le calcule en fonction de l'heure et du lieu de naissance d'un individu. C'est, en quelque sorte, son horizon personnel ; le signe ascendant permet de décrire les principaux aspects d'un caractère.

– Son dernier geste, souligna Marlow.

– Sans aucun doute, précisa Babkocks.

– En ce cas, conclut le superintendant, l'astrologue nous a fourni un renseignement capital : l'assassin est ascendant Sagittaire !

– Certes, reconnut Higgins, mais des dizaines de milliers de personnes, en Angleterre même, doivent présenter cette particularité ; ce n'est que l'un des aspects d'un thème astrologique.

– Avec l'ordinateur du Yard, nous pourrions être efficaces.

– À condition de disposer d'éléments supplémentaires.

– Ampton n'a rien indiqué d'autre sur ce zodiaque ?

– Hélas, non !

Higgins réexamina le document mais n'en tira pas d'autre enseignement. À l'extrémité droite du bureau se trouvait une épaisse enveloppe au rabat collé et vierge de toute inscription.

– Je mets des gants, dit Marlow, qui ouvrit l'enveloppe avec une extrême lenteur.

À l'intérieur, une liasse de grosses coupures de livres sterling.

– Une véritable fortune, constata le superintendant ; sans doute des honoraires ?

– Paiement liquide et non déclaré, grinça Babkocks ; il a eu tort de mourir. Ce type-là avait un bon job. Moi, je n'ai jamais eu de cadavres en fraude.

– Reposez l'enveloppe au même endroit, demanda Higgins.

– Nous procéderons à la recherche des empreintes, annonça Marlow, qui ne se faisait guère d'illusions.

À l'extrémité gauche du bureau, un planisphère en couleurs ; au pied, un curieux objet, de forme cylindrique, allongé et percé de trous. Marlow le soupesa.

– C'est très léger.

– Les dorures sont jolies, nota Babkocks ; on dirait une flûte.

– C'en est une, approuva Higgins, mais plutôt exotique.

– L'astrologue était-il musicien ?

– Astrologie et musique ont toujours fait bon ménage.

Sur l'abat-jour de la lampe de bureau, un zodiaque provenant de l'abbaye royale de Saint-Denis, en France. Higgins alluma la lumière qui illumina les signes astrologiques ; puis il souleva le pied de lampe et découvrit un oignon.

Fort usé, l'objet était ancien ; mais sa caractéristique majeure attirait aussitôt l'attention : pas d'aiguilles, ni pour les secondes, ni pour les minutes, ni pour les heures.

– À quoi cela sert-il ? s'étonna Marlow.

– C'est la question qu'il faut poser, reconnut Higgins, qui dessinait chaque indice sur son carnet noir et le décrivait avec soin.

– Montre à réparer après un accident ? suggéra Babkocks.

– Hypothèse intéressante, admit Higgins.

Un gros livre d'éphémérides sommeillait non loin du thème astrologique.

– S'il avait été ouvert, suggéra Marlow, nous aurions eu une date précieuse.

– L'assassin a peut-être songé à le fermer.

Higgins souleva le fort volume ; en dessous se cachaient des morceaux de lettre.

– Voilà peut-être la clé de l'énigme, dit le superintendant.

— 5 —

La missive avait été déchirée en quatre morceaux que Higgins assembla sans difficultés. Il la lut à haute voix à ses deux collègues :

Mon chéri,

Notre brûlante passion devient insupportable et excessive. Avec toi, pas un instant de calme et de tendresse. Ta fougue, je l'apprécie ; mais elle ne faiblit jamais, et moi, j'ai besoin de douceur. C'est pourquoi j'ai décidé de rompre. Tu trouveras facilement une autre femme et tu l'épuiseras. Change souvent, si tu désires être satisfait.

Merci et adieu.

Suivait une signature illisible. Aucune date ne figurait.

– Ça ressemble fort à une rupture de contrat, estima Babkocks ; la dame congédie le monsieur.

– Ce vieil homme avait donc une maîtresse, conclut Marlow.

– Il le pouvait, jugea le légiste ; c'était encore un beau gaillard, plutôt séduisant. Je vois bien une jeune lady acceptant de se laisser conter fleurette dans un hôtel particulier de Mayfair.

– Oui, mais la liaison venait d'être rompue ! Il nous faudra scruter la vie sentimentale de Junctin Ampton.

– Ce ne doit pas être trop difficile, déclara Babkocks ; il ne devait quand même pas entretenir un harem !

– Le genre humain est parfois bien surprenant, rappela Higgins.

L'ex-inspecteur-chef avait épuisé la surface du bureau ; restaient deux tiroirs. Celui de droite était fermé à clé ; celui de gauche, ouvert. Higgins le tira ; il ne contenait qu'un thème astrologique, dressé avec tous les détails, mais sans nom ni date de naissance.

– De qui s'agit-il ? demanda Marlow.

– À vue d'œil, superintendant, impossible à dire.

– Confiez-le à l'ordinateur central, ironisa Babkocks ; il devrait être capable d'identifier le propriétaire.

– Entendu, rétorqua Marlow, prêt à relever le défi.

– L'identité du personnage doit être capitale, estima le légiste ; c'est le seul horoscope complet que nous ayons déniché !

– Attendons le contenu du tiroir fermé, recommanda Higgins.

– Moi, j'ai un instrument pour l'ouvrir, affirma Babkocks.

Le légiste sortit de la poche droite de sa veste d'aviateur une sorte de bistouri mâtiné de scalpel et croisé avec un passe-partout.

– Avec ça, expliqua-t-il, je vous ouvre un crâne dur comme du béton ; ce n'est pas un tiroir qui me résistera.

Babkocks ouvrit le tiroir avec des doigts de fée.

Il contenait plusieurs documents. En haut de la pile, une lettre tapée à la machine.

Cher Junctin,
Veuillez m'indiquer le meilleur pour agir :
– Crystal Palace
– Sandringham
– Windsor
– Balmoral
Vous savez combien votre avis est décisif.

Ni date, ni signature.

Scott Marlow ne cacha pas son inquiétude.

– Sandringham, Windsor, Balmoral... Des résidences royales !

– Pas Crystal Palace, nota Higgins.

– Qu'est-ce que ça signifie ? interrogea le superintendant. Qui a écrit cette lettre ?

L'ex-inspecteur-chef recopia le texte sur son carnet noir, puis sortit du tiroir une feuille de papier ; plusieurs noms, écrits à la main, y figuraient :

Balthazar	LINK
Linda	HALMOND
Jack	WALKS
Dorritt	HAWKHURST
Anthony	WEEKS
Montfort	LEAMINGTON
Henry	BRIDGEWOOD
Patrick	HURST

– Voilà du grain à moudre ! se réjouit le légiste. Vous allez bien dénicher un assassin là-dedans !

– Des clients privilégiés ? se demanda Marlow.

– Manquent leurs thèmes astrologiques, s'étonna Higgins.

– Je vais faire rechercher ces personnes, promit le superintendant, et nous les interrogerons.

Le troisième document émanait de Buckingham Palace : il s'agissait d'une lettre au ton très administratif et au style compliqué dont il ressortait que certaine commande avait été passée à l'astrologue.

– Invraisemblable ! jugea Marlow.

– Nous vérifierons.

– Mais enfin, Higgins… Le Yard risque d'être ridicule.

– Je m'en occuperai, promit l'ex-inspecteur-chef ; si ce courrier a été mis sous clé, il présentait de l'importance aux yeux de la victime. Nous devons savoir pourquoi.

Higgins s'assura que le tiroir était bien vide. En se penchant, il aperçut quelque chose de lumineux sous le bureau. Bravant son arthrose des genoux, il plia le gauche et tendit la main pour recueillir un magnifique bouton de manchette en or.

– Psst ! siffla Babkocks ; la paire doit valoir une petite fortune.

– Appartenait-elle à l'astrologue ? demanda Marlow.

– Le cadavre ne portait qu'un costume beige clair de style indien, précisa le légiste.

– Il n'aimait que ce type de vêtements, confirma Higgins ; nous en trouverons certainement plusieurs exemplaires dans sa penderie.

– Un visiteur a donc perdu ce bouton de manchette, conclut Marlow.

– Amusant, estima Babkocks ; mon cadavre n'était pas très bavard, mais vous disposez d'un nombre suffisant d'indices pour identifier l'assassin très rapidement.

– Ce n'est peut-être pas fini, avança Higgins ; il faut fouiller cette demeure du grenier à la cave.

— 6 —

Marlow demanda à ses hommes de procéder à une perquisition en règle pendant qu'il continuait à explorer la scène du crime avec Higgins et le légiste.

– Je suis heureux de prendre un peu de détente, avoua ce dernier ; quand nous aurons fini, je fonce à ma salle de dissection. Une noyée et un pendu m'attendent... De la routine. Ici, au moins, c'est distrayant.

Higgins, avec la lenteur calculée d'un chat, posa son regard sur chaque recoin de la pièce et sur chaque objet. Même les planisphères n'échappèrent pas à son analyse ; aucun ne comportait d'erreur. C'est en soulevant le plus imposant qu'il découvrit un bas de soie, décoré de figures étranges. De loin, elles ressemblaient à des flammes ; de près, à des danseuses orientales.

L'ex-inspecteur-chef étira le bas au maximum.

– D'une solidité à toute épreuve, constata-t-il.

– L'arme du crime ? avança Scott Marlow.

– Pas impossible, apprécia Babkocks ; vous permettez ?

Le légiste tordit le bas dans tous les sens.

– Avec ça, on étranglerait un colosse ; alors, ce brave vieux...

– Pourquoi l'assassin aurait-il dissimulé un indice aussi

important sur le lieu même de son crime ? s'interrogea Marlow, désorienté.

Higgins se contenta de prendre des notes sur son carnet noir ; à ce rythme-là, il lui faudrait bientôt retailler le crayon.

L'ex-inspecteur-chef se dirigea vers la bibliothèque, remplie d'ouvrages techniques ; il les tira un à un, sans rien déceler d'anormal.

Son pied gauche heurta un petit objet ; il se plia à nouveau pour le ramasser.

– Vraiment curieux… Une sorte de décoration, semble-t-il.

– Que représente-t-elle ?

– Un éléphant en ivoire.

– Ce n'est pas une distinction britannique, observa Marlow ; nous saurons si l'astrologue a été décoré par une quelconque autorité.

– S'il laissait traîner ses décorations par terre, remarqua Babkocks, ce n'était pas un homme très ordonné.

– Au contraire, précisa Higgins, il avait la réputation de ne rien négliger et de ne rien oublier.

L'ex-inspecteur-chef passait le doigt sur les rainures de chaque montant de la bibliothèque.

– Que cherchez-vous ? demanda Marlow.

– Un astrologue comme Junctin Ampton avait des clients haut placés ; l'un de ses premiers devoirs était le secret. Il devait donc cacher des documents confidentiels dans un endroit peu accessible.

– Le tiroir du bureau ne vous suffit-il pas ?

– Je suis persuadé qu'il existe une cachette, ici même, et je la trouverai.

Un quart d'heure plus tard, l'ex-inspecteur-chef, grand connaisseur des meubles truqués dont les dos-d'âne étaient les meilleurs exemples, posa l'index sur une aspérité suspecte. En appuyant, il l'enfonça dans l'acajou et provoqua l'ouverture d'une porte dans l'épais pilier central de la bibliothèque.

Marlow recula d'un pas ; Babkocks ôta le cigare de sa bouche.

– Ça alors… Jamais vu une horreur pareille !

Une pendule en bois occupait la quasi-totalité du placard. Sur son fronton, une inscription : « Voulez-vous connaître l'heure de votre mort ? » Disposés en carré, les signes du zodiaque encadraient la pendule proprement dite dont le centre était occupé par une tête de mort.

Les aiguilles marquaient huit heures trente ; dans une fenêtre inférieure apparaissait le mot « dimanche ».

– Rien à voir avec l'heure et le jour de l'assassinat, constata le légiste.

– A-t-il voulu indiquer quelque chose de précis ou cette affreuse horloge marque-t-elle n'importe quelle heure ?

– Si bien dissimulée… C'est forcément important, jugea Babkocks, mais qui est concerné ?

– Dimanche, huit heures trente, dit Higgins en détachant les syllabes ; il ne nous reste pas beaucoup de temps.

– Que redoutez-vous, Higgins ?

– Je n'en sais rien encore, superintendant, mais cette pendule nous annonce une seconde mort. À condition, bien sûr, que les aiguilles aient été disposées par Junctin Ampton.

Très troublés, les trois hommes poursuivirent leur exploration, mais ne découvrirent aucun autre indice ; le bureau de l'astrologue semblait avoir livré tous ses secrets.

Quand ils en sortirent, les hommes de Marlow firent leur rapport. L'un d'eux était persuadé qu'un cambriolage avait eu lieu dans la cave de l'hôtel particulier. Du désordre, des caisses éventrées, des bouteilles cassées prouvaient que le voleur, pris de panique, s'était enfui avec un larcin relativement modeste. Il avait tout de même emporté quelques échantillons historiques de Château Petrus qui se négociaient à très haut prix.

Higgins tint à visiter lui-même toutes les pièces de l'hôtel particulier et à vérifier le travail effectué par les *bobbies*.

Scott Marlow l'accompagna ; il s'aperçut que l'astrologue n'habitait vraiment que son bureau, une chambre, un salon et la salle à manger. Après avoir soulevé les tapis, ouvert les commodes, inspecté le réfrigérateur, sondé l'armoire à pharmacie, force fut de constater que la fouille de l'hôtel particulier était terminée.

– Nous avons récolté du matériel, rappela Marlow ; avec les moyens modernes dont nous disposons, nous remonterons la piste.

– Le ciel vous entende, superintendant.

– Le plus difficile est de savoir par où commencer ; quand nous aurons tiré le bon fil, le reste viendra de lui-même.

– Soyez le plus rapide possible et rappelez-vous : dimanche, huit heures trente.

– Eh bien, accompagnez-moi au Yard ! Occupons-nous d'abord du thème astrologique complet.

Dans le hall d'entrée, Higgins jeta un regard à l'indispensable porte-parapluies. S'y trouvait un parapluie d'apparence médiocre, à moitié cassé, aux baleines en déconfiture. L'ex-inspecteur-chef s'en empara.

– Ma voiture est juste devant, précisa Marlow.

L'averse était intense.

Curieusement, Higgins n'ouvrit pas le parapluie qu'il garda sous le bras. Le superintendant demanda le maximum à la vieille Bentley qui démarra avec entrain.

— 7 —

L'ordinateur central de Scotland Yard fonctionnait à plein régime et les spécialistes jugeaient le problème ridiculement simple. Avant que la science de pointe ne rendît son verdict, d'autres investigations étaient entreprises afin de localiser les personnes mentionnées sur la liste.

Assis sur une chaise métallique aussi peu confortable que possible, vêtu d'un impeccable costume bleu sombre à la coupe parfaite, Higgins attendait.

Un planton déposa un dossier sur le bureau de Marlow.

– Eh bien voilà !

Le superintendant blêmit.

– Ce n'est pas possible ! Il s'agit forcément d'une erreur...

– Qui a été identifié ?

– Le docteur Watson, avoua Marlow.

– Hors d'atteinte : un second suspect ?

– Oui, heureusement.

Cette fois, le superintendant s'étrangla.

– Sinistre plaisanterie ! Les responsables vont entendre parler de moi, je vous l'assure !

Higgins regarda le rapport. Après Watson, le principal suspect n'était autre que Scott Marlow en personne.

– Ce n'est pas si invraisemblable, jugea Higgins ; Lune et Mercure dans le signe du Bélier, Soleil, Vénus et Jupiter dans celui du Taureau, Mars en Scorpion, Saturne en Poissons. Ce sont bien vos positions planétaires.

– Mais enfin, Higgins ! Vous connaissez ma carte du ciel ?

– Depuis longtemps, mon cher Marlow ; j'aurais dû la reconnaître. Le plus gênant, c'est le signe de l'ascendant : Sagittaire.

Furibond, le superintendant frappa du poing sur la table.

– Tout ça est complètement insensé ! Vous ne croyez quand même pas…

– Bien sûr que non.

– Hasard ou machination ?

– L'assassin a lui-même placé ce thème astrologique dans le tiroir du bureau le plus accessible.

– Savait-il que sa victime avait eu le temps de tracer l'ascendant Sagittaire ?

– Certainement pas ; il a voulu nous orienter sur une fausse piste en prenant des positions astronomiques dans un livre d'éphémérides.

– Comment avez-vous soupçonné la vérité ?

– La main du dessinateur n'est pas exactement celle de Junctin Ampton. Imitation superbe, mais un faux.

– Heureux d'être dédouané !

– Comme on dit en astrologie, vous avez un beau thème, superintendant. L'assassin a sans doute repéré vos coordonnées de naissance dans un journal et s'est amusé à vous narguer, supposant que vous pourriez être désigné pour vous occuper de cette affaire.

– Un défi ?

– En quelque sorte.

– La signature d'un fou ou d'un génie du mal !

– En tout cas, un indice qui disparaît ; hasard ou machination, il ne nous mènera nulle part.

Une angoisse s'empara de Marlow.

– Croyez-vous que le reste est du même acabit ? N'aurions-nous découvert qu'une série de trompe-l'œil ?

– Trop tôt pour le dire.

– Si c'est le cas, notre monceau d'indices ne serait qu'un rideau de fumée.

– Ne désespérons pas encore, nous possédons une certitude : l'ascendant Sagittaire tracé par l'astrologue. L'assassin n'a pu le voir.

– Souhaitons que la lettre de Buckingham Palace soit un leurre, elle aussi.

– Pendant que vous tentez de découvrir les adresses des personnes citées sur la liste, je vais vérifier ce point-là.

Marlow trépignait. Lui qui rêvait de faire un jour partie du corps d'élite assurant la protection rapprochée de la reine Elizabeth, la plus belle femme du monde, ne pouvait se permettre le moindre faux pas. Certes, Higgins avait ses entrées à Buckingham Palace et même, disait-on, auprès de Sa Majesté. Ce n'étaient probablement que de faux bruits, mais l'ex-inspecteur-chef était un homme plein de surprises.

Au milieu de l'après-midi, il réapparut.

– Alors, Higgins ?

– La situation est embrouillée.

– Que dit le palais ?

– Le service de presse de Buckingham nie tout contact avec Junctin Ampton et affirme que la lettre est un faux.

– Affaire réglée, par conséquent.

– Je crains que non ; le rôle de ce service consiste à démentir en permanence. Pourtant, la Couronne n'a jamais été indifférente à l'astrologie et aurait pu s'attacher les services d'un technicien aussi exceptionnel que Junctin Ampton.

– Simple supposition.

– En effet, mais appuyée sur quelques témoignages indirects.

– Qui a signé cette « commande » ?

– Personne, bien entendu.

– Deuxième indice qui s'effondre en poussière, estima Marlow ; Buckingham Palace est hors de cause. L'assassin tentait de nous égarer, là encore.

Higgins semblait dubitatif.

– Ne fermons aucune porte.

– De mon côté, déclara le superintendant avec une certaine fierté, j'ai toutes les adresses.

– Ne perdons pas une seconde, décida Higgins.

— 8 —

Dorritt Hawkhurst résidait dans une superbe demeure ancienne en bordure de St. James Park. En plein cœur de la capitale, elle bénéficiait d'une vue apaisante et d'un paysage de rêve ; sous ses fenêtres, d'énormes vieux arbres, placides et rassurants. Au-delà, une sorte de prairie, un étang avec des canards ; quelques moutons, avec leur implacable appétit, mastiquaient une herbe généreuse.

Un valet de pied, portant gilet rayé noir et jaune et pantalon noir, accueillit les visiteurs dans le hall d'entrée. L'endroit aurait pu être impressionnant, en raison de la hauteur sous plafond et des innombrables sculptures en stuc représentant fruits et fleurs, mais la propriétaire des lieux l'avait surchargé de tentures, de rideaux et de drapés aux couleurs chaudes qui faisaient songer à un boudoir ou à un harem oriental.

– Que désirent ces messieurs ?

– Scotland Yard. Nous voulons voir Miss Hawkhurst.

– Mademoiselle est à peine levée, et je crains…

– Il est midi, rappela Marlow ; prévenez-la de notre présence.

Pincé, le valet de pied utilisa un téléphone intérieur ; la conversation fut brève.

– Mademoiselle accepte de vous recevoir, veuillez me suivre.

Le trio emprunta un escalier de marbre recouvert d'un somptueux tapis d'Iran, passa dans un couloir peint en saumon, aux murs ornés de pastels vaguement licencieux et atteignit la chambre de Dorritt Hawkhurst. Le domestique frappa, attendit une réponse, et ouvrit.

– Je vous en prie, messieurs.

Une bouffée de parfum capiteux et entêtant envahit les narines de Marlow et de Higgins ; pas un pouce de mur n'était visible, car la chambre était un hymne aux tissus. Satin de coton vert, bleu et parme, soies naturelles, taffetas composaient un étonnant décor, intime, secret et sensuel. Des rideaux doublés étaient retenus par une tringle placée à un mètre du sol et ne laissaient passer qu'un faible rayon de soleil. La moquette bleue était si épaisse que le pied s'y enfonçait.

Le mobilier se composait de plusieurs commodes aux formes douces et arrondies ; les fauteuils avaient un dossier ovale, les lampes des abat-jour orange. Des napperons de dentelle recouvraient les cheminées de marbre italien, aux jambages cannelés.

Dorritt Hawkhurst était assise devant sa coiffeuse, une magnifique œuvre baroque, importée de Hongrie ; des angelots jouaient de la harpe sur les colonnettes soutenant le grand miroir dans lequel la jeune femme se contemplait.

Quand elle se retourna à demi vers les policiers, Marlow eut un choc.

Certes, il avait déjà eu l'occasion de voir au cinéma ou dans les journaux ces êtres vénéneux et attirants que l'on baptisait « vamps », par référence aux vampires femelles, si séduisantes avant de sucer le sang de leurs amants imprudents ; mais c'était la première fois qu'il en voyait une de si près.

Dorritt Hawkhurst possédait la jeunesse, le charme et la beauté. De longs cheveux noirs bouclés tombaient en cascade sur ses épaules d'un blanc laiteux ; les lignes très pures de son visage semblaient sorties de la main d'un Raphaël ou d'un Michel-Ange ; des yeux verts, d'une infinie douceur, des sourcils au mouvement gracieux, une bouche tendre capturaient le malheureux qui osait la contempler. À peine vêtue d'un déshabillé qui portait bien son nom et révélait des formes que le protestant le plus austère eût qualifiées d'émouvantes, elle se maquillait avec la distinction inimitable et innée des séductrices.

– Pardonnez-moi de vous recevoir si cavalièrement, messieurs, mais je viens juste de m'éveiller... J'avais une soirée très mondaine qui s'est terminée à l'aube. Dans mon métier, hélas ! ce n'est pas rare. Et si l'on n'a pas son compte de sommeil, les rides apparaissent vite. J'avoue être très impressionnée, presque effrayée... Quel est le motif de votre visite ?

Marlow avait la gorge trop serrée pour s'exprimer convenablement ; Higgins lui vint en aide. Après avoir fait les présentations et remercié Dorritt Hawkhurst de son accueil, il sortit son carnet noir et son crayon.

– Étiez-vous en contact avec un astrologue nommé Junctin Ampton ?

– Bien sûr, inspecteur ! C'est un homme merveilleux, un sage qui sait toujours trouver les paroles de réconfort. Sans lui, j'aurais commis bien des bévues ; il me conseille et m'oriente. Je peux me vanter d'être l'une de ses rares clientes ; à son âge, il ne s'occupe plus de n'importe qui. Mais... ai-je mal entendu ou avez-vous utilisé l'imparfait en parlant de lui ?

– Votre ouïe est excellente.

– Ce qui signifie...

– Junctin Ampton a été assassiné.

– Mon Dieu !

Elle laissa tomber sur la moquette son applicateur pour ombres à paupières ; Higgins défia son arthrose des genoux et ramassa le délicat instrument.

– Merci, inspecteur... Je suis si bouleversée !

Elle devait l'être, jugea Marlow, car sa bretelle gauche glissait dangereusement vers l'extrémité de l'épaule, au point de découvrir la naissance d'un sein.

– Qui... qui a commis le meurtre ?

– Nous recherchons le coupable, dit Higgins, rassurant.

– Possédez-vous déjà une piste ?

– Plusieurs.

– Tant mieux ! Arrêtez l'assassin et pendez-le ! Il mériterait d'être écartelé, comme autrefois ! Junctin était un homme si généreux, si adorable, il ne voulait que le bonheur des gens. Je... je crois que je me suis défigurée.

Se regardant à nouveau dans la glace, Dorritt Hawkhurst utilisa un pinceau biseauté en poils de martre pour ombrer les paupières.

Higgins, estimant qu'elle n'avait plus besoin de son assistance directe, fit quelques pas dans la chambre. Il admira les gravures du XVIIIe siècle, consacrées à des paysages campagnards, à des scènes de la vie aristocratique et à l'élevage des chevaux.

– Je suis contraint, mademoiselle, de vous demander où vous vous trouviez lundi soir.

– Ici même, inspecteur ; c'était ma première soirée solitaire depuis trois semaines. Mes domestiques vous le confirmeront ; je n'ai pas dîné, je suis montée dans ma chambre vers vingt heures et j'ai dormi douze heures d'affilée. Dans ma profession, récupérer est indispensable.

– Quelle est-elle ?

– Décoratrice spécialisée.

– Et quelle est cette spécialisation ?

– La famille royale me fait l'honneur de recourir à mes services ; j'ai décoré plusieurs pièces de différents palais. Quelques aristocrates, que je sélectionne avec soin, font également partie de mes amis et clients.

La révélation affola Scott Marlow ; l'enquête s'engageait dans une zone à hauts risques.

– Quand avez-vous vu votre astrologue pour la dernière fois ? demanda Higgins.

– Il y a un mois, environ. Il m'avait prédit, avec sa justesse de vue habituelle, une période faste et exténuante.

– Parlait-il parfois de lui-même ?

– Jamais.

– Vous ne lui connaissiez donc pas d'ennemis ?

– Je vous l'ai dit : il était la bonté incarnée.

– Jouez-vous de la musique, mademoiselle ?

– Du piano, inspecteur. J'aurais aimé être concertiste, le ciel en a décidé autrement.

– La musique, les tissus, les bons vins… L'existence n'est-elle pas prodigue de bienfaits ?

– Je vous abandonne les vins ; mon teint ne supporte qu'un verre exceptionnel de temps à autre.

– Il me reste une formalité très délicate à accomplir, mademoiselle.

Remettant en place sa bretelle gauche, Dorritt Hawkhurst se tourna complètement vers Higgins.

– Laquelle, inspecteur ?

– Pourriez-vous écrire sur ce carnet vos date, lieu et heure de naissance ?

Elle sourit, amusée.

– Voudriez-vous vérifier l'exactitude du thème astrologique qu'avait dressé Junctin ?

– Vous me percez à jour.

– Puisque vous le possédez déjà, je n'ai plus rien à cacher… Mais soyez discret.

– Comptez sur moi, mademoiselle.

— 9 —

Pendant que la Bentley roulait vers sa prochaine destination, Scott Marlow reprit contenance.

– Quelle femme superbe !

– Je vous l'accorde, superintendant : rassurez-vous, nous la reverrons bientôt.

– La musique, n'est-ce pas ? Si elle pratique le piano, elle pourrait également jouer de la flûte.

– Le vin, également ; elle n'aime que l'exceptionnel, et le Château Petrus entre dans cette catégorie.

– En revanche, je ne la vois pas utiliser un oignon sans aiguilles, ni porter une décoration avec un éléphant. Le bouton de manchette ne lui appartient pas, le parapluie cassé non plus.

– Votre mémoire est étonnante, mon cher Marlow.

– Le bas de soie... Voilà qui lui ressemble !

– Ce qui lui ressemble tout à fait, indiqua Higgins, c'est l'écriture. Nous possédons la preuve qu'elle est l'auteur de la lettre de rupture déchirée.

– Fabuleux ! Elle est forcément liée à la liste des palais, puisqu'elle travaille pour la famille royale.

– Peut-être, répondit Higgins, évasif.

– L'enveloppe remplie de billets de banque... Je ne comprends pas sa présence. Un simple paiement ?

Higgins sortit de sa poche un livre d'éphémérides et une table de calcul de l'ascendant.

– Nous allons en savoir davantage, annonça-t-il, si Dorritt Hawkhurst ne nous a pas menti.

L'ex-inspecteur-chef obtint un résultat rapide.

– Désolé, superintendant… Elle n'est pas ascendant Sagittaire, mais Poissons, au vingtième degré, avec Vénus « piquée » sur l'ascendant, comme disent les techniciens.

*

* *

Anthony Weeks habitait dans Jermyn Street, dont les plus beaux fleurons étaient Floris, qui créait son parfum depuis 1730, et le grand fromager Paxton and Whitfield dont le magasin ancien suscitait l'admiration des passants.

Le somptueux appartement de Weeks était situé au dernier étage d'un immeuble luxueux ; de sa terrasse, il dominait une bonne partie de Londres. Il ouvrit lui-même sa porte.

– Qu'est-ce que vous vendez, messieurs ?

– Superintendant Marlow et inspecteur Higgins.

– Scotland Yard ? J'aime ça ! Allez, entrez ; nous allons nous offrir un whisky bien tassé. Ce soir, je suis seul ; pas de femme, pas de copain, pas de domestique. En plus, vous avez des têtes sympathiques.

Anthony Weeks mesurait un mètre quatre-vingt-dix, pesait quatre-vingt-dix kilos, et possédait une musculature d'athlète ; de sa personne se dégageait une formidable impression de force physique. Les cheveux coiffés en brosse, la tête carrée, il avait une voix tonitruante qui s'entendait de fort loin.

Il donna une formidable accolade à Scott Marlow.

– Sans la police, ce pays serait une pampa ! Moi, je suis un ancien *Horse Guard* et je n'ai pas amusé la galerie quand j'étais dans l'armée. Il faut dire que je courais le *mile* plus vite que tout le monde, même avec un sac de dix kilos sur le dos... Costaud, non ? Voulez-vous que je vous raconte mon dernier championnat et la manière dont je me suis débarrassé des avortons qui tentaient de me remonter ?

– C'est certainement passionnant, reconnut Higgins, mais nous voudrions vous parler d'une affaire grave.

– Je vous arrête, inspecteur.

L'athlète éclata de rire.

– Je voulais dire que je suis au courant ! Il a porté plainte, n'est-ce pas ?

Marlow, étonné, se demanda s'il ne rêvait pas.

– Qui donc ?

– Cet abruti de chauffeur de taxi ! tonna Anthony Weeks. Je venais d'assister à un match de football et je devais me rendre au plus vite dans Soho... Une *party* entre amis, ça n'attend pas ! Cet idiot a refusé, sous prétexte que sa journée était finie. Des habitudes françaises à Londres, vous vous rendez compte ? Je l'ai sorti de son taxi en l'empoignant par le col, et ce n'est quand même pas un crime ! Il a eu de la chance... Si j'avais été en colère, je lui aurais fracassé le crâne.

L'appartement comprenait dix pièces en enfilade, donnant toutes sur un balcon. Le mobilier, ultramoderne, sacrifiait au métal sous toutes ses formes : çà et là, des statues asiatiques de grande taille représentant un dieu très inquiétant : les cheveux hérissés comme des flammes, les yeux rouges et coléreux, le nez épais et gonflé par la rage, la bouche ouverte et prête à mordre, il maniait couteaux et cordes.

– Ces babioles vous amusent ? Moi aussi ! Ce sont des *Zaô-gongen*, des génies chargés de convaincre les récalcitrants par la manière forte. Honnêtement, c'est celle que je préfère ! Discuter et négocier, ça ne mène à rien ; un bon affrontement vaut mieux que mille palabres. Les samouraïs japonais ont raison : l'homme est fait pour la guerre ; ce n'est pas votre avis ?

– Je le redoute, déplora Higgins.

– Allons ! Nous n'allons pas perdre notre temps à philosopher, et vous n'avez pas la tête à boire du whisky de fillette. Je vais vous faire goûter une cuvée écossaise que vous n'oublierez pas de sitôt. Elle n'est pas tout à fait légale, mais ça en augmente la saveur ! Et ne m'objectez pas que vous êtes en service… Nous sommes entre hommes.

Pendant qu'Anthony Weeks sortait une bonbonne d'un placard en acier, Higgins nota la présence d'une cravache, négligemment posée sur un fauteuil en fer, aux montants d'aluminium.

– Vous faites du cheval, monsieur Weeks ?

– Du polo, inspecteur. Ça, c'est un sport ! J'ai déjà démoli pas mal d'amateurs et de froussards. Il faut faire corps avec son cheval, ne pas hésiter à le cravacher d'une main pendant qu'on frappe la balle avec la crosse. Acrobatique, non ? On me l'a souvent reproché ; mais j'ai mes règles, à moi, et je marque des buts. Au club, on me supporte comme je suis. Goûtez-moi cette merveille.

De fait, le whisky provenant d'une distillerie non déclarée et respectant strictement les traditions, était exquis, même s'il brûlait un peu l'arrière-gorge.

– Notre monde est celui des lâches et des trouillards, déclara Anthony Weeks ; moi, je regrette le temps des colonies. On partait pourfendre des macaques et l'on revenait couvert de gloire pour mieux repartir et massacrer ces imbéciles qui n'avaient pas compris ; joyeuse époque ! Au moins, on ne se posait pas de questions !

– Vous me pardonnerez, indiqua Higgins, mais nous devons vous en poser quelques-unes.

– Encore ce chauffeur de taxi ! Écoutez, inspecteur, on ne va pas s'ennuyer avec ce guignol. Demandez-lui combien il veut ; je le paie, et *finita la commedia.*

Tout en vidant son verre, Anthony Weeks ramassa à la volée une liasse de billets qui traînait sur une table basse. Il l'offrit à Marlow.

– Gardez-en la moitié pour vos bonnes œuvres et donnez-lui le reste. Il s'achètera une chemise neuve et un costume de fête.

– Jetteriez-vous l'argent par les fenêtres ? demanda Higgins.

– J'en gagne, j'en perds... Quelle importance ?

Marlow adressa un regard sévère à son hôte.

– Tentative de corruption de fonctionnaire.

– Les grands mots ! D'accord, je m'en occuperai moi-même.

Anthony Weeks jeta les billets derrière lui.

– Vous vous méprenez, précisa l'ex-inspecteur-chef ; nous ne sommes pas ici à cause de votre récente altercation.

– Ah bon ? Mais alors...

– Il s'agit d'un crime, monsieur Weeks.

— 10 —

– Je n'ai pas tué ce type et j'ai des témoins ! Il est reparti vivant, en conduisant son taxi !

– Ce n'est pas lui qui est mort, précisa Higgins, mais l'astrologue Junctin Ampton.

Anthony Weeks se laissa tomber dans un canapé aux armatures en acier.

– C'est une blague !

– Hélas ! non.

– On l'a trucidé ?

– Sans aucun doute.

– Avec quelle arme ?

– Secret de l'enquête.

– Le pauvre vieux... Il ne méritait pas ça.

– Étiez-vous l'un de ses clients ?

– Pour mon bonheur, inspecteur ! Je ne prenais aucune décision importante sans le consulter ; il m'a évité mille et une bêtises. Moi, je fonçais ; lui, il me retenait. Et quand j'avais son feu vert, je mettais le paquet !

– Dans quel secteur travaillez-vous, Mr. Weeks ?

– C'est très varié... Disons que j'organise des compétitions.

– De quelle nature ?

– De toutes sortes, en Angleterre et à l'étranger. Boxe, arts martiaux, polo, etc. Il ne faut pas se tromper sur le choix des lieux et des compétitions.

– Activité lucrative, on dirait.

– Je ne me plains pas, mais Junctin Ampton était un bon conseiller. À cause de mon ascendant Scorpion avec Mars angulaire, j'ai une tendance à l'hyperactivité et parfois, je manque un peu de nuances. Il canalisait mon énergie vers les projets les plus positifs.

– Où vous trouviez-vous, lundi soir ?

– Lundi soir... Ici même, inspecteur ! J'ai regardé un match de boxe à la télévision. Douze rounds d'enfer entre deux poids lourds.

– Vous étiez seul ?

– Pour une fois, oui, avoua Anthony Weeks avec un grand sourire. De temps à autre, c'est reposant. La passion des femmes est dévorante... D'accord, on ne peut pas s'en passer, mais une soirée tranquille chaque mois, avec une bouteille de whisky et un sandwich, c'est mon péché mignon ! Pas vous, superintendant ?

– Les criminels ne m'en laissent pas le loisir, répondit sèchement Scott Marlow.

– Ce pauvre Ampton... Mais qui a eu l'idée saugrenue de tuer un type qui ne songeait qu'à aider son prochain ?

– Jouez-vous de la musique ? interrogea Higgins.

La question surprit l'athlète.

– À part un peu de tambour à l'armée, ce n'est pas mon style.

– Pardonnez-moi d'être indiscret, mais avez-vous une maîtresse attitrée ?

Pour la première fois depuis le début de l'entretien, Weeks baissa le ton et parut contrarié.

– Ça me regarde. Les histoires de femmes, il vaut mieux les oublier.

– Une déception sentimentale ?

– Moi ? Ce n'est pas mon genre ! Une de perdue, douze de retrouvées. Je ne vais quand même pas m'ennuyer avec des filles à problèmes. Tournons la page.

Higgins commençait précisément une nouvelle page de son carnet noir. L'athlète pointa un index accusateur.

– Hé là, inspecteur… Qu'est-ce que vous notez ?

– Tout ce que je ne dois pas oublier, monsieur Weeks.

– Ça fait beaucoup ?

– Le nombre de pages varie d'une enquête à l'autre.

– N'y a-t-il pas des témoins bavards et d'autres silencieux ?

– Leurs silences sont tout aussi éloquents que d'abondantes confessions.

– Et… vous identifiez toujours l'assassin ?

– Le superintendant Marlow est un remarquable professionnel et je suis moi-même très têtu.

Anthony Weeks rit jaune.

– Une qualité, dans votre job !

– Certains estiment que non, mais je suis trop âgé pour changer.

Énervé, l'athlète ôta sa veste et releva ses manches de chemise.

– Avez-vous eu l'occasion de vous rendre dans un ou plusieurs palais de la Couronne ? interrogea Marlow.

– Moi ?

– C'est bien à vous que je m'adresse, monsieur Weeks.

– Non, jamais, ce n'est pas le genre d'endroit où s'affrontent boxeurs et catcheurs. J'aurais pu proposer à la reine un combat de chiens, mais je ne crois pas qu'elle apprécierait.

– Vous avez raison, commenta Higgins ; aimez-vous le vin français ?

– De la boisson pour femme ! Rien ne vaut le whisky écossais. Un autre verre ?

Marlow et Higgins refusèrent ; le superintendant, habitué à digérer des tord-boyaux, résistait mal à celui-ci.

– Eh bien, monsieur Weeks, notre première entrevue est terminée, décréta Higgins.

– Il y en aura d'autres ?

– C'est certain ; une enquête criminelle est généralement longue et compliquée. Avez-vous été décoré, à l'armée ?

– Pas mon genre.

– À bientôt.

*

*   *

La journée s'écoulait vite, Big Ben marquait huit heures du soir. La vieille Bentley redémarra vers le nord de la capitale.

– Intéressant personnage, releva Scott Marlow ; joue-t-il la comédie, selon vous ?

– Non, il est lui-même.

– Quelle énergie ! Il doit épuiser ses collaborateurs. Ni musicien, ni amateur de vin, hostile aux décorations… et sans lien avec les palais royaux.

– Il ne porte pas de boutons de manchette, ajouta Higgins.

– En revanche, il laisse traîner des billets n'importe où.

– Pas dans une enveloppe.

– Le plus marquant, estima le superintendant, c'est son attitude envers les femmes et sa réaction lorsque vous avez évoqué une maîtresse attitrée.

– Je partage votre avis, mon cher Marlow.

– En ce cas, nous tiendrions l'amant délaissé par Dorritt Hawkhurst.

– Probable.

– Vous en doutez encore ?

– Je me méfie des portes si largement ouvertes.

– Vous êtes trop suspicieux, Higgins.

Une superbe averse, additionnée de quelques grêlons, provoqua un monstrueux embouteillage. Placides, les deux policiers et la Bentley patientèrent. Ils se dégagèrent en douceur, contournant un enchevêtrement d'autobus qui offrit une idée assez juste du futur des grandes cités. Higgins songea au calme de son domaine ; à cette heure-ci, Trafalgar, après un dîner de gourmet, se pelotonnait au pied du fauteuil préféré de l'ex-inspecteur-chef et guettait son retour.

— 11 —

Malcolm Mac Cullough, l'un des meilleurs commissaires-priseurs du Royaume-Uni, s'étira, bâilla, et se leva du bon pied. À neuf heures du soir, sa journée débutait. Il aimait travailler lorsque la grande cité commençait à se calmer ; dans une énorme maison de la banlieue nord de Londres, il avait accumulé quantité de vases, de statues, de stèles et de fragments d'œuvres anciennes provenant des quatre coins de la planète. Passionné par l'antiquité, il parlait de nombreuses langues et lisait des types d'écriture peu accessibles ; depuis un an, il étudiait les hiéroglyphes égyptiens et ne tarissait pas d'admiration pour cette langue sacrée.

Mac Cullough appartenait au cercle très étroit des amis de Higgins qui, officiellement, se réunissaient dans le cadre d'un très sérieux club d'archéologie où l'on ne dégustait pas que des tessons de poterie ; entre eux, la formule « à la vie, à la mort » avait vraiment un sens. L'ex-inspecteur-chef savait que, dans ce cercle minuscule, ne figuraient ni lâches, ni menteurs et que le serment d'entraide ne serait pas violé.

L'Écossais crut entendre la sonnette ; il se vêtit d'une robe de chambre en laine des Highlands et alla ouvrir.

– Higgins et Marlow ! Par le monstre du Loch Ness, êtes-vous encore sur le sentier de la guerre ?

– Je le crains, répondit l'ex-inspecteur-chef.

– Un crime bien mystérieux, comme je les aime ?

– Il ne devrait pas te décevoir.

– Tu me raconteras toute l'affaire en détail, mais pas avant d'avoir goûté mon pudding à la banane, au cacao amer et à l'alcool de rose. Vous avez de la chance ; je l'ai terminé hier.

Depuis son adolescence, Malcolm Mac Cullough se prenait pour un grand pâtissier ; malgré les avis de ses condisciples de Cambridge, il s'était obstiné dans cette voie et continuait à agresser le foie de ses meilleurs amis avec des gâteaux qu'aucune commission sanitaire n'aurait jugés comestibles. Il fallait malheureusement en passer par là avant d'aborder les choses sérieuses. Par bonheur, Mac Cullough servait un délicieux café qui facilitait la digestion.

– Quel est ton problème, Higgins ?

– Ceci.

L'ex-inspecteur-chef montra à son ami plusieurs dessins très précis de l'instrument de musique posé sur le bureau de l'astrologue.

– Très joli… J'ai vendu ce type de flûte voici trois ou quatre ans. Attends une seconde.

Malcolm Mac Cullough déplaça les cinq volumes d'un dictionnaire de numismatique, trois in-folio consacrés à l'héraldique, une grammaire d'akkadien et, d'une main très sûre, pêcha dans un rayonnage médian de sa gigantesque bibliothèque un opuscule consacré aux flûtes asiatiques.

Il le feuilleta d'un doigt habile.

– La voilà, ta flûte !

Le dessin de l'ethnologue était sommaire, mais impossible de s'y tromper.

– De quoi s'agit-il exactement ?

– D'une flûte cérémonielle utilisée au Siam voilà bien longtemps ; ce type-là a disparu et vaut une petite fortune.

– Usage religieux ?

– Plutôt seigneurial.

– Une légende parle-t-elle de l'instrument ?

– Pas à ma connaissance ; c'était un cadeau destiné à un hôte de marque, même s'il n'était pas musicien. C'est pourquoi les sculpteurs l'ornaient selon leur fantaisie. La plupart du temps, ces flûtes-là présentent une particularité assez remarquable.

– Laquelle ?

– Elles sont taillées dans un os humain.

*

* *

Higgins jugea plus prudent de ne pas se rendre chez le colonel Sir Arthur Mac Crombie, autre ami indéfectible dont la cuisinière galloise était spécialisée dans les plats en sauce ; après le pudding de Mac Cullough, il ne se sentait pas capable d'affronter une cuisse de sanglier marinée et deux autres plats du même acabit. Pour une fois, le téléphone lui parut plutôt salvateur.

– Higgins ! Ce vieux brigand... Je t'attends pour dîner, quand ton enquête sera terminée.

La voix rauque et autoritaire du colonel avait déchiré un nombre considérable de tympans pendant la dernière guerre, qu'il connaissait mieux que personne. Son service d'archives, de fiches et de dossiers demeurait sans égal ; rien de ce qui concernait l'armée ne lui était étranger. Pour le colonel, qui ne faisait pas une carrière militaire était un anarchiste. Le Yard trouvait à peine grâce à ses yeux.

– Qu'est-ce que tu veux savoir, vieille canaille ?

Higgins redoutait que le colonel distillât l'une de ses blagues salaces qui avait fait rougir un général d'active, après trente ans de carrière et une attaque suicide d'un bataillon allemand, dont il était sorti indemne ; mais Mac Crombie semblait être dans de bonnes dispositions.

– J'ai ici une sorte de décoration.

– C'est une décoration ou ce n'en est pas une ! Décris-la.

Higgins s'exécuta, en donnant tous les détails avec précision.

– L'ordre de l'éléphant, répondit le colonel ; c'était siamois, et plus honorifique que militaire. On pouvait l'accorder à des civils, et même à des étrangers qui avaient rendu service au pays. Tâche de trouver mieux, la prochaine fois.

*

* *

Minuit sonna à Big Ben.

La vieille Bentley avait envie d'aller se coucher.

– Demain, rappela Higgins, nous serons mercredi.

– Est-ce si inquiétant ?

– J'éprouve une sensation désagréable depuis le début de l'enquête, confia l'ex-inspecteur-chef. Et n'oubliez pas cette pendule cachée qui donne l'heure d'une mort.

– Nous avançons, ne trouvez-vous pas ?

– Certes. Mais avançons-nous assez vite ?

Marlow n'osa pas demander à Higgins où il logeait ; habitait-il chez un ami... ou une amie ? Au Yard, sans jamais pouvoir le prouver, on murmurait que le charme de l'inspecteur avait souvent agi.

– Où dois-je vous déposer ?

– Ici même ; je vais marcher un peu. C'est excellent pour la réflexion.

– Demain matin, à mon bureau ?

– À huit heures ; n'oubliez pas de vérifier les dates, lieux et heures de naissance de nos interlocuteurs.

– Soyez sans crainte, Higgins.

— 12 —

Montfort Leamington possédait deux immeubles dans Wood Street, l'une des artères du quartier de Cheapside, au cœur de Londres, où se tenait un marché médiéval fort animé qui avait cédé la place à de nombreux commerces.

Une aimable secrétaire conduisit Higgins et Marlow jusqu'au bureau du grand patron, bourgeoisement installé dans un cadre des plus confortables. Fauteuils de cuir, meubles en acajou, moquette gris perle donnaient une impression d'aisance et de respectabilité.

Plutôt enveloppé, vêtu d'un classique costume trois pièces bleu sombre, les cheveux grisonnants, Montfort Leamington ressemblait un peu à Orson Welles, sans être obèse. Il quitta son siège directorial et, chaleureux, vint à la rencontre des deux policiers.

– Soyez les bienvenus, messieurs ; ma secrétaire vous apporte un café et des brioches. À cette heure matinale, il n'est pas encore trop tard. Venez dans le salon d'honneur, nous y serons plus à l'aise pour discuter.

Le salon d'honneur était décoré d'une longue fresque où étaient évoquées les richesses des cinq continents et les découvertes des grands explorateurs.

– Splendide, n'est-ce pas ? Je dois cette œuvre d'art à un peintre japonais. S'asseoir dans des canapés thaïlandais et prendre le petit déjeuner dans un service chinois : le monde n'est-il pas merveilleux ?

La voix de Montfort Leamington était chaude et sympathique ; il semblait être heureux de recevoir les hommes du Yard.

– Ça ne vous dérange pas, si je fume une première pipe ? J'ai choisi un mélange de tabacs exotiques si doux qu'il n'incommode pas.

Leamington s'enfonça dans un fauteuil avec un plaisir évident ; bien calé, à l'aise, heureux de vivre, il ne paraissait nullement préoccupé.

– Votre visite a-t-elle un rapport avec mes affaires ? Superintendant Marlow et inspecteur Higgins... La délégation est impressionnante !

– En quoi consiste votre activité ? demanda Higgins.

– Je préside une assez grosse société d'import-export en affaires avec les pays du Commonwealth.

– Êtes-vous en relation avec la Couronne ? interrogea Marlow, anxieux.

– De temps à autre ; je ne rate jamais une occasion de servir mon pays et de propager la gloire de Sa Majesté. De ces fenêtres, messieurs, j'entends les cloches de St. Mary le Bow, c'est la preuve que je suis un véritable Londonien. Je suis né ici et, malgré mes nombreux voyages, j'espère y mourir. Mais vous n'avez pas satisfait ma curiosité.

– Nous enquêtons sur un meurtre, indiqua Higgins.

La jovialité naturelle de Montfort Leamington fut assombrie.

– Un membre de mon personnel ?

– L'astrologue Junctin Ampton.

Le négociant se redressa en s'agrippant aux accoudoirs du fauteuil.

– Junctin... C'est incroyable !

– Vous le connaissiez bien ?

– C'était mon astrologue et le meilleur de mes conseillers ; son aptitude à déchiffrer l'avenir était stupéfiante. Grâce à lui, j'ai signé de magnifiques contrats et réalisé des bénéfices inattendus. J'ai du mal à vous croire, messieurs. Qui a pu commettre un tel acte ?

– C'est la question que nous nous posons.

Le café et les brioches détendirent l'atmosphère ; leur moelleux n'avait rien de comparable avec celles de la cantine du Yard.

– Où vous trouviez-vous, lundi soir ?

– J'ai passé le dimanche et le lundi soir dans ma ferme du Sussex où j'élève des chevaux.

– Seriez-vous cavalier ?

– Pas le moins du monde ! Une tradition de ce coin de campagne que j'ai respectée.

– Êtes-vous rentré à Londres dans la soirée ?

– Vers vingt heures, je crois ; à cause d'un certain nombre de dossiers en retard, je me suis enfermé dans mon bureau jusqu'à minuit.

– Bien entendu, vous connaissez votre thème astrologique, suggéra Higgins.

– Junctin Ampton me l'a montré, bien que je ne m'intéresse guère à la technique. Je me souviens de mon degré d'ascendant : vingt et un degrés du Bélier, avec Jupiter à proximité.

Higgins se leva et fit quelques pas.

– Êtes-vous musicien, monsieur Leamington ?

– Je n'ai guère de loisirs, inspecteur.

– Êtes-vous marié ?

– Même réponse, dit le négociant en souriant ; quant à la bagatelle, c'est un luxe que seuls les désœuvrés peuvent s'offrir.

L'ex-inspecteur-chef s'arrêta devant un tableau chargé de décorations.

– Vos distinctions ?

– Des souvenirs de voyages ; babioles sans importance. Mes collaborateurs tiennent à ce que je les expose.

Marlow fixait les poignets de Montfort Leamington ; par moments, ses manches de chemise dépassaient. Il constata que l'imposant personnage ne portait pas de boutons de manchette.

– Ce crime est tout à fait incompréhensible, jugea le négociant ; mon ami Junctin était un personnage délicieux, d'une éducation parfaite, qui vivait en ermite. Un sage des temps modernes.

– Se sentait-il menacé ? demanda Marlow.

Leamington réfléchit, en tirant sur sa pipe.

– Junctin était un homme plutôt secret, mais s'il s'était cru en danger, il m'en aurait probablement parlé ; nous sympathisions, lui et moi. Comment pourrais-je vous aider à établir la vérité, messieurs ?

– Rassemblez vos souvenirs, recommanda Higgins ; un détail insignifiant pourrait nous être utile.

– Nous devrions donc nous revoir.

– C'est inévitable.

– Eh bien, tant mieux ! Nous ferons plus ample connaissance.

Montfort Leamington se leva.

– Un petit détail m'a gêné, je l'avoue ; en m'interrogeant sur mon emploi du temps, j'ai eu le sentiment que vous me soupçonniez.

– C'est exact, reconnut Higgins ; au même titre que les autres clients de l'astrologue.

– En ce cas, je ne jouis d'aucun privilège !

*

* *

La vieille Bentley sortit de Londres par le nord-ouest et se dirigea vers la campagne ; il lui faudrait rouler une cinquantaine de *miles* pour atteindre le domaine de Langsam.

– Ce Leamington est trop jovial pour être honnête, estima Marlow.

– Il n'est pas musicien, précisa Higgins, ne semble pas sentimental et ne porte pas de boutons de manchette comme vous l'avez vous-même observé.

– Il est lié plus ou moins directement à la Couronne, rappela le superintendant, et surtout, il aime les décorations.

– Vous songez à l'éléphant… Pourquoi pas ?

– Trop facile, à votre avis ?

– Peut-être pas.

Le domaine de Langsam se cachait derrière de hauts murs de pierre grise. Une pluie battante fit chanter les tôles de la Bentley au moment où elle se présentait devant la grille d'entrée. Protégé par son Tielocken, le seul imperméable capable de résister à toutes les bourrasques, Higgins sonna la cloche.

Un domestique, portant haut un vieux parapluie, vint ouvrir.

– Sir Henry vous attend, messieurs.

— 13 —

Le domaine de Langsam était franchement sinistre.

Le parc, assez étriqué, manquait d'allure : la pelouse était piétinée à plusieurs endroits et la plupart des hêtres semblaient atteints d'une sorte de rouille. La bâtisse centrale, grise et délabrée, n'était guère hospitalière.

– Sir Henry est aux écuries, indiqua le serviteur ; si ces messieurs veulent bien se donner la peine de contourner la maison et descendre l'escalier. De mon côté, je dois préparer le déjeuner.

L'arrière de la demeure n'offrait pas un aspect plus engageant que le reste du domaine ; un escalier moussu et dangereux conduisait à une série de boxes à chevaux. Un homme âgé, coiffé d'un chapeau noir, vêtu d'un gilet gris et d'un pantalon rayé, tirait par la bride un cheval fougueux.

L'animal était si rétif que le dresseur dut utiliser une plate-longe, pièce des harnais des chevaux attelés qui les empêchait de ruer. Lorsque le calme fut obtenu, Marlow s'approcha.

– Pardon, mon brave… Pourriez-vous nous indiquer où se trouve Sir Henry ?

– Je suis Sir Henry.

Le ton était aussi glacial que le regard. L'aristocrate, longiligne et maigre, avait un visage ingrat, sans être laid. Les traits semblaient taillés à la serpe ; un grand front dominait l'ensemble. Les mains étaient déformées par l'arthrite, les gestes lents. À cinquante-neuf ans, Sir Henry Bridgewood faisait beaucoup plus vieux que son âge.

– Pourrions-nous vous parler quelques instants ? Je suis le superintendant Marlow et voici l'inspecteur Higgins.

– Vous me dérangez.

– Il s'agit d'une enquête criminelle, Sir.

– Mon emploi du temps est très strict, allez m'attendre dans le petit salon, à droite en entrant.

Sir Henry se désintéressa de ses hôtes et raccourcit les étrivières, courroies par lesquelles les étriers sont suspendus à la selle.

Le superintendant ne savait trop sur quel pied danser ; il avait fort envie de réagir, mais craignait que ce personnage rébarbatif ne fît partie de l'*establishment*, mystérieuse institution britannique regroupant de manière informelle les personnalités influentes du royaume.

Le petit salon était une pièce minuscule et sinistre, pourvue de quatre fauteuils plutôt délabrés. Murs nus, parquet grinçant et fenêtres étroites ne composaient pas le plus charmant des décors. Scott Marlow frissonna ; aucun chauffage n'avait été prévu et malgré la saison, la température ne devait pas dépasser les dix degrés.

On ne leur offrit ni café, ni apéritif. Au bout d'une demi-heure, Marlow trépigna.

– Personne n'a le droit de traiter Scotland Yard de la sorte, je vais...

En sortant du petit salon, le superintendant se heurta à Sir Henry.

– Vous êtes bien impatient ; c'est un grave défaut, chez un policier.

Une nouvelle fois, Marlow ne sut que répondre ; il ne parvenait pas à prendre la mesure de cet homme au self-control réfrigérant.

Sir Henry s'assit dans un fauteuil sans provoquer le moindre bruit ; Scott Marlow, en l'imitant, fit grincer le siège. À cet instant, il regretta de n'être point léger comme une plume. Higgins demeura debout et ouvrit son carnet noir.

– Votre astrologue, Junctin Ampton, a été assassiné, déclara l'ex-inspecteur-chef.

– Regrettable.

– Le consultiez-vous souvent ?

– Quand nécessaire.

– Étiez-vous satisfait de ses services ?

– Oui.

– Ce décès vous contrarie-t-il ?

– Oui.

– Junctin Ampton vous avait-il fait part d'inquiétudes ou de menaces ?

– Non, nos entretiens restaient strictement professionnels.

Higgins posa la question décisive.

– Où vous trouviez-vous, lundi soir ?

– En forêt, non loin de Balmoral.

– Une raison précise ?

– Je suis chargé de veiller sur le bon état des forêts de la Couronne. Mes prédécesseurs considéraient cette charge comme purement honorifique, ce n'est pas mon cas. Je fais de fréquentes inspections, en toute saison, à toute heure du jour ou de la nuit. J'observe ainsi quantité d'animaux et surprends les braconniers.

– N'est-ce pas dangereux ?

– Si j'avais eu peur, j'aurais refusé ce poste.

– Vous êtes-vous intéressé aux particularités de votre thème astrologique ?

– Je l'ai moi-même dressé afin de vérifier les calculs de mon astrologue ; s'ils avaient été erronés, il ne m'aurait jamais revu.

– Serait-il indiscret de demander votre ascendant ?

– C'est une donnée scientifique : six degrés du Cancer, avec Saturne conjoint.

Henry Bridgewood donna spontanément lieu, heure et date de naissance.

– Êtes-vous éleveur de chevaux ?

– Je n'éprouve aucune attirance pour ces équidés plutôt stupides, mais je dois tout vérifier, qu'il s'agisse des écuries, du parc ou de la maison. Quand vous serez parti, je me transformerai en maçon et, demain, en jardinier. C'est ainsi, à notre époque : les ouvriers consciencieux et compétents font cruellement défaut. La tradition se perd davantage chaque jour. Mondanités, luxe inutile, tape-à-l'œil, voilà nos valeurs… Comme je n'aime que le travail bien fait, je suis souvent obligé de le faire moi-même. Un pays n'est équilibré et serein que s'il respecte son passé et ses coutumes ; lorsqu'il sacrifie à la mode, il entre en décadence.

Marlow jugea Sir Henry un peu plus sympathique ; avec de telles pensées, en effet, on pourrait songer à reconstruire l'empire.

– Vous devez être un fervent partisan de la monarchie ?

– La question ne se pose même pas, superintendant ; le monde entier l'envie. Sans elle, le nazisme aurait vaincu. La monarchie est notre plus grande richesse.

Higgins dessinait le petit salon sur une page de son carnet noir ; l'œil sévère de son hôte le fixa.

– Vous possédez une belle qualité, inspecteur : votre crayon noir. Il est parfaitement conforme à la tradition ; vous le taillez vous-même avec soin et devez écrire de manière régulière et sans nervosité. Vous voudrez bien m'excuser, messieurs, j'ai à faire.

*

* *

La Bentley roulait doucement ; elle se faufilait entre les flaques d'eau et négociait en souplesse les nombreux virages de la petite route de campagne qui la ramenait vers Londres.

– Je me suis rarement senti aussi mal à l'aise, avoua Marlow ; quel personnage rugueux !

– Il a un lien direct avec la famille royale.

– Rien de rassurant, je vous le concède... Pour le reste, néant ! Ce n'est pas le genre d'homme à laisser traîner de l'argent, à porter des boutons de manchette en or, à aimer les décorations, à vivre une folle passion, à boire du vin coûteux ou à jouer de la flûte.

– En apparence, vous avez raison ; mais nombreux sont les assassins doués pour la comédie. Et puis, vous oubliez le parapluie.

– Quel parapluie ?

– Celui qu'arborait le domestique venu nous ouvrir ; usé, en mauvais état, rongé par la pluie et le vent.

– Je ne le retiendrai pas comme indice, Higgins : tout le domaine est dans cet état-là.

— 14 —

Regent's Canal était un des endroits les plus charmants et les plus romantiques de Londres ; naguère, le canal reliait la capitale à Liverpool. Aujourd'hui, il était encore possible de s'y promener en barque ou de flâner en parcourant lentement l'ancien chemin de halage. Little Venice ne volait pas son nom ; on avait effectivement l'impression de sortir de la ville pour entrer dans un univers aquatique, bordé d'arbres et de demeures plus ou moins délabrées, mais emplies de rêves d'un autre âge.

Marlow regarda sa montre : seize heures trente, déjà. La petite excursion à la campagne avait dévoré une bonne partie de ce mercredi.

Linda Halmond habitait une vieille maison de trois étages, peinte en jaune clair, masquée par un grand saule pleureur dont les branches plongeaient nonchalamment dans l'eau du canal. Les fenêtres à petits carreaux s'y reflétaient, fragile image d'une douceur de vivre menacée.

Comme personne ne répondit à leur appel, les deux policiers poussèrent la porte d'entrée. La demeure, aux murs bleu pastel, semblait vide ; un paisible silence, agrémenté du parfum de fleurs printanières, y régnait. Higgins et Marlow empruntèrent un escalier en colimaçon et débouchèrent sur une terrasse fleurie où une jeune femme endormie et alanguie goûtait le soleil, brusquement réapparu.

Linda Halmond était âgée d'une trentaine d'années ; les cheveux noirs, le teint très clair, le visage enfantin et délicat, elle portait un corsage blanc largement décolleté, une veste violette aux manches relevées, un pantalon en soie rose s'arrêtant au-dessus du genou, et des ballerines. Il était difficile d'imaginer scène plus charmante.

Higgins toussota.

La dormeuse, percevant une présence, se tourna sur son côté gauche et s'éveilla.

– Mais qui êtes-vous ?

– Ne soyez pas inquiète, mademoiselle ; je suis l'inspecteur Higgins et voici le superintendant Marlow.

– Scotland Yard, chez moi ?

– Ne devriez-vous pas fermer votre porte d'entrée ?

Linda Halmond se redressa sur sa chaise longue.

– On me l'a déjà recommandé, mais j'aime trop la liberté. Que signifie votre visite ?

Elle avait une voix douce, presque langoureuse, que l'on écoutait avec ravissement.

– Nous sommes porteurs d'une mauvaise nouvelle, déplora l'ex-inspecteur-chef.

Les jolis yeux gris de Linda Halmond se troublèrent.

– Qu'est-il arrivé ?

– Junctin Ampton est mort.

– Mon astrologue ! Comment… comment est-ce possible ?

Elle porta les mains à son cou, telle une petite fille désemparée.

– Nous recherchons l'assassin et nous le trouverons, affirma Marlow.

– Quelle tragédie ! Junctin était le plus doux des êtres, le plus compréhensif, le plus serviable. En sa compagnie, je me sentais rassurée et calme. Il apaisait mes angoisses et me conseillait comme un père. Comment vivre, sans lui ?

Machinalement, elle ôta une boucle d'oreille en argent et la frotta entre ses doigts.

– Rien ne laissait prévoir ce drame, avança Higgins.

– Vraiment rien, inspecteur ; quand s'est-il produit ?

– Lundi soir.

– Lundi soir… Et dire que je me trouvais au fond de mon lit, avec la grippe ! Peut-être aurais-je pu l'aider.

– Je ne vois pas comment.

Elle se leva, légère et charmeuse. À la taille, une merveilleuse ceinture en cuir repoussé avec des rosettes en argent massif.

– Je suis bouleversée… je suppose que je devrais vous offrir quelque chose, mais je me sens perdue, comme orpheline.

– Quel est votre ascendant ?

– Taureau, quinze degrés, avec la lune conjointe.

– Pourriez-vous m'écrire vos coordonnées de naissance ?

Higgins tendit son carnet noir. La jeune femme fut réticente.

– Faites-vous une analyse graphologique ?

– Nous ne nous privons d'aucun moyen d'investigation.

De sa grosse écriture ronde, elle indiqua ses lieu, date et heure de naissance.

– Quelle est votre profession, mademoiselle ?

– J'organise les voyages de hautes personnalités ; partir à l'étranger est toujours un souci que je fais disparaître. À moi de faciliter les déplacements, de réserver les hôtels, de prévoir les distractions et d'écarter les journalistes ou autres importuns.

– Comptez-vous des membres de la famille royale parmi vos clients ? demanda Marlow.

– Ce sont mes principaux clients, déclara la jeune femme avec fierté. Je fais beaucoup d'envieux, il est vrai ; à moi de ne provoquer aucun incident et de procurer un service impeccable. Junctin Ampton m'aidait beaucoup.

– De quelle manière ? interrogea Higgins.

– Il faut se déplacer, surtout lors de son anniversaire, en harmonie avec les astres ; lui seul était capable de m'indiquer les bonnes destinations. À moi, ensuite, de convaincre les voyageurs.

– C'est de la sorcellerie ! s'exclama Marlow.

– Pas du tout, rétorqua Linda Halmond, une simple technique qui exige de l'intuition et du savoir-faire.

– Vos honoraires doivent être élevés.

– Ils sont justifiés ; je mène une existence agréable, mais ne jette pas l'argent par les fenêtres.

Elle réajusta sa magnifique ceinture qui avait tendance à glisser.

– Puis-je vous offrir un verre ? Je n'ai que des jus de fruits, car je ne bois pas d'alcool.

Marlow se contenta d'un jus de raisin ; Higgins apprécia une citronnade.

– Suivez-vous déjà une piste précise ?

– L'enquête ne fait que commencer, mademoiselle.

– Junctin Ampton était un homme dangereux, dit-elle avec gravité.

– Pour quelle raison ? demanda Higgins.

– Il voyait trop clair dans le jeu des êtres et dans leur destinée.

– Vous avait-il fait des confidences ?

– Ce n'était pas son style.

– Soupçonneriez-vous quelqu'un, mademoiselle ?

– N'exigez pas un mot de plus, inspecteur, et ne cherchez pas à percer des mystères inaccessibles à mon esprit de femme.

*

* *

La vieille Bentley fut immobilisée dans un gigantesque embouteillage provoqué par la pluie et deux accidents. Les deux policiers remirent au lendemain l'interrogatoire des trois dernières personnes figurant sur la liste.

– Qu'a-t-elle voulu dire avec ses « mystères inaccessibles » ?

– Je l'ignore, mon cher Marlow ; cette jeune femme est elle-même très mystérieuse.

– C'est la première qui évoque le danger incarné par l'astrologue.

– À juste titre, me semble-t-il.

– Elle ne boit pas de vin, ne porte pas de bas, n'abandonnerait pas une belle somme d'argent n'importe où, mais est en relation d'affaires avec les membres de la famille royale.

– Son écriture n'est pas celle de la lettre de rupture.

– On jurerait qu'elle en sait beaucoup et qu'elle veut nous mettre sur une piste sans s'impliquer.

– C'est bien possible. Et demain, nous sommes jeudi.

— 15 —

Un brouillard poisseux, plutôt inhabituel en mai, avait envahi la capitale. Fleet Street, que l'on qualifiait volontiers de « rue de la presse », n'échappait pas à ce smog dans lequel s'enfoncèrent bravement Higgins et Marlow. Ils trouvèrent avec quelque peine l'immeuble du journal où travaillait Jack Walks. On leur indiqua son bureau où ils attendirent un petit quart d'heure l'arrivée du journaliste, un homme de taille moyenne, rapide et nerveux ; le front couvert de taches de rousseur, les yeux sans cesse mobiles, les lèvres minces, il faisait beaucoup plus jeune que ses quarante ans. Vêtu d'un costume à la mode aux couleurs criantes, il alluma une cigarette à celle qu'il venait de fumer.

– Vous êtes qui, vous ? demanda-t-il en se précipitant dans son fauteuil. Une seconde, je dois téléphoner... Le scoop de l'année, c'est ça ? Je marche, ça dépend du prix. Bon sang ! Occupé... Les gens passent leur temps à bavarder.

– Scotland Yard, dit Higgins avec le plus grand calme.

Jack Walks pencha la tête en arrière.

– Oh non, pas ça ! Encore une plainte d'une de ces vieilles duchesses qui n'a pas aimé ma prose ! Je les gâte, pourtant.

– C'est plus grave.

Les yeux inquisiteurs se posèrent sur Higgins.

– Ah bon… Vous êtes un flic important ?

– Voici le superintendant Marlow ; je suis l'inspecteur Higgins.

– Attendez voir…

Walks fouilla dans le tiroir de son bureau où régnait un indescriptible désordre ; il en expulsa des stylos hors d'état de fonctionner, des gommes tachées d'encre, quelques dossiers périmés et s'enthousiasma en exhumant une fiche couverte d'une écriture illisible.

– Voilà, c'est vous ! Et vous n'êtes pas n'importe qui… Superintendant Marlow, l'un des meilleurs spécialistes des affaires criminelles ! L'inspecteur Higgins est moins facile à repérer, mais j'ai ici quelques indices laissant à penser qu'il a dû jouer un rôle déterminant lors de l'identification d'assassins chevronnés.

– Vos investigations sont-elles terminées ? demanda Marlow, irrité.

– Jamais, superintendant, jamais ! Un journaliste qui cesse ses investigations n'existe plus ! Moi, avec ma spécialité, je n'ai pas une seconde de repos.

– De quoi vous occupez-vous ?

– De la famille royale ; je traque les ragots, les potins, les bruits les plus infimes et j'en informe mes lecteurs qui ne sont jamais rassasiés.

Un tic secoua la paupière gauche de Jack Walks ; tout en mâchant l'extrémité d'un crayon, il écouta l'un de ses portables.

– Vous devriez nous accorder davantage d'attention, recommanda Higgins ; nous devons vous parler d'un meurtre.

Le journaliste se calma un peu.

– Je n'ai tué personne ; ce n'est pas du tout mon genre ! Moi, je m'occupe de mariages, d'amourettes, de divorces, d'intrigues, de...

– Où vous trouviez-vous, lundi soir ?

– Moi ? Je ne m'en souviens plus... À quelle heure ?

– Entre vingt et une heures et vingt-trois heures.

– J'ai dû traîner dans les pubs... On y rencontre des gens intéressants. Sans informateurs, je ne pourrais pas rédiger un article. Mais votre question, là... Vous me soupçonnez ?

– Pourquoi pas ?

Walks blêmit.

– Qu'est-ce qui se passe... Je rêve, c'est un cauchemar !

– Calmez-vous, conseilla Higgins.

– Qui a été tué ?

– Junctin Ampton, répondit Marlow.

– Connais pas.

– Allons, monsieur Walks ; ce mensonge est grossier et inutile.

Le journaliste baissa la tête.

– Bon, d'accord, c'était mon astrologue. Un homme formidable... Grâce à lui, et même si ses consultations n'étaient pas données, je commençais à faire de meilleurs investissements.

– Des difficultés financières ?

– De temps à autre, mais je m'en sors. Dans mon métier, il faut savoir s'adapter.

– Vous n'étiez donc pas au courant de la mort de Junctin Ampton ?

Jack Walks se leva et tapa du poing sur une affiche qui décorait son bureau.

– Non, et c'est honteux ! Moi, battu sur le terrain de

l'information… Ridicule. Dites-moi le nom de l'assassin ; je suis sûr que vous le connaissez déjà.

– Désolé de vous décevoir.

– Vous pouvez me rayer de la liste des suspects ; un coup comme ça, et je perds mon job !

– Êtes-vous musicien ?

– J'ai fait des claquettes quand j'étais petit. Mon expérience artistique s'est limitée là.

– Marié, monsieur Walks ?

Le journaliste éclata de rire.

– C'est la meilleure plaisanterie de la semaine ! Une femme de-ci, de-là, mais le mariage ! Celle qui me ligotera n'est pas encore née.

– Je suppose que vous avez une hypothèse à émettre, suggéra Higgins.

– Une erreur. Assassiner Junctin Ampton n'a aucun sens.

– On tue rarement par erreur, observa Marlow, courroucé.

– Eh bien, c'est un cas rare, ironisa le journaliste.

– Connaissez-vous votre ascendant ? interrogea Higgins.

– Cinq degrés du Capricorne, et Mercure qui se lève ; excellent pour parler, rédiger, bouger, bref, tout ce qui me convient. J'ai aussi de l'ambition et je réussirai ; bien sûr, cela exige beaucoup d'efforts, mais j'en suis capable.

– Nous vous le souhaitons.

Walks se rassit et posa les pieds sur son bureau.

– Ce meurtre… J'ai le droit d'en parler ?

– Je ne vous le conseille pas, dit le superintendant, outré.

– Dommage, ça m'aurait fait un petit article, à condition que vous me donniez quelques informations de première main.

– Vous ne semblez pas comprendre ! Un assassinat a été commis, et vous figurez sur la liste des suspects.

– Qui vous a donné cette liste ?

– Ne dépassez pas les bornes, Walks.

– Vous n'allez quand même pas inventer des preuves pour vous offrir un coupable au rabais ?

– J'ai envie de vous inculper pour insulte à un représentant de Scotland Yard.

Le téléphone fixe sonna ; le journaliste décrocha.

– C'est moi, oui… D'accord, j'arrive. Navré, messieurs ; on m'appelle à la rédaction.

*

*   *

– Un menteur, un affabulateur et un anarchiste ! Et ce petit monsieur ose s'occuper de la famille royale… Nous vivons dans une époque misérable, Higgins.

L'ex-inspecteur-chef laissa passer l'orage.

– Malheureusement, pas grand-chose à retenir contre lui.

– S'il est l'assassin, il a brouillé toutes les pistes.

– Toutes… Ne soyez pas si pessimiste, mon cher Marlow.

— 16 —

L'hôtel particulier de Balthazar Link donnait sur la plus belle partie de Hyde Park ; il résistait à l'envahissement de tours modernes qui tentaient de dévorer cet endroit privilégié où, naguère, les milliardaires aimaient résider.

D'après le dossier que Marlow venait de relire, Balthazar Link devait appartenir à l'*establishment* ; patron d'une maison de haute couture, il passait pour l'un des hommes les plus élégants d'Angleterre. Deux Rolls, trois voitures de course, une armée de serviteurs, un cuisinier réputé à demeure, une villa sur la Riviera italienne étaient quelques signes apparents de sa richesse.

Dans la grande façade blanche s'ouvraient de larges fenêtres qui donnaient à la maison de Link une allure de château ; le superintendant hésita.

– Le poisson n'est-il pas un peu trop gros, Higgins ?

– Vous n'êtes pas homme à reculer, mon cher Marlow ; Link figure sur la liste.

– Vous avez raison.

Les deux policiers subirent un long cérémonial : portier, valet de pied, maître d'hôtel et, enfin, l'immense bureau de Balthazar Link où trônait un homme d'une cinquantaine d'années qui avait l'allure d'un grand seigneur de la Renaissance. Les cheveux argentés, le front large, le sourire froid, un léger dédain dans les yeux bleu sombre, il portait un costume croisé gris anthracite d'une classe incomparable. Chemise blanche à rayures bleues, pochette bouffante à pois bleus, cravate noire à pois blancs étaient autant de détails raffinés qui ajoutaient à la prestance du personnage.

Le bureau était une symphonie de marbres de couleur, de dorures et de boiseries ; à la fois rayonnant et somptueux, ce décor éblouissait les visiteurs qui avaient la chance de le contempler. On se sentait si écrasé par tant de magnificence que le maître des lieux n'avait guère de peine à conclure des contrats à son avantage.

Higgins, qui avait connu les palais des maharajas et ceux des émirs, n'était pas impressionné. Balthazar Link jeta un œil critique sur l'accoutrement de Marlow et plutôt bienveillant sur le costume de son collègue.

– C'est la première fois que j'ai le plaisir de recevoir chez moi la police de Sa Majesté, déclara Link, non sans emphase. Que me vaut ce privilège, messieurs ?

– Un assassinat, répondit Higgins, après avoir fait les présentations.

– C'est extrêmement déplaisant, inspecteur ; de quelle manière suis-je concerné ?

La voix était posée, le port de tête altier, le geste auguste : rien ne devait émouvoir ce grand patron.

– Junctin Ampton n'était-il pas votre astrologue ?

– Je ne le nie pas ; c'est un homme d'une extrême qualité dont je me porte garant.

– C'est lui, la victime.

Balthazar Link demeura impassible.

– Pourquoi l'a-t-on assassiné ?

– Nous l'ignorons.

– La mort est horrible, messieurs ; le meurtre, plus encore.

Marlow fixait les poignets de Link ; sans nul doute, il aimait les boutons de manchette en or.

– Votre astrologue était-il de bon conseil ? demanda Higgins.

– Assurément. Voyez-vous, inspecteur, mon ascendant se trouve à douze degrés du Lion et il est illuminé par le Soleil ; c'est un puissant facteur de chance, certes, mais le développement d'une grande entreprise exige aussi des conseillers. Junctin Ampton faisait partie de ceux-là : je n'ai eu qu'à me louer de ses avis.

Sur la plaque de granit rose d'Assouan qui servait de bureau, Higgins nota la présence d'une large bande de tissu doré.

– Un souvenir ?

– En effet, inspecteur ; elle me rappelle ma première affaire rentable et le triomphe de ma première collection.

– Nous sommes contraints, le superintendant et moi-même, de vous poser quelques questions délicates ; j'espère que vous ne vous en offusquerez pas ?

– Accomplissez votre devoir.

– J'aimerais connaître votre emploi du temps de lundi soir.

– C'est fort simple et je m'en souviens très bien ; j'ai quitté mon bureau vers vingt heures et je suis monté à mon appartement. Comme je ne suis pas marié, je peux encore m'octroyer quelques soirées solitaires et tranquilles. Jusqu'à onze heures, j'ai écouté du Haendel et du Purcell, un verre de cognac à la main, en songeant à quelques grandes cérémonies du passé comme cette belle journée de 1851 où neuf carrosses sortirent de Buckingham Palace pour se diriger vers Hyde Park ; dans l'un d'eux la reine Victoria, vêtue de rose, venant inaugurer la première Exposition

Universelle au son des trompettes et de deux cents orgues accompagnant une chorale de six cents exécutants.

Marlow écoutait Balthazar Link avec ravissement.

– Avez-vous habillé des membres de la famille royale ? demanda-t-il.

– Ils ont apprécié certains de mes modèles, en effet. La Couronne m'a surtout fait l'honneur de me consulter à propos de l'histoire de l'étiquette et du protocole. J'ai accumulé quantité de documents qui, en certaines circonstances, peuvent lever des doutes.

– Vous êtes une sorte de conseiller occulte.

– Si vous voulez, superintendant, quoique je n'aie rien à cacher ; tout ce qui va dans le sens de la splendeur me ravit. Les hommes devraient comprendre que, pour le printemps et l'été, six costumes au moins sont nécessaires, dont un en lin ; huit sont indispensables pour l'automne et l'hiver, dont au moins un flanelle et un tweed. Sans ces données de base, nous basculons dans la vulgarité.

– La difficulté, estima Higgins, concerne les accessoires ; le port des décorations, par exemple.

– Hors de question de défigurer un costume avec ce genre de colifichets ! Je suis pour la pureté de l'œuvre, la vérité du tissu et la noblesse de la coupe. L'élégance est une vocation qui ne supporte pas les compromis ; nous devons lutter pour maintenir la qualité et le bon goût : ils nous éloignent des turpitudes et de la bassesse.

– Junctin Ampton n'était pas un grand amateur de mode.

– Il avait sa mode à lui, inspecteur ; j'aimais beaucoup le raffinement dépouillé de son unique costume, qu'il possédait en de nombreux exemplaires. Il faut avoir une personnalité exceptionnelle pour relever un tel défi.

– Pourquoi l'a-t-on assassiné, à votre avis ?

Le sourire distant disparut.

– Vous me posez une question vraiment embarrassante.

Marlow sentit que l'atmosphère se tendait.

– Ce crime est un désordre inacceptable, estima Balthazar Link ; Scotland Yard doit faire preuve de son efficacité. Je vous tiens pour personnellement responsables de la réussite rapide de cette affaire.

– C'est beaucoup d'honneur, jugea Higgins, mais il existe une part d'incertitude.

– Supprimez-la. Cet astrologue a fait partie de mes relations ; j'exige qu'on arrête son assassin. Si vous êtes des incapables, soyez certains que vous devrez changer de métier.

*

* *

Marlow n'appréciait guère le doux soleil de ce joli jeudi de mai ; il ne prenait pas à la légère les menaces du grand couturier. Ce genre de personnage avait ses entrées dans les hautes sphères de l'État et, d'une parole coupante, pouvait trancher des cous.

– Comment voulez-vous enquêter sur ce Link... Intouchable !

– Il déteste les décorations, du moins sur son costume, dispose d'assez d'argent pour acheter des grands vins, aime la musique et joue peut-être de la flûte ; quant aux femmes, elles ne semblent pas occuper une grande place dans son existence.

– N'oublions pas l'essentiel, Higgins : les boutons de manchette en or.

– Un superbe indice, en effet.

– Comment s'en servir ?

– Terminons d'abord notre pèlerinage, mon cher Marlow.

La Bentley se montrait un peu hésitante ; la dernière étape, il est vrai, s'annonçait comme la plus redoutable de toutes.

— 17 —

Au cœur du ministère des Affaires étrangères, la fameuse cour Durbar offrait une austérité et une grandeur de bon aloi. Autrefois intégrée à l'India Office, elle était équipée, en son centre, de fosses aux ours que l'on avait jugé préférable de combler et de recouvrir d'un dallage en marbre. Des colonnes de marbre sombre soutenaient des arcades de palais vénitien entre lesquelles étaient disposées les hautes fenêtres des bureaux ; entre les pilastres d'angle, des niches contenaient les statues de personnages illustres qui, dans le monde entier, avaient contribué à la gloire de l'empire. Le même rythme architectural se répétait au premier étage, pourvu d'un balcon en pierre et d'une loggia. L'ensemble n'était pas d'une folle gaieté, mais Scott Marlow appréciait ce témoignage de la grandeur britannique ; ici, on pouvait croire que l'Angleterre continuait à régner sur le monde.

Un homme vêtu d'un costume noir se dirigea vers eux. Col glacé, cravate sombre, lunettes à monture en nacre, cheveux coiffés en arrière lui donnaient l'allure de ce qu'il était : un haut fonctionnaire du Foreign Office entré tôt dans la carrière, décidé à grimper dans la hiérarchie en écrasant quelques pieds, et à y occuper férocement son rang au sein du silence feutré de cabinets où la plupart des décisions resteraient à jamais inconnues du grand public.

– Le temps est splendide, n'est-il pas vrai ? Vous êtes bien le superintendant Marlow et l'inspecteur Higgins ? Permettez-moi de me présenter : je suis Patrick Hurst, chargé de mission.

C'était le titre le plus anodin que le diplomate avait trouvé ; il présentait le grand avantage d'être tout à fait vague.

– Je ne vous reçois pas dans mon bureau, expliqua-t-il, par mesure de discrétion. Les oreilles sont si curieuses, de nos jours. Dans un angle de cette cour, nous serons tranquilles.

La voix du haut fonctionnaire était plate et terne ; il murmurait, tout en restant parfaitement audible.

– J'ai tenu à vous recevoir sans trop tarder, car nous entretenons les meilleurs rapports avec Scotland Yard, et j'apprécie la qualité de votre démarche, infiniment préférable à une procédure disons... plus officielle. En quoi puis-je vous être utile ?

– Nous enquêtons sur un crime, révéla Higgins.

– Diable, diable... Ce n'est pas notre spécialité, au ministère. Je m'en doutais un peu, notez bien.

– Je suppose que vous avez consulté les dossiers du superintendant et de moi-même ?

– Ils sont élogieux, inspecteur, très élogieux ; sachez qu'on vous regrette beaucoup, à Scotland Yard. En haut lieu, on se félicite de vos interventions lors d'affaires complexes et embrouillées qui, sans votre perspicacité, auraient pu jeter le discrédit sur des personnalités très respectables.

– Le mérite en revient à mon collègue.

– Le superintendant Marlow est un policier d'élite, chacun en convient.

Scott Marlow rougit un peu ; ces appréciations lui donnaient un espoir certain pour la suite de sa carrière ; ce n'était certes pas le moment de commettre un impair.

– De quel crime s'agit-il ? demanda Patrick Hurst, légèrement inquiet.

– La victime s'appelle Junctin Ampton, répondit Higgins.

– Ce nom m'est inconnu.

– Pardonnez-moi d'insister.

– Ma mémoire est excellente, inspecteur.

– Le surmenage, les soucis... Nous connaissons tous des défaillances.

Le visage du haut fonctionnaire se ferma.

– Ce n'est pas mon cas, je n'ai jamais entendu parler de ce monsieur.

– C'est étrange.

– Pourquoi, inspecteur ?

– Parce que votre nom figure sur une liste que nous avons trouvée chez lui, écrite de sa main.

L'argument ébranla un instant Patrick Hurst ; il se reprit et remonta son col glacé.

– Elle ne prouve nullement que nous nous connaissions. Ce monsieur a mentionné mon nom pour une raison qui m'est inconnue.

– C'est assez difficile à croire, car la liste citait des personnes que Junctin Ampton avait étudiées en profondeur.

– Étudiées ? Je ne comprends pas...

– Quel est votre ascendant ? interrogea Higgins.

– Ma famille est parfaitement honorable ; mon père était diplomate, et mon grand-père...

– Votre ascendant astral, l'interrompit Higgins.

Le haut fonctionnaire perdit pied ; visiblement, son cerveau demeurait imperméable aux paroles de l'ex-inspecteur-chef.

– Junctin Ampton était votre astrologue, précisa-t-il.

– Mon astrologue ? Mais vous divaguez !

Pour la première fois, Patrick Hurst avait haussé le ton.

– L'astrologie est la plus stupide des superstitions, poursuivit-il, irrité ; comment un homme responsable pourrait-il croire à une telle aberration ? Nous ne sommes plus au Moyen Âge ; la science et le progrès ont définitivement anéanti ces chimères.

– Ce n'est pas certain, monsieur Hurst ; êtes-vous homme à partager une confidence ?

– C'est l'essence même de mon métier.

– Voici une liste de personnalités qui honoraient la victime de leur clientèle et ont suivi ses conseils avec bonheur.

– Les conseils d'un astrologue ? Vous me parlez d'une bande de fous !

– Pas exactement ; voulez-vous jeter un œil sur cette liste ?

Le haut fonctionnaire accepta.

– J'ai entendu parler de Balthazar Link, comme tout le monde, mais je ne l'ai jamais rencontré... Les autres me sont inconnus.

– Votre mémoire est-elle toujours aussi sûre ?

– Je ne vous permets pas d'en douter !

– Où vous trouviez-vous lundi soir ?

Les lèvres du haut fonctionnaire blanchirent.

– Que signifie cette question, inspecteur ?

– J'attends une réponse, monsieur Hurst.

– J'ai le droit de me taire.

– À votre guise.

Patrick Hurst remonta à nouveau son col glacé.

– Je vais quand même vous répondre : lundi soir, j'assistais à une réception à l'ambassade d'Autriche. J'y suis arrivé à vingt heures et en suis reparti un peu avant minuit ;

j'ai discuté avec une dizaine de collègues dont je peux vous donner les noms.

– Voilà un alibi qui vous disculpe.

– Vous n'aviez tout de même pas l'audace…

– En quoi consiste votre fonction au Foreign Office ?

– Chargé de mission, je vous l'ai dit.

– Quelle est cette mission ?

– Cet entretien est terminé, je me suis montré très patient. À présent, messieurs, nous n'avons plus rien à nous dire. Je vous donne un bon conseil : ne venez plus m'importuner.

— 18 —

Depuis sa fondation, en 1694, la Banque d'Angleterre était l'un des plus beaux fleurons de la City. L'immeuble de Threadneedle Street demeurait, contre vents et marées, le sanctuaire financier le plus vénéré et le plus secret ; derrière ses nombreuses colonnes, au style pompeux, se cachaient les cerveaux qui, dans l'ombre, dirigeaient l'économie britannique. Parmi eux se trouvait Watson B. Petticott, membre du club très fermé des amis de Higgins, camarade de collège de l'ex-inspecteur-chef, et tête pensante de l'empire. Relation obligée du Premier ministre et de tous les hommes influents, Watson B. Petticott, derrière son grand bureau en bois des îles, ne rêvait que d'enquêtes criminelles. Higgins le fascinait ; aussi ne ratait-il pas une occasion de l'aider, lorsque l'ex-inspecteur-chef faisait appel à ses services. Il ne posait qu'une condition : être mis dans le secret à la fin de l'enquête.

Sosie de Sherlock Holmes, Watson B. Petticott aurait aimé partager l'existence aventureuse de son ami ; il se consolait en pensant que, de sa tour de contrôle, il lui permettait parfois de gagner du temps et de dégager une piste.

Lorsque sa secrétaire lui apprit que Higgins demandait à le voir, le banquier annula une réunion et deux rendez-vous. Il ne voulait pas manquer une fin de journée passionnante.

Watson B. Petticott, selon son habitude, ne tarda pas à entrer dans le vif du sujet.

– Qui a été assassiné ?

– L'astrologue Junctin Ampton.

– Un spécialiste réputé ; n'était-il pas retiré ?

– Il conservait quelques clients privilégiés, révéla Higgins.

– Et certains te semblent suspects !

– C'est le moins qu'on puisse dire ; avant tout, pourrais-tu avoir quelques renseignements sur un haut fonctionnaire du Foreign Office, Patrick Hurst ?

– Rien de plus facile, deux coups de téléphone suffiront.

Cinq minutes plus tard, après avoir écouté deux correspondants dont les noms ne furent pas prononcés, Watson B. Petticott savait tout sur Patrick Hurst.

– Famille de diplomates, études brillantes à Oxford, entré dans la carrière grâce aux relations de son père, petite fortune familiale, un bel appartement à Londres et une maison de campagne dans le Sussex, marié, deux enfants, une maîtresse très épisodique au ministère, vacances aux Baléares, très ambitieux, progression rapide.

– De quel domaine s'occupe-t-il ?

– De l'Asie ; c'est un spécialiste de l'Extrême-Orient, Corée, Thaïlande, Laos. Voici son adresse privée. On le dit très envieux et peu sympathique. Qu'avons-nous d'autre à nous mettre sous la dent ?

Higgins ouvrit son carnet noir à la page où il avait répertorié les suspects et la montra à Watson B. Petticott.

– Je connais trois de ces personnes. Dorritt Hawkhurst est une décoratrice très en vogue qui travaille, à l'occasion, pour la famille royale. Une fille splendide, mais croqueuse d'hommes et sans scrupule.

– Fortunée ?

– Elle dépense à peu près tout ce qu'elle gagne et vit dans des conditions fastueuses ; c'est le genre de femme à ruiner un milliardaire, mais son talent est reconnu. L'as-tu rencontrée ?

– On ne peut rien te cacher.

– Alors ?

– Elle mérite sa réputation.

– J'ai confiance ; tu sauras lui résister.

– Je n'ai pas le choix, Watson.

– Balthazar Link est une vedette de la mode ; énorme fortune, des collections vendues dans le monde entier, beaucoup d'immobilier de prestige... Il attaque l'Asie, depuis deux ou trois ans. J'ai eu l'occasion de le croiser, lors d'un congrès ; la modestie n'est pas sa vertu première. Entre nous, je le vois mal consulter un astrologue : il a tellement confiance en ses propres jugements !

– Rien d'autre sur lui ?

– Une vie mondaine quasi permanente ; il ne rate aucune réception importante. À l'occasion, il sert même de conseiller à Buckingham Palace pour le maintien de l'étiquette et du protocole.

– Et ton troisième ?

– Montfort Leamington ; génie du commerce. Import-export en tous genres et en toutes contrées.

– L'Asie, aussi ?

– L'Asie du Sud-Est est devenue l'une de ses cibles prioritaires. Ce bonhomme possède un sens de l'argent tout à fait stupéfiant ; il flaire les bonnes affaires avant les financiers les plus avertis, prend un minimum de risques et réalise d'énormes bénéfices. Il est aujourd'hui l'un de nos principaux exportateurs.

– Rien de douteux ?

– Les affaires sont les affaires, Higgins ; Leamington passera probablement par le purgatoire avant d'aller au paradis. Mais aucun mauvais coup notoire.

Watson B. Petticott prit soudain conscience d'un dénominateur commun.

– L'Asie… Bizarre, non ? Ton haut fonctionnaire et tes deux hommes d'affaires… D'autant qu'elle est à l'ordre du jour, dans leur programme !

– Plus encore que tu ne te l'imagines.

– Ah… Il y a un indice sous roche.

Higgins hocha affirmativement la tête ; à ce stade de l'enquête, le banquier savait qu'il n'obtiendrait pas davantage.

– Ça ne me plaît pas, pas du tout. Déjà un meurtre, le commerce international, de gros capitaux, un haut fonctionnaire… Méfie-toi, Higgins.

– Tu me connais, Watson.

– Justement ! Si tu as décidé d'aller jusqu'au bout, tu prendras tous les risques en oubliant que tu es le président de notre club et que, sans toi, notre existence se fanerait.

– Nul n'est indispensable.

– Faux ! Sois prudent, je t'en prie.

– Je vais essayer. Pour être franc, je sais que cette affaire est dangereuse.

*

* *

Passablement énervé à cause d'une journée chargée, où les contrariétés avaient pris le pas sur les satisfactions, il décrocha.

– Vous ? Je vous avais interdit d'appeler chez moi.

– Une urgence, affirma le correspondant.

– Quelle urgence ?
– Scotland Yard.
– Au ministère ?
– Ils m'ont interrogé.
– Incroyable ! Comment ont-ils pu arriver jusqu'à vous ?
– Une liste de la main de l'astrologue.
– Il a osé… Que savent-ils au juste ?
– Rien de précis.
– Avez-vous tenu votre langue ?
– Évidemment. J'ai congédié sèchement Marlow et Higgins et je ne crois pas qu'ils reviendront.
– Détrompez-vous, Higgins ne lâche jamais une piste. Quittez Londres, partez pour l'étranger.
– Impossible.
– Tombez malade.

— 19 —

Surprendre un fonctionnaire chez lui, en pantoufles, devant sa télévision ou à l'écoute de sa radio, en train de jouer avec ses enfants ou de lire le *Times,* était une stratégie intéressante. Aussi Higgins sonna-t-il à la porte de l'appartement de Patrick Hurst, peu avant vingt heures.

Un domestique lui ouvrit.

– Monsieur ?

– Inspecteur Higgins, de Scotland Yard ; pourrais-je voir Mr. Hurst ?

– Désolé, Monsieur est malade.

– Un refroidissement printanier ?

– Une grippe sévère, avec une température élevée ; Monsieur dort.

– Conseillez-lui l'Influenzinum de chez Nelson, il sera vite sur pied. Prévenez-le de ma visite.

– Ce sera fait, monsieur.

*

* *

Higgins avait réservé la meilleure table du *Café Royal,* dans un angle de la surprenante salle datant de 1860, surchargée de tentures en velours et de dorures baroques ;

des cariatides femelles, à l'opulente poitrine dénudée, le cou orné de colliers de fleurs, soutenaient un plafond rococo que l'on n'oubliait pas aisément. Marlow prit place sur la banquette rouge ; Higgins s'assit en face de lui, sur une chaise de même couleur, à dossier ovale. Assiettes en porcelaine, couverts en argent, bouquets de fleurs des champs agrémentaient la nappe blanche immaculée ; une bouteille de Dom Pérignon attendait dans un seau à glace, à côté de la table.

– Nous avons une longue soirée de travail devant nous, mon cher Marlow ; j'ai beaucoup d'informations à vous donner.

– Moi de même.

– En ce cas, prenons des forces ; je vous propose de la dinde du Norfolk, un rôti de bœuf de Sandringham aux légumes frais et un pudding du Yorkshire.

Scott Marlow, qui semblait très abattu, ne saliva même pas.

– Notre fonctionnaire vous a-t-il découragé à ce point ?

– C'est bien pis, Higgins ; je crains de gâcher ce magnifique dîner.

– Comme le préconisait Dante avec beaucoup de justesse, il faut toujours commencer par l'enfer afin de mieux apprécier le paradis ; je vous écoute.

– Un de mes amis, qui occupe un poste administratif dans les sphères supérieures du Yard, vient de me donner une très mauvaise nouvelle.

– On vous retire l'affaire.

Le superintendant ne parvenait même pas à boire son verre de champagne ; il le tenait serré entre ses mains, comme un noyé qui s'accroche à une branche.

– Exact, Higgins.

– Motif ?

– Non précisé.

– Que savez-vous de plus ?

– Une intervention d'un personnage haut placé.

– Qui reprend l'affaire ?

– Un débutant qui ne fera pas de vagues.

– Nous sommes jeudi soir… Quand prend effet la décision ?

– Lundi matin.

– Parfait ; jusqu'à cette date, vous restez maître du terrain.

– En théorie, oui, mais…

– Nous allons mettre la théorie en pratique ; avec le début du week-end, les administratifs partent à la campagne. Ils nous laisseront en paix.

– Que comptez-vous faire ?

– Mettre sous surveillance tous les suspects ; disposez-vous d'inspecteurs compétents ?

– Pour une simple mission d'observation, oui.

– Nous passons à l'offensive, mon cher Marlow.

– Mais enfin, Higgins !

– La pendule de l'astrologue annonce un crime pour dimanche, huit heures trente. Si, à cette date et à cette heure, nous n'avons pas résolu cette affaire, un autre crime sera commis et nous n'aurons plus qu'à passer la main. Admettez que je ne vous propose rien d'illégal.

– Certes, mais…

– En revanche, le danger existe.

Marlow goûta le champagne ; d'une exquise fraîcheur, d'une saveur incomparable et d'un bouquet proche de la perfection, il enchanta son palais.

– Quel danger, Higgins ?

– Nous commençons à gêner, superintendant ; vous venez d'en donner la preuve. Je crois que nous avons mis le pied dans une fourmilière et que les fourmis sont géantes.

Marlow fulmina.

– Autrement dit, on touche à un ministère et l'on doit aussitôt s'éloigner. Cela signifie que Scotland Yard est muselé et que l'on peut assassiner quelqu'un en toute impunité... Hors de question. Je n'accepte pas.

– Je tiens à souligner les risques que nous courons.

– Peu importe.

– En ce cas, faisons le point.

– Dates, heures et lieux de naissance ont été vérifiés ; ils sont tous exacts. Personne n'a menti.

– Nous pouvons en tirer une première conclusion, mon cher Marlow : l'astrologue a gardé sept clients parce qu'ils incarnaient les sept types planétaires classiques. Balthazar Link a le Soleil sur l'ascendant ; Linda Halmond, la Lune ; Jack Walks, Mercure ; Dorritt Hawkhurst, Vénus ; Anthony Weeks, Mars ; Montfort Leamington, Jupiter ; Sir Henry Bridgewood, Saturne.

– Sept planètes... Pourquoi Hurst figurait-il sur la liste ?

– Ce point est essentiel, mais demeure obscur ; je compte l'éclaircir cette nuit même.

Une angoisse serra la gorge de Marlow.

– Higgins ! Que comptez-vous faire ?

– Soyez sans crainte, je ne provoquerai aucun scandale.

Vaguement rassuré, le superintendant songea à la constatation de son collègue.

– Ne s'agit-il pas d'une sorte de confrérie ? Ces sept-là doivent être liés entre eux comme les planètes.

– N'allons pas trop loin sur ce chemin, recommanda Higgins ; rien ne prouve encore qu'ils se connaissent. Junctin Ampton les a choisis pour eux-mêmes et en fonction de leurs particularités astrologiques.

– Tout de même… S'ils forment bien une confrérie, ils peuvent être complices et avoir supprimé l'astrologue parce qu'il en savait trop sur eux et leurs projets.

– Continuez, pria Higgins, très attentif.

– L'un d'eux a trahi les autres, d'une manière ou d'une autre ; il s'est confié à l'astrologue, parce qu'il se sentait menacé. Et Junctin Ampton a annoncé l'heure de sa mort qu'il avait lue dans les étoiles.

– Superbe, mon cher Marlow, réellement superbe.

Higgins était sincèrement admiratif ; Marlow ressentit une certaine fierté.

– Ce champagne est un stimulant remarquable ; grâce à lui, je perçois une vérité dans cette affaire. Mais qui a tué l'astrologue… Et quelle sera la prochaine victime ?

— 20 —

L'atmosphère du *Café Royal* convenait à merveille au superintendant ; la qualité de la cuisine, celle du champagne, le charme du décor lui offraient l'un de ces moments intenses qui marquent la carrière d'un enquêteur. Ce soir, sa pensée avait été plus rapide que celle de Higgins, et l'ex-inspecteur-chef se montrait beau joueur.

– Dites-moi, Higgins, ces planètes ne nous donneraient-elles pas une indication décisive ?

– J'y ai songé, mon cher Marlow.

– Intéressant ?

– Oui et non. L'astrologie superficielle répartit les planètes en « bénéfiques » et « maléfiques ». Soleil et Lune sont neutres, ce qui innocenterait Balthazar Link et Linda Halmond ; Mercure, à savoir Jack Walks, est ambivalent, mais non agressif ; Vénus et Jupiter sont « bénéfiques », ce qui devrait nous rendre sympathiques Dorritt Hawkhurst et Montfort Leamington.

– Ils le sont, estima Marlow ; elle est le charme incarné et il est jovial. Restent les deux « maléfiques ».

– En effet, Mars et Saturne.

– Si Mars est fidèle à son nom, ce doit être une planète redoutable.

– Pleine d'énergie, c'est certain ; mais on l'a mise en relation avec le combat, le sens de la lutte, l'agressivité et, pourquoi pas, la volonté de détruire.

– Cette description correspond assez bien à Anthony Weeks, remarqua Marlow.

– Elle ne fait pas de lui un criminel ; lorsqu'on étudie les thèmes astrologiques des assassins, aucune planète ne domine.

– Même Saturne ?

– Les astrologues naïfs l'appellent « le grand maléfique », parce qu'il rend les êtres froids, sévères, peu agréables. Il n'est « maléfique », en réalité, que pour les individus superficiels et sans envergure qui ne peuvent supporter le poids de cette planète.

– Sir Henry Bridgewood est un bel exemple de saturnien ; froid, sévère et désagréable, c'est bien lui !

– On ne saurait prétendre le contraire, mais ces caractéristiques psychologiques ne font pas un assassin. En réalité, chaque planète peut tuer à sa manière.

– Autrement dit, toute cette technique astrologique ne nous avance à rien.

– Elle nous permet de comprendre pourquoi Junctin Ampton n'avait gardé que sept clients et ces sept clients-là ; voir évoluer des types astrologiques et les étudier devait le passionner.

Marlow reprit du pudding.

– Et si deux affaires se superposaient ? D'un côté, nous avons un astrologue au sommet de son art qui, au soir de sa vie, s'offre la plus exaltante des recherches ; de l'autre, une intrigue politique et commerciale à laquelle Junctin Ampton était mêlé malgré lui. Mais comment en dénouer les fils ? Patrick Hurst est au centre de la toile d'araignée, c'est certain ; et nous disposons d'indices déterminants.

Higgins feuilleta son carnet noir.

– Il faut tout reprendre à zéro, estima-t-il.

– Vous croyez à des leurres ?

– C'est une possibilité et, si ce n'est pas le cas, d'étranges imprudences ont été commises. Il convient d'en déceler la raison, et nous ne disposons que de deux jours et de deux nuits.

– Si je vous suis bien, nous devons identifier la prochaine victime, la protéger et piéger l'assassin.

– C'est une solution, en effet, si nous ne parvenons pas à arrêter ce dernier avant dimanche matin.

Le superintendant ne refusa pas le cigare qui lui était offert ; en tirant sa première bouffée, il ne tut pas ce qui le gênait.

– L'oignon sans aiguilles m'intrigue au plus haut point ; l'avez-vous relié à un suspect, Higgins ?

– J'ai une vague idée, mais aucune preuve ; un peu de repos vous fera du bien, superintendant. Demain et après-demain seront des journées très chargées.

*

* *

La sonnerie du téléphone fit sursauter Patrick Hurst. Minuit… Qui pouvait l'appeler ? Il hésita, décrocha.

– Hurst à l'appareil… Comment ? Ma femme ! Répétez… Je vous entends mal ! Tout de suite ? Mais oui, bien sûr !

« Journée maudite », pensa Patrick Hurst. D'abord, cet interrogatoire ; ensuite, la remise en cause de son grand projet ; enfin, cet accident survenu à sa femme, en vacances à Folkestone avec ses deux enfants. Peut-être aurait-il dû consulter son horoscope… L'idée l'énerva, et il but son cinquième whisky de la soirée.

Autour de lui, tout tournait. Le haut fonctionnaire n'avait pas l'habitude de boire ; d'ordinaire, il était l'homme le plus pondéré du monde, se couchait à minuit cinq, s'endormait aussitôt et passait une nuit tranquille. Pourquoi l'ambition l'avait-elle dévoré, pourquoi s'était-il lancé dans une aventure aussi folle ? Trop tard pour reculer… Non, pas encore. Mais reculer, c'était abandonner la grosse somme dont il rêvait depuis longtemps pour mener une existence plus fastueuse.

On sonna.

Le policier qui venait lui donner des nouvelles de sa femme. À cette heure, le domestique était rentré chez lui ; Patrick Hurst ouvrit lui-même.

– Inspecteur Higgins, mais…

– Rassurez-vous, monsieur Hurst : votre épouse est en excellente santé. J'ai dû utiliser ce petit subterfuge pour pouvoir vous parler. Votre grippe s'atténue, semble-t-il ; sans doute avez-vous suivi mon conseil en vous soignant à l'Influenzinum.

L'haleine de son hôte prouva à l'ex-inspecteur-chef qu'il avait utilisé un tout autre médicament.

– J'ai besoin de dormir, inspecteur.

– Si vous cessiez de mentir ?

Le haut fonctionnaire, pantalon froissé et chemise ouverte, avait perdu toute superbe ; il leva le bras droit pour repousser Higgins, mais ne rencontra que le vide. L'homme du Yard entra et ferma la porte. Prenant son hôte par les épaules, il l'aida à marcher et à s'asseoir dans un fauteuil.

– Vous n'avez pas le droit… C'est une violation de domicile !

– Une simple visite amicale. Nous n'avons pas eu le temps de discuter lors de notre précédente rencontre ; chez vous, nous pourrons échanger des confidences. Aucune oreille indiscrète ne vous entendra.

– Je n'ai rien à vous dire.

– Mais si, monsieur Hurst ; vous avez beaucoup de soucis, en ce moment, à cause d'une erreur de parcours qui met en péril votre carrière.

– Vous dites n'importe quoi ! Je n'ai rien à me reprocher.

Le haut fonctionnaire tentait de fixer Higgins, mais ce dernier, mains croisées derrière le dos, allait et venait, accentuant le vertige.

– Nous devrions reprendre ensemble la liste de noms que je vous ai proposée.

– Je ne connais personne… personne !

– Le nom de Balthazar Link vous était familier, il s'intéresse à l'Asie, comme vous.

– Je m'en moque ; je suis diplomate, non couturier.

– À mon sens, dit Higgins sur le ton apaisant d'un confesseur, vous avez dû fréquenter Montfort Leamington.

Hurst sursauta.

– Qui vous a dit ça ?

– Vous-même, par votre attitude.

– C'est faux, complètement faux !

– Toujours l'Asie, monsieur Hurst ; je suppose que vous, un haut fonctionnaire du Foreign Office, êtes en relation avec ce négociant soit pour lui faciliter la tâche de manière illégale, soit pour lui vendre des renseignements confidentiels.

Patrick Hurst tenta en vain de s'arracher à son fauteuil ; l'alcool lui avait ôté toute force.

– C'est insensé !

– Vous devriez renoncer à vos projets, conseilla Higgins.

– Ma carrière...

– Votre carrière, précisément, est à ce prix. Avez-vous déjà été payé ou est-il encore temps d'échapper à l'opprobre ?

Le haut fonctionnaire se cacha la tête dans les mains.

– Cessez de me persécuter.

– Vous vous torturez vous-même.

– N'ai-je pas le droit d'être riche, comme tant d'autres ?

– Montfort Leamington ne sert que ses intérêts ; vous, c'est différent.

– Je le croyais...

– Vous le croyez encore ; que vous a-t-il demandé ?

– Des facilités administratives et des contacts privilégiés.

– Pour le commerce avec la Thaïlande, par exemple ?

– Par exemple.

– Votre collaboration devait rester secrète, bien entendu.

– Ma réputation...

– Leamington vous a-t-il donné d'autres raisons ?

– Non... Son volume d'affaires prévisible était tellement énorme qu'il voulait s'entourer de toutes les précautions afin de conquérir le terrain sans coup férir. Après tout, je ne fais qu'aider l'Angleterre ! Notre développement économique n'est pas un crime.

– Simple corruption de fonctionnaire, admit Higgins ; mais vous figurez sur une liste de criminels en puissance.

Ce rappel pétrifia Patrick Hurst.

– Quand l'astrologue vous a-t-il appelé ?

– Il ne m'a pas...

– Je vous en prie, il faut éviter un second drame.

Le diplomate céda.

– Il m'a appelé au ministère, lundi dernier, dans la matinée. Il voulait me parler ; quand il a mentionné sa profession, je lui ai ri au nez.

— 21 —

Ce vendredi matin, il pleuvait.

Les hommes d'affaires, parapluie ouvert, envahissaient la City ; dans les rues, on marchait d'autant plus vite que l'ondée était plus abondante. Higgins avait vainement tenté d'utiliser le vieux parapluie découvert chez Junctin Ampton, car il refusait obstinément de se déployer. Vérification faite à l'aide d'un dessin, il ne ressemblait pas du tout à celui qu'utilisait le domestique de Sir Henry Bridgewood. D'ailleurs, celui-ci ne se serait certainement pas séparé d'un modèle aussi rustique et l'aurait réparé.

Quelqu'un avait oublié l'objet.

Seul le plus grand spécialiste mondial du parapluie pourrait renseigner l'ex-inspecteur-chef de manière décisive ; aussi prit-il un taxi qui le déposa devant Hazelwood House, le magasin de James Smith and Sons, fondé en 1830, et demeuré identique à lui-même depuis 1856.

Franchir la porte du temple du parapluie, qui ressemblait à celle d'une demeure ancienne, c'était pénétrer de plain-pied dans une partie de l'histoire britannique. Combien de têtes illustres étaient venues chercher ici une protection contre les ondées et les caprices du temps ? Du parapluie du golfeur au parasol tropical en passant par l'ombrelle, James Smith and Sons pouvait se vanter d'avoir interposé entre le ciel et la terre tous les modes de protection mobiles, individuels et de bon goût que le cerveau humain avait pu imaginer.

Higgins se présenta au comptoir principal, un vieux meuble en bois clair, patiné et usé, pourvu de larges tiroirs. Le vendeur-chef consultait un lourd registre ; au-dessus de sa tête, des cornes de bubale, une sorte de gazelle africaine, dont la présence demeurait une énigme. Avaient-elles servi de modèle au premier manche de parapluie, en dépit de leur forme torsadée, ou s'agissait-il d'un souvenir personnel du propriétaire ?

– Monsieur désire ?

– J'ai besoin d'une expertise.

Higgins déposa l'objet sur le comptoir.

Le vendeur-chef le palpa du bout des doigts, avec un dédain marqué ; il le souleva, le fit tourner sur lui-même, tâta les baleines et le manche.

– Je suis désolé, monsieur, mais ce… parapluie, si l'on peut nommer ainsi cette chose médiocre, n'a pas été vendu par notre maison.

– C'est l'évidence même, mon ami.

– Monsieur me rassure.

– Quelle officine oserait proposer cet article à des clients ?

– Je n'en vois qu'une : l'étal d'Anatole Reed, sur le marché de Camden ; ses grands-parents étaient d'origine française.

*

*   *

Le marché de Camden Lock était un endroit bruyant, animé et populaire ; le long des écluses, brocanteurs et marchands offraient une multitude d'objets, allant du chapeau haut de forme à la bouilloire victorienne. Maisons grises et pauvrettes, eau trouble du canal, ciel bas composaient un décor plutôt sinistre que tentaient d'atténuer les discours enflammés de certains vendeurs.

Camden Lock était l'un des refuges des petites gens qui venaient rêver devant de pauvres trésors souvent trop chers pour leurs bourses ; parfois, on pouvait marchander.

– Je n'achète pas, dit Anatole Reed, en jetant un œil mauvais sur le parapluie que lui présentait l'ex-inspecteur-chef.

– Scotland Yard n'est pas encore à vendre.

– Ah non, pas la police ! Pas aujourd'hui !

Mal rasé, une casquette marron enfoncée jusqu'aux oreilles, Anatole Reed n'était pas le prototype idéal de la beauté masculine.

– Que se passe-t-il, aujourd'hui ?

– Je reçois une livraison de théières ; des heures pour les trier et choisir les bons prix.

– C'est bien ennuyeux, en effet.

– Vous n'allez quand même pas m'emmener !

– Si vous ne m'y obligez pas…

– Qu'est-ce que vous voulez savoir ?

– Avez-vous vendu ce parapluie ?

Reed examina le bas du manche.

– Il porte ma marque.

– Qui l'a acheté ?

Le marchand se renfrogna.

– Ça, je ne m'en souviens pas.

– Je vais vous aider.

Higgins montra les pages de son carnet noir où il avait dessiné les visages de tous les suspects.

– C'est peut-être celle-là.

– Avez-vous parlé avec cette dame ?

– Pas trop ; elle est surtout copine avec la marchande de nippes, là-bas, sur la gauche. Alors, vous m'emmenez ?

– Ce ne sera pas nécessaire.

Higgins fit quelques pas. La « marchande de nippes » n'était guère plus distinguée que le brocanteur, mais elle reconnut tout de suite son acheteuse.

– Ça, c'est une de mes meilleures clientes ! Les robes indiennes et chinoises les plus invendables, elle en raffole. Vous savez quoi ? C'est une maniaque du déguisement, à mon avis !

*
* *

La porte de la maison de Linda Halmond était toujours ouverte ; à cette heure matinale, la jeune femme se préparait un café dans une cuisine plutôt en désordre. Higgins la surprenait au saut du lit, avant qu'elle n'ait eu le temps de se maquiller ; les cheveux emmêlés, le regard ensommeillé, les gestes indécis, elle était pourtant charmante, dans une nuisette vaporeuse en satin.

L'ex-inspecteur-chef, regardant fixement un placard situé dans la direction opposée, toussota.

Linda Halmond tourna la tête et posa la casserole qu'elle remplissait d'eau.

– Inspecteur… Je ne rêve pas ?

– C'est bien moi, mademoiselle.

– Venez vous asseoir… Thé ou café ?

– Café, s'il vous plaît.

La table de cuisine était plutôt encombrée. Linda Halmond poussa une corbeille à pain, des verres, des assiettes, et posa deux bols.

– Puis-je vous beurrer un toast ?

– Vous êtes délicieux ; j'ignorais que Scotland Yard se montrât si prévenant.

– À vrai dire, l'allure du suspect entre un peu en ligne de compte.

– La mienne vous convient-elle ?

– Secret de l'enquête.

Elle sourit, incrédule.

– Même à moi, vous n'avoueriez pas.

– Même à vous.

Linda Halmond s'assit en face de l'ex-inspecteur-chef et lui servit du café.

– Vous ne me soupçonnez pas vraiment ?

– Vraiment est l'un des adverbes les plus difficiles à manier, mademoiselle. Vous savez, bien sûr, que votre alibi n'a aucune valeur.

– J'avais pourtant la grippe, je vous assure.

– Comme Mr. Hurst.

– Qui est-ce ?

– Un haut fonctionnaire du Foreign Office spécialisé dans les affaires asiatiques.

Le sourire de Linda Halmond disparut.

– Je vous ai rapporté votre parapluie, mademoiselle.

Elle l'accepta sans protester.

– Vous l'aviez oublié chez Junctin Ampton.

– Je suis un peu distraite, ces temps-ci.

– Vous aimez vous déguiser, m'a-t-on dit ?

Elle serra sa tasse à la casser.

– Qui s'est permis...

– Est-ce exact ?

– J'aime changer, c'est tout.

– Robes exotiques, surtout asiatiques. Vous devez être ravissante...

– Je voyage beaucoup, inspecteur. Londres et l'Angleterre sont trop étroits pour moi, qu'il s'agisse de la mode ou du reste.

– Ce sont vos voyages qui m'intriguent.

Elle baissa les yeux et ferma les poings.

– Ils n'ont rien d'anormal.

– D'anormal, non ; exceptionnel, oui. Satisfaire la famille royale n'est pas une mince affaire.

– Question de métier.

– Question de confiance, plutôt ; n'était-ce pas Junctin Ampton, l'homme que vous aimiez comme un père, qui vous dictait vos décisions ?

– Je n'en ai pas honte.

– Un oignon sans aiguilles : qu'est-ce que ça signifie pour vous ?

– Un objet devenu inutile et qu'il faut réparer.

– Pardonnez mon indiscrétion, mademoiselle, mais... portez-vous des bas ?

– Jamais, inspecteur ; je les ai en horreur. Ou je suis jambes nues, ou je choisis un pantalon. Désirez-vous connaître mes goûts en matière de sous-vêtements ?

– Pour le moment, non ; en revanche, j'aimerais savoir si vous vous entendez bien avec Montfort Leamington.

– Montfort est... Je ne le connais pas.

– On n'appelle pas un inconnu par son prénom.

Elle se leva, furieuse, et jeta son café dans l'évier.

– N'ai-je pas le droit de travailler avec lui ?

– L'aideriez-vous à organiser ses voyages ?

– En effet ; c'est un homme surchargé de travail et qui n'a pas de temps à perdre. Grâce à moi, il est certain de ne pas avoir d'ennuis.

– En est-il de même pour Balthazar Link ?

La jeune femme devint franchement agressive.

– Que cherchez-vous, inspecteur ? Désirez-vous connaître toutes mes relations d'affaires ?

– Elles doivent être passionnantes.

– On me considère comme l'une des meilleures organisatrices de voyages difficiles, où des personnalités de premier plan exigent un service impeccable. Mes comptes sont à jour.

– Dieu me garde d'être le fisc ! Avez-vous satisfait les exigences de la décoratrice Dorritt Hawkhurst ?

– Possible. Je ne me souviens pas du nom de tous mes clients.

– Une jolie femme, aux longs cheveux bouclés et aux yeux verts très doux.

– Vous êtes observateur, inspecteur.

– On ne l'est jamais assez.

– Cette description me rappelle quelqu'un, en effet.

– Comme vous, elle travaille pour la famille royale ; vos chemins ont dû se croiser.

– Personne ne contrôle le hasard.

– Sauf un astrologue qui regroupe des êtres aux nombreux points communs.

Le visage de Linda Halmond sembla soudain vieilli.

– Pourquoi, inspecteur... Pourquoi la folie traverse-t-elle la tête des hommes ? Il suffirait de contempler le ciel, d'admirer les étoiles et de s'oublier soi-même.

– Un assassin rôde, rappela Higgins.

– Junctin n'aurait pas dû mourir.

— 22 —

Lorsque Higgins poussa la porte du bureau de Marlow, le superintendant bondit comme un fauve ; déjà vêtu de son imperméable froissé, il entraîna son collègue vers le garage central.

– Ma Bentley est en panne, expliqua-t-il ; elle refuse de démarrer. Je lui ai parlé avec douceur, comme vous me l'aviez conseillé, mais elle ne veut rien entendre. Nous aurons un des meilleurs chauffeurs du Yard ; avant de s'engager dans la police, il faisait des rallyes.

– Excellente idée ; nous n'aurons pas une minute à perdre, aujourd'hui. Votre système d'observation est-il en place ?

– Il fonctionne à merveille ; c'est pourquoi nous sommes très pressés : depuis une demi-heure, un homme correspondant au signalement de Montfort Leamington se trouve chez Patrick Hurst. J'ai donné ordre de l'intercepter pour infraction au stationnement s'il partait avant notre arrivée.

Le chauffeur était effectivement un as du volant et un parfait connaisseur de la topographie londonienne ; il emprunta bien deux sens interdits afin de raccourcir le trajet et terrorisa une vieille dame qui promenait son caniche, mais n'écrasa personne et pila devant le domicile du haut fonctionnaire où le chauffeur de Montfort Leamington en venait presque aux mains avec un inspecteur en civil.

Avec une autorité martiale, Marlow intervint.

– Qu'est-ce qui se passe ici ?

– Trouble de l'ordre public, superintendant, répondit son subordonné. Ce véhicule est en stationnement illicite.

– Il n'y a aucune réglementation visible ! protesta le chauffeur. Mon patron est pressé ; dressez-moi procès-verbal si vous voulez, mais laissez-moi partir !

Higgins frappa à la vitre arrière droite ; Leamington la baissa.

– Inspecteur ! Vous rôdiez là par hasard, je suppose ?

– Comme vous.

– J'ai un rendez-vous urgent.

– Le superintendant Marlow et moi-même aimerions vous parler.

– Plus tard.

– Il s'agit d'une vraie urgence, monsieur Leamington.

– À ce point ?

– À ce point.

– Difficile de vous faire revenir sur une décision, semble-t-il ?

– Impossible.

– Eh bien, montez.

L'arrière de la Rolls-Royce était si vaste que Marlow et Higgins purent s'asseoir confortablement face au négociant. À sa gauche, un bar bien garni, le téléphone et une télévision.

– Que puis-je vous offrir ?

– La vérité, répondit Higgins.

– Vous voilà bien solennel, inspecteur.

– Et vous bien cachottier, monsieur Leamington.

– Attaque directe ?

– À qui rendiez-vous visite ?

– À un ami.

– Son nom ?

– Vous n'avez pas le droit de franchir la barrière de ma vie privée.

– Patrick Hurst fait partie des suspects ; il figurait sur la liste qui sert de base à notre enquête, de même que vous. Aussi cette rencontre ne saurait-elle être fortuite.

– Ainsi, vous m'avez fait suivre : est-ce bien légal ?

– Il s'agit d'un crime.

– Répondre à vos questions n'est pas obligatoire.

– En effet ; mais nous pouvons vous arrêter et vous inculper pour complicité d'assassinat, en attendant mieux. Ce genre de publicité n'est pas fameuse pour les affaires.

– Bien visé, inspecteur ! N'auriez-vous pas envie de devenir mon directeur commercial ?

– Je crains d'être trop indépendant, à la différence de Mr. Hurst.

– On dirait que vous avez une dent contre ce brave garçon.

– Un fonctionnaire doit être au service de l'État, rappela Marlow, et de personne d'autre.

– De quoi m'accusez-vous ? demanda le négociant, très détendu.

– De corruption.

– Quel grand mot ! N'ai-je pas le droit d'échanger quelques propos avec ce monsieur ?

– Un homme malade qui vous reçoit tôt le matin, à son domicile privé… Ne s'agirait-il pas d'une entrevue secrète ?

– Vous voyez des conspirateurs partout, superintendant.

Bien calé sur la confortable banquette de la RollsRoyce, Leamington était aussi à l'aise que dans son bureau ; aucun argument ne semblait entraver sa belle assurance.

– Vous vous préparez à investir en Asie, déclara Higgins, et vous recherchez des informations dignes de foi pour réussir votre implantation ; aussi n'hésitez-vous pas à payer de manière occulte un haut fonctionnaire spécialiste de cette partie du monde.

– Il faudra le prouver.

– Mr. Hurst ne pourra utiliser les sommes que vous lui avez remises, indiqua le superintendant ; nous ne vous lâcherons plus.

– Votre astrologue était informé de vos projets, avança Higgins.

– Si l'on veut.

– Qu'en pensait-il ?

Le négociant parut gêné.

– Il étudiait le dossier.

– Vous n'avez pas d'alibi pour le soir du meurtre, monsieur Leamington.

– N'allez-vous pas un peu trop loin, inspecteur ?

– Nous, nous avons ceci.

Higgins ouvrit la main droite ; dans sa paume, la décoration découverte chez Junctin Ampton.

– Originale.

– L'ordre de l'éléphant, une ancienne distinction siamoise ; ne vous évoque-t-elle pas un drame récent ?

– Un drame ? Je ne vois pas.

– Je suis persuadé du contraire, dit Higgins.

– Sur quoi repose votre hypothèse ?

– Sur votre amour des décorations, que vous exposez volontiers.

– Elles traduisent une certaine réussite, et je ne m'en cache pas.

– Cette petite décoration en ivoire, vous la portiez au revers de votre veston en allant voir l'astrologue ; lorsque vous êtes sorti de chez lui, vous l'avez perdue, sans vous en rendre compte. Comment expliquer l'incident ?

– Pas la moindre idée, ironisa le négociant.

– Une explication simple s'impose : un désaccord vous a opposé à Junctin Ampton. Il vous a demandé de ne pas mettre à exécution un projet qui vous tenait à cœur. Il était si fermement résolu que le ton a monté.

– Ampton était l'homme le plus doux du monde et je n'ai pas la réputation d'être violent.

– Le motif de votre discussion était donc d'une gravité exceptionnelle, au point de déclencher la fureur d'un astrologue âgé et pondéré.

– Ce n'est guère vraisemblable, vous le constatez vous-même.

– Au contraire, monsieur Leamington ; nous touchons sans doute au cœur de l'affaire. Junctin Ampton est sorti de ses gonds et vous a agrippé par le revers de votre veston ; c'est à ce moment que l'objet est tombé.

– Belle histoire, inspecteur.

– Reste une question essentielle : l'astrologue est-il mort à la suite de cette querelle ? Je suppose que vous avez riposté.

– Supposez ce que vous voulez.

– Étrange, cette décoration ; elle prouve que les autorités de Thaïlande, l'ancien Siam, vous ont déjà récompensé pour services rendus à leur pays. Vous devez être très populaire, là-bas ; combien de voyages d'affaires à votre actif ?

– Quelques-uns, je m'acclimate facilement. Il suffit d'être aimable avec les gens, de comprendre leur mentalité et de satisfaire leurs exigences. Puis-je vous poser une question ?

– Je vous en prie.

– Où avez-vous découvert cette décoration ?

– Sous la bibliothèque.

Montfort Leamington croisa les mains sur son ventre, apparemment satisfait.

– Un autre détail m'intrigue, reprit Higgins, vous connaissiez d'autres personnes figurant sur la liste écrite par l'astrologue.

– Lesquelles ?

– Balthazar Link.

– Le grand couturier ? Qui ne le connaît pas ?

– Linda Halmond.

Les yeux du négociant se rétrécirent.

– Une organisatrice de voyages... Oui, elle a préparé certains de mes déplacements avec beaucoup de compétence et d'expérience. Remarquable professionnelle ; elle connaît l'Asie comme sa poche. Si vous désirez vous y rendre, faites appel à ses services.

– Dorritt Hawkhurst.

– Quelle est son activité ?

– Décoratrice.

– Elle s'est peut-être occupée d'un de mes immeubles. Des dizaines de personnes travaillent pour moi. Autre chose, inspecteur ?

– Pas pour le moment.

— 23 —

La radio de la voiture de Scotland Yard venait de diffuser un appel.

– Il faut foncer chez Ampton, indiqua le chauffeur, lorsque Marlow et Higgins prirent place à l'arrière.

– Grave ?

– Un suspect est entré dans l'hôtel particulier.

– Fonçons, ordonna le superintendant.

Le chauffeur manifesta ses dons évidents pour une conduite ultra-rapide dans des rues de plus en plus encombrées ; il pénétra en trombe dans Mayfair, au risque de troubler le breakfast de plusieurs membres de l'*establishment.*

– Bon sang, dit Scott Marlow, on jurerait que l'assassin est tombé dans la trappe !

Avec une sveltesse surprenante, le superintendant jaillit de la voiture de service et se précipita vers l'entrée de la demeure de Junctin Ampton ; Higgins le suivit avec davantage de calme.

Le vieux domestique ouvrit.

– Qui est entré ? demanda Marlow.

– Mais... Un de vos collègues !

– Est-il encore ici ?

– Oui... dans le bureau de feu Mr. Ampton.

– Nous le tenons !

Le superintendant poussa doucement la porte du bureau. À quatre pattes, le visiteur examinait un recoin.

– Bonjour, monsieur Link.

Le couturier demeura d'abord immobile, puis se releva lentement et se tourna de même vers les deux policiers qui se tenaient sur le seuil de la pièce.

– Bonjour, messieurs ; une belle matinée, n'est-ce pas ?

– Les nuages ne vont pas tarder, prédit Higgins.

– Se faire passer pour un inspecteur du Yard est un grave délit, déclara Marlow.

– Une innocente idée, protesta Balthazar Link.

Le couturier avait choisi un blazer bleu marine et un pantalon de gabardine beige ; aux poignets de sa chemise brillaient des boutons de manchette en argent.

– Que cherchez-vous ? demanda Higgins.

– Eh bien… je ne sais pas.

– Curieuse réponse.

Balthazar Link, après un moment d'hésitation, avait repris une attitude seigneuriale ; il se comportait comme un maître de maison dérangé par des visiteurs inattendus.

– J'ai eu la sensation d'oublier quelque chose d'important, lors de ma dernière visite à ce merveilleux astrologue.

– Un indice compromettant, suggéra Marlow.

– Certes pas, mais un objet auquel je tenais.

– Celui-ci ? interrogea Higgins en posant le bouton de manchette en or sur le bureau de Junctin Ampton.

Le couturier le contempla longuement.

– Où l'avez-vous découvert ?

– Sous ce bureau ; vous appartient-il ?

La réponse tarda à venir.

– Oui.

– Comment l'avez-vous perdu ?

– Il a dû tomber à mon insu.

– Certainement pas, objecta Higgins. De quel sujet parliez-vous, avec l'astrologue, lorsqu'il a agrippé votre poignet de chemise ?

– Il ne se serait pas permis...

– Ce jour-là, si ; il tenait tellement à vous convaincre qu'il a perdu tout self-control. En tentant de vous retenir, il a décroché l'un de vos boutons de manchette.

– Nous ne nous comportions pas comme des chiffonniers !

– Faible argument, estima Marlow ; vous avez accumulé assez de délits pour que je vous arrête.

Le regard du grand couturier exprima un suprême dédain.

– Vous n'y pensez pas, j'espère ? Ma réputation est en jeu !

– Un homme a été assassiné, rappela Higgins, et votre comportement fait de vous un suspect tout désigné.

– Un personnage public, comme je le suis, ne détruit pas sa carrière en commettant un acte aussi barbare.

– Que s'est-il passé, monsieur Link ?

– Rien d'extraordinaire, inspecteur ; j'ai perdu un objet de valeur que je voulais récupérer discrètement, voilà tout. Est-il nécessaire d'en faire un drame ?

Marlow avait envie de passer les menottes à cet individu prétentieux et sûr de lui ; il n'attendait qu'un signe de Higgins qui, les mains croisées derrière le dos, se contenta de tourner autour de Balthazar Link.

– Êtes-vous un ami de Montfort Leamington ?

– Relation d'affaires, sans plus.

– Quelles affaires ?

– C'est un peu délicat, inspecteur. Vous me demandez de dévoiler une stratégie d'avenir.

– Je vais vous aider : comme lui, vous visez l'Asie. Vous avez donc conclu une alliance qu'il doit être facile de démontrer en décelant vos accords financiers.

Croisant les bras, le couturier sourit avec froideur.

– Puisque vous savez tout, que devrais-je ajouter ?

– Mlle Halmond n'a-t-elle pas organisé vos récents voyages en Extrême-Orient ?

– Tous les hommes d'affaires d'une certaine envergure font appel à cette jeune femme un peu excentrique, mais d'une grande compétence. En voyage, je ne supporte ni retard ni contrariété matérielle ; Linda Halmond a toujours su me les éviter.

– L'une de vos demeures n'a-t-elle pas été décorée par Dorritt Hawkhurst ?

– Je m'en félicite ; elle a beaucoup de talent et un sens inné du beau. Moi-même, je n'aurais guère fait mieux.

– Je suis surpris par votre démarche commerciale, indiqua Higgins.

– Pourquoi donc ?

– Je ne vois pas ce qu'un grand couturier peut attendre de l'Asie ; les élégantes d'Extrême-Orient apprécient-elles vos modèles ?

– L'Asie, c'est l'avenir ; je créerai pour elle une mode inédite, où raffinement et splendeur iront de pair. Cette conversation ne m'ennuie pas, inspecteur, mais la liste de mes rendez-vous est assez impressionnante. Si vous avez besoin de moi, je suis à mon bureau ; bien entendu, ma secrétaire vous fera passer en priorité.

Avec un aplomb désarmant, Balthazar Link passa devant les deux policiers et sortit du domicile de la victime comme du dernier salon mondain. Scott Marlow bouillait.

– Mais enfin, Higgins ! Il se moque de nous !

– Sans aucun doute, superintendant ; mais nous progressons.

– Leamington et lui font cause commune, c'est évident.

Le klaxon de la voiture de service les alerta.

Le chauffeur avait déjà mis le moteur en route.

– Ça bouge du côté de Walks, expliqua-t-il.

— 24 —

Après être passé à son bureau de Fleet Street, Jack Walks avait enfourché une bicyclette et roulé un bon quart d'heure avant de se faufiler dans une impasse et de frapper à une petite porte métallique deux coups, puis un, puis deux.

Dès l'ouverture de la porte, il s'était engouffré dans une sorte de cave située en contrebas de l'impasse.

Grâce à la rapidité de leur chauffeur, Higgins et Marlow arrivèrent à temps pour le voir sortir de cet endroit peu avenant. L'ex-inspecteur-chef demanda à Marlow de ne pas intervenir et de maintenir la filature ; puis ils s'engagèrent dans la minuscule artère où le soleil ne pénétrait jamais. De l'eau glauque s'écoulait lentement par une rigole creusée entre les pavés.

Marlow s'assura qu'il avait bien emporté son arme de service.

– Prenez garde, Higgins ; nous ne savons pas sur qui nous allons tomber.

L'ex-inspecteur-chef frappa à la porte de la même manière que Walks, selon le code communiqué par le policier qui avait suivi le journaliste. Le panneau métallique s'entrebâilla, laissant apparaître un visage carré, épais et ingrat.

– Mais… je vous connais pas !

Au moment où l'homme tentait de refermer la porte, Scott Marlow la poussa de tout son poids, renversant le propriétaire des lieux. Higgins songea qu'il avait tendance à libérer la hargne contenue devant le grand couturier, mais ne lui adressa aucun reproche.

Leur hôte forcé était tombé à la renverse ; il trouva assez de ressources, néanmoins, pour se déplacer à quatre pattes vers un petit bureau et tenter de se saisir d'un revolver. Le superintendant lui assena un coup violent sur le poignet ; l'homme hurla et laissa tomber son arme.

– Vous m'avez cassé le bras !

Marlow l'agrippa par les revers de sa veste et l'obligea à se mettre debout.

– Comment t'appelles-tu, mon gaillard ?

– Vous avez tort de faire ça… On avait conclu un traité de paix !

– Ah oui… Avec qui ?

– Ben, avec ton patron !

– Je vois assez mal le *Commissionner Chief Constable* de Scotland Yard conclure un quelconque accord avec un type dans ton genre.

– Scotland Yard… C'est la fin de tout !

L'homme devint tout mou.

– Je voudrais m'asseoir.

Sans ménagements, Marlow le projeta sur une chaise.

– Je vous prenais pour l'émissaire d'un concurrent avec lequel j'avais conclu une trêve, expliqua-t-il. Mais Scotland Yard… Qui m'a vendu ?

– Un visiteur qui vient de sortir de chez vous, dit Higgins.

– Pas possible, je viens d'arriver.

– Si tu ne réponds pas, prévint Marlow, je vais m'énerver.

L'homme se protégea le visage avec les mains.

– Non, non, c'est vrai, je viens de recevoir un client !

L'endroit était plutôt misérable : une pièce nue, carrée et humide. Seul mobilier : un petit bureau en bois blanc, deux chaises et un coffre-fort.

– Quelle est votre activité ? demanda Higgins.

– Je m'appelle Smith et je fais du commerce, murmura l'homme.

– Que vendez-vous ?

– Euh… Des conseils.

– Ouvre ce coffre, ordonna Marlow.

– Oh non ! C'est le travail de toute une vie, vous ne pouvez pas…

– Nous sommes très pressés.

– D'accord, je parle. Je suis bookmaker.

L'homme se tassa sur lui-même et croisa les doigts.

– Le métier est de plus en plus difficile, continua-t-il ; survivre dans la clandestinité est un exploit quotidien. Le jour, la nuit, on n'arrête plus.

– Comment s'appelait votre visiteur ?

– Ça, je ne peux pas le dire… La déontologie.

– Prenez garde, recommanda Higgins ; mon collègue est violent, surtout lorsqu'il est irrité.

– Jack Walks, il s'appelle Jack Walks !

– Que savez-vous de lui ?

– C'est un journaliste.

– Passionné de jeu ?

– Le plus passionné des passionnés.

– Et il perd plus qu'il ne gagne ?

– Comme tout le monde. Tout le monde le sait, mais

tout le monde continue quand même à jouer. Sa spécialité, ce sont les chevaux.

Higgins consulta ses notes.

– Eh bien, mon cher Marlow, voilà une petite énigme résolue ; Mr. Walks devient un personnage passionnant. À combien se montent ses dettes ?

– C'est plutôt énorme, révéla le bookmaker, il aura du mal à rembourser. Pourtant, il n'a pas le choix ; dans notre milieu, il n'est pas question d'être incorrect. S'il tentait de s'enfuir sans m'avoir réglé ce qu'il doit, il aurait de gros ennuis.

– À quelle date est fixé le prochain règlement ?

– Milieu de la semaine prochaine.

– Walks est-il optimiste ?

– D'après lui, il vient de faire un gros coup et aura bien la somme nécessaire. Tant mieux ! Moi, les ennuis, je déteste ça. Justement... Puisque je vous ai tout dit, on pourrait peut-être en rester là ?

Le regard angoissé du bookmaker n'émut guère Marlow.

– Nous verrons, répondit-il. En attendant, mettez-vous au vert.

Le chauffeur n'avait pas reçu de nouvel appel.

– Fleet Street, ordonna le superintendant.

— 25 —

Jack Walks parlait au téléphone, rédigeait un article, fouillait dans un tiroir, regardait par la fenêtre, et tentait en vain, du bout du pied, de ramener vers lui une gomme qu'il avait fait tomber.

Higgins la ramassa et la posa sur le bureau du journaliste.

Stupéfait, il raccrocha et cessa d'écrire.

– Merci, inspecteur, mais...

– Comment allez-vous, monsieur Walks ?

Scott Marlow claqua la porte du bureau et s'y adossa.

– J'attends du monde, protesta le journaliste.

– Non, répondit Marlow ; tant que nous sommes ici, vous n'attendez personne.

La paupière gauche de Jack Walks s'agita frénétiquement.

– Vous me prenez en otage ?

– Je répète ma question, dit Higgins : comment allez-vous ?

– Bien, très bien.

– Ce n'est pas mon sentiment, vous êtes presque au fond du puits.

Walks alluma une cigarette et souffla à trois reprises sur l'allumette avant de réussir à l'éteindre.

– Moi ? Mais qu'est-ce que vous imaginez ?

– Nous savons tout.
– Tout ?
– Tout.
Le journaliste ricana ; ses mains et ses pieds ne cessaient de remuer.
– Tout, c'est rien... rien du tout.
– Je veux parler de cette liste, par exemple : Sandringham, Balmoral, Windsor, Crystal Palace.
– Des palais et des demeures royales : ma spécialité.
– Ni Sa Majesté ni les membres de sa famille n'habitent à Crystal Palace.
– Vous avez raison. Mais en quoi cette liste me concerne-t-elle ?
– Les paris.
Walks écrasa dans un cendrier sa cigarette à peine fumée et en alluma une autre.
– Quels paris ?
– Les courses, indiqua Higgins ; ces noms sont ceux de chevaux sur lesquels vous avez parié. À votre astrologue, vous avez demandé de l'aide : lequel serait gagnant ?
– Il a refusé de me répondre.
– Et vous l'avez tué.
Jack Walks se leva comme un diable jaillissant de sa boîte.
– Vous êtes fou ! Je n'ai tué personne !
– Vous êtes gravement endetté, souligna Higgins avec calme ; des dates de remboursement ont été fixées et vous ne pouvez vous y soustraire d'aucune façon. Gagner aux courses devenait impérieux ; les « bons tuyaux », cependant, ne suffisaient plus. Un seul recours possible : la prédiction.
Le journaliste mâcha l'extrémité d'un crayon.
– D'accord, j'ai fait appel au père Junctin. Les chevaux ont une date de naissance et un thème astrologique comme

les humains. Il pouvait donc prévoir leur destin et me donner le gagnant. Il n'a pas dit non, d'ailleurs, mais m'a demandé de changer et d'abandonner mon vice. Comme si on pouvait ne plus jouer quand on a le jeu dans le sang ! C'est tellement exaltant, l'incertitude... Ce cheval qui court, n'est-ce pas votre vie qu'il emmène avec lui ? On perd, bien sûr, mais on a toujours l'espoir de gagner.

– Ce n'était pas l'avis de Junctin Ampton.

– Un homme trop sage. Que pouvait-il comprendre au démon du jeu ?

– Il le comprenait si bien qu'il tentait de vous en délivrer.

– Mission impossible, inspecteur.

– Vous avez beaucoup perdu, Walks.

Le journaliste, agacé, cassa son crayon en deux.

– Comme n'importe quel joueur.

– Rembourser demeurait impératif ; où avez-vous trouvé l'argent ?

– Des copains, à droite, à gauche.

– Leurs noms ?

– Vous n'allez pas les ennuyer ; ce sont de braves garçons.

– À mon sens, précisa Higgins, vous n'avez eu qu'un *seul* appui et je connais déjà son nom.

Jack Walks roula des yeux étonnés.

– Il s'appelle Château Petrus, révéla l'ex-inspecteur-chef.

Le journaliste, vif comme une anguille, se précipita vers la porte de son bureau et tenta de contourner Scott Marlow ; mais le superintendant lui opposa sa masse athlétique et ceintura le fuyard qui fut promptement ramené vers son siège.

– Si vous recommencez, prévint Marlow, je vous attache au radiateur.

– Ne faites pas ça ! J'ai horreur d'être immobilisé.

– Mieux vaudrait éviter la prison.

Le journaliste fut horrifié.

– Je ne supporterai pas cette épreuve. Épargnez-moi ça, je vous en supplie !

– Nous voulons la vérité, exigea Higgins, paternel.

À l'idée d'être derrière des barreaux, Walks fut au bord des larmes.

– Il vous fallait trouver très vite de l'argent, continua l'ex-inspecteur-chef ; mais plus personne n'acceptait de vous en prêter. Vous avez appris que votre astrologue détenait un véritable trésor dans sa cave : des bouteilles de vin historiques faciles à vendre à des amateurs fortunés. Qui vous a informé ?

Le journaliste avala sa salive. Marlow sortit des menottes.

– Mon amie Dorritt Hawkhurst.

– La décoratrice ?

– Une fille formidable. Elle connaît le vin à merveille et a parlé de ses goûts à Junctin. Il lui a confié qu'il possédait des raretés ; elle me l'a dit lors d'un dîner et ça m'a donné une idée. Le reste n'a pas été difficile. J'ai pu accéder à la cave et prélever les bouteilles qui m'intéressaient.

– Sont-elles déjà vendues ?

Honteux, le journaliste baissa la tête.

– Mon bookmaker ne plaisante pas.

– Avez-vous conscience de la gravité de votre acte ? demanda Marlow, que le vol irritait au plus haut point.

– Je ne commettrai plus ce genre d'erreur, c'est juré !

– Malheureusement, une faute est une faute.

– Non ! Ne m'emprisonnez pas, je vous en supplie.

Higgins, après avoir pris des notes, feuilletait son carnet noir.

– Il faudrait nous en dire beaucoup plus, Walks.

Le regard de Higgins, à la fois compréhensif et sévère, transperça l'âme du journaliste.

– Ce… ce n'est pas facile.

– Si vous vous taisez, vous pourriez bien être considéré comme l'unique responsable de la mort de Junctin Ampton.

Jack Walks frappa des deux poings sur son bureau, faisant tressauter gomme, stylos et crayons.

– Là, je ne marche plus ! N'importe qui, dans notre corporation, aurait pu l'assassiner.

– Votre « corporation » ?

Le journaliste froissa une feuille de papier et la jeta dans sa corbeille.

– Je suis persuadé que vous êtes déjà au courant ; vous êtes trop futé, inspecteur, pour ne pas avoir compris depuis longtemps.

– Les sept planètes, n'est-ce pas ?

– Bien sûr ; non seulement Junctin Ampton nous a choisis, mais encore il a organisé une rencontre afin de voir comment nous réagirions. En fin de compte, nous avons formé une sorte de club.

– Qui le présidait ?

– Le plus titré, Sir Henry Bridgewood, pour commencer ; il était prévu que nous occupions le poste un an, l'un après l'autre. Cette année, depuis cinq mois, c'est Montfort Leamington qui règne sur notre petit cercle.

– En quoi consistent vos activités ?

– Nous en faisons le bilan, précisément, et nous les analysons à travers le prisme des planètes ; une fois par mois, c'est l'occasion d'un excellent dîner.

– Occupation bien innocente, estima Higgins ; oublieriez-vous la vérité, Walks ?

Marlow fit résonner les menottes.

– Un instant ! protesta le journaliste. Nous avons aussi… un centre d'intérêt commun.

La bouche sèche, Jack Walks avala un verre d'eau, comme un rescapé du désert.

– Vous devenez passionnant, estima Higgins ; pourriez-vous être plus précis ?

– Il s'agissait de réaliser quelques affaires en Asie.

– Sous l'impulsion de Leamington, je présume ?

– C'est notre président actuel, rappela le journaliste ; son projet est séduisant, à plus d'un titre. Les uns en profiteront pour faire des affaires, les autres un agréable voyage. Peut-être…

Le journaliste hésita.

– Peut-être devriez-vous vous interroger davantage sur Junctin Ampton ?

– Expliquez-vous.

– Jusqu'à présent, vous le considérez comme une victime… Et s'il était aussi coupable ? Il nous manipulait, d'une certaine manière. Dans quelle intention ? Je l'ignore.

Higgins inaugura une nouvelle page de son carnet noir.

– Vous… vous me laissez en liberté ? questionna Jack Walks avec inquiétude.

– Pour le moment, répondit Marlow.

D'un revers de la main, le journaliste essuya la sueur qui perlait à son front.

— 26 —

– Message urgent ? demanda Marlow.

– Mlle Hawkhurst vient d'entrer aux bains turcs, indiqua le chauffeur.

– Allons-y, demanda Higgins ; il pourrait s'agir d'un rendez-vous avec un membre du club.

– Entendu, je fais vite.

Le chauffeur tint parole ; la voiture de service, après avoir dépassé tous les véhicules lents, stoppa devant les *Oriental Baths,* dans Victoria Street.

Marlow et Higgins se présentèrent au gérant de l'établissement qui reconnut que Dorritt Hawkhurst était une cliente régulière, adepte des bains de vapeur et des massages. Elle venait précisément de commencer une séance de soins. Accédant à la requête de Scotland Yard, il accepta de la déranger et de lui proposer de s'entretenir avec les deux policiers dans un salon particulier.

Dorritt Hawkhurst, le visage encore mouillé, ses cheveux noirs tombant sur les épaules, ressemblait à Vénus sortant des eaux, à l'exception du peignoir blanc dont elle se couvrait ; les doux yeux verts se faisaient à la fois aimables et critiques.

– Êtes-vous si pressés de me voir, messieurs ?

– En effet, mademoiselle, répondit Higgins ; pardonnez-nous de faire irruption ici, mais nous ne pouvions plus attendre.

La décoratrice s'étendit sur une table de massage et ferma les yeux ; son corps splendide semblait offert à qui voulait le prendre. Marlow regarda au plafond, Higgins consulta son carnet noir.

– Je vous écoute, dit-elle d'une voix suave.

– Nous connaissons à présent l'existence de votre club... planétaire ; vous avez omis de nous en parler, me semble-t-il.

– Je suis plutôt cachottière de tempérament ; un petit secret comme celui-là ne saurait entraver la marche de votre enquête.

– Question d'appréciation ; Mr. Leamington est votre président, n'est-il pas vrai ?

– Il a succédé à Sir Henry Bridgewood, un aristocrate froid et très saturnien ; je lui préfère notre jupitérien Montfort qui est moins distingué mais beaucoup plus aimable. La passation de pouvoir ne s'est pas déroulée dans le meilleur climat ; Sir Henry aimait les réunions austères et guindées, dans sa vieille demeure glaciale. Il détestait les mondanités, les cocktails et les discussions ; Montfort Leamington est très différent, par bonheur ! Il choisit des endroits sympathiques pour nos réunions, les meilleurs traiteurs et le meilleur champagne.

– Comment se comporte Sir Henry ?

– Fidèle à sa parole, il assiste à nos réunions ; autant Montfort est volubile, autant il est silencieux. Jack Walks fait des plaisanteries, Linda Halmond parle de ses voyages, Balthazar Link évoque les modes futures, Anthony Weeks narre ses exploits sportifs... Des entrevues charmantes, en définitive, qu'aucun d'entre nous ne manquerait.

– Je veux bien l'admettre, mademoiselle, mais n'existait-il pas un motif plus sérieux ?

– Sir Henry exigeait le respect de la tradition dans nos domaines respectifs ; Montfort est plus ouvert au monde extérieur et souhaite nous faire participer à ses affaires, d'une manière ou d'une autre.

– L'Asie ?

– Un beau thème de conversation, en effet ; Balthazar Link et Montfort pensaient s'y implanter et j'avais fort envie de découvrir des pays magiques comme la Thaïlande, le Laos et le Cambodge.

– Junctin Ampton n'assistait pas à ces réunions ?

– Jamais.

– Pourtant, il vous avait mis en contact.

– Nous étions *ses* planètes. Nous voir vivre était son unique passion.

– Ne le soupçonniez-vous pas de vous manipuler ?

– Junctin ? Ça n'aurait aucun sens !

– Les êtres sont si mystérieux.

– Junctin se contentait d'étudier nos destinées.

– Il a pourtant été assassiné.

Dorritt Hawkhurst se tourna sur le côté gauche et prit appui sur son coude.

– Ça ne tient pas debout, inspecteur ; nous avions besoin de lui.

L'ex-inspecteur-chef avait rarement contemplé femme aussi belle ; échapper à ses envoûtements ne devait pas être facile.

– Vous aimez le très bon vin, mademoiselle.

Les yeux se firent plus tendres encore.

– J'aime tous les plaisirs.

– Le Château Petrus est l'un des plus délicats.

– Vous avez un goût excellent.

– Junctin Ampton l'avait aussi, de même qu'un lot historique de Château Petrus.

– Il ne me l'avait pas caché.

– À qui en avez-vous parlé ?

– Le fait a été évoqué dans notre petit cercle.

Higgins biffa une hypothèse ; il ne croyait pas à la complicité de Dorritt Hawkhurst dans le vol des précieuses bouteilles.

La décoratrice, alanguie, s'était de nouveau allongée.

– C'est le meilleur moment de détente de la semaine ; le week-end, je suis souvent par monts et par vaux, obligée de rencontrer mes clients dans un château ou un manoir.

– Désolé de vous importuner, mais je dois également vous parler d'une lettre de rupture que vous avez écrite.

– Ne sommes-nous pas tous passés par cette épreuve, un jour ou l'autre ?

– Pas dans le cadre d'une affaire criminelle ; à qui reprochiez-vous trop de fougue et un manque de douceur ?

– C'est plutôt gênant, inspecteur ; comment avez-vous eu accès à ma correspondance privée ?

– En enquêtant sur la mort de l'astrologue.

– Je comprends mal, mais je n'ai plus le droit de me taire, semble-t-il.

– Vous nous obligeriez, le superintendant et moi-même.

– Anthony Weeks et moi avons eu une liaison plutôt… orageuse ; je ne déteste pas la passion, mais je hais la brutalité. Ce cher Anthony est allé trop loin et ne méritait plus mon affection.

– Ne seriez-vous pas revenue sur votre décision et n'auriez-vous pas déchiré cette missive ?

– Certes pas ; je l'ai postée moi-même.

– Reconnaissez-vous cet objet, mademoiselle ?

Dorritt Hawkhurst se redressa et s'assit sur le rebord de

la table de massage. Higgins lui présenta le bas de soie découvert sur le lieu du crime.

– Oui, inspecteur, il m'appartient. Pourquoi est-il entre vos mains ? C'est tout à fait extraordinaire !

– Où l'avez-vous perdu ?

– Nulle part !

Scott Marlow intervint.

– Ce bas est une pièce à conviction de première importance, mademoiselle ; faites un effort.

– Tout ce que je peux vous dire, c'est que je ne l'ai pas perdu.

— 27 —

Higgins et Marlow demeurèrent quelques instants dans le hall d'entrée du bain turc.

– Ce bas est l'arme du crime, Higgins ; vous en êtes persuadé depuis le début de l'enquête. Le charme de cette sirène ne doit pas nous égarer.

– Quelque chose ne va pas, cependant.

– Dorritt Hawkhurst n'a pas nié qu'il lui appartenait : une ruse de plus, afin de nous faire croire à sa sincérité.

– La voyez-vous sortir de chez son astrologue avec un seul bas ?

– Elle a pu ôter l'autre.

– Même en criminelle, elle n'aurait pu commettre une telle faute de goût.

– Je la considère comme une mante religieuse, s'obstina Marlow ; elle était tombée amoureuse de son astrologue et l'a assassiné à la suite d'une violente querelle. C'est lui qui a rompu avec elle ; Dorritt Hawkhurst ne l'a pas supporté. Après avoir commis son acte fatal, elle a perdu la tête et oublié le bas avec lequel elle avait étranglé sa victime.

– Votre hypothèse est à la fois troublante et tentante ; un homme nous éclairera peut-être.

*

* *

Les nuages se déchirèrent, laissant la place à un soleil de printemps qu'avait si bien chanté Harriett J. B. Harrenlittlewoodrof dans sa *Cantilène de mai :*

Longue traînée du matin naissant,
En langues d'or nées de l'Éden
Tu parais à l'orient des collines
D'où le regard surgit à jamais.

Le temps n'avait aucune influence sur la conduite du chauffeur de la voiture de service qui atteignit Jermyn Street en un temps record. L'inspecteur chargé de surveiller Anthony Weeks n'avait rien à signaler.

C'est un homme en sueur, une serviette autour du cou, uniquement vêtu d'un short de boxeur, qui ouvrit aux deux policiers.

– Je m'entraînais au punching-ball. Du nouveau ?

– C'est selon, dit Higgins.

– Eh bien, venez m'expliquer ça autour d'un jus de carotte ! Ça vous donne une énergie formidable, le matin. Ajoutez-y un fromage de chèvre, et vous démarrez la journée sur les chapeaux de roue.

– Nous venons d'en faire l'expérience, indiqua Higgins.

– Ah bon ? Alors, on passe au whisky… Non, j'ai mieux ! Un cocktail à ma façon : brandy, gin, porto, curaçao et whisky.

Même Marlow recula devant l'épreuve : la négociation se termina par un café que dégustèrent les deux policiers pendant que l'athlète prenait sa douche. Ils avaient difficilement trouvé une position à peu près stable sur deux chaises en acier trempé au dossier en forme de fusil.

Quand Weeks réapparut, il portait un pantalon de survêtement et une chemise rouge vif, largement ouverte sur sa poitrine à l'abondant système pileux.

– Vous ne semblez pas très occupé, ces jours-ci, remarqua Higgins.

– Un week-end de repos, ce n'est pas superflu ! Après notre petite discussion, je vais faire une centaine de longueurs à la piscine et un peu de musculation ; cet après-midi, un match de cricket et un tournoi de tennis. Et demain, je passe ma journée sur le ring ; la boxe, rien de tel pour vous remettre les idées en place !

Higgins ne s'habituait pas au décor métallique du somptueux appartement : Scott Marlow semblait fasciné par les *Zaô-gongen,* les génies à la chevelure hirsute et aux yeux rouges, dont les couteaux et les cordes semblaient menacer le visiteur le plus amical.

– Vous avez oublié le polo, nota Higgins.

– Mon cheval préféré est souffrant ; quand je ne dispose pas des meilleures armes, je ne m'aligne pas dans une compétition. Ce qui m'intéresse, c'est gagner.

Weeks s'était assis sur un cube métallique, acheté à un concasseur. Le dos bien droit, le torse puissant, la voix tonitruante, il semblait très décontracté.

– Et cette enquête, messieurs ?

– Elle progresse à pas de géants, répondit Marlow.

– Dans quelle direction ?

– Celle d'un club discret de sept personnalités réunies par l'astrologie, précisa Higgins.

L'athlète se troubla.

– On vous a mis au courant ! Ce bavard de Walks, je suppose ; il n'a jamais su tenir sa langue.

– Était-ce si nécessaire ?

– Ce club était un secret amusant.

– Que pensez-vous de votre président ?

– Leamington est un type entreprenant ; mais Sir Henry n'était pas déplaisant non plus, dans un style très différent. La vie saine et rude, j'aime ça. Quand il a quitté la présidence, il a donné un oignon sans aiguilles à Junctin pour lui démontrer que le temps n'existait pas ; superbe, non ?

– En partance pour l'Asie, vous aussi ?

– J'espère bien ! Quelques rounds de boxe thaïlandaise, ça ne me déplairait pas.

– Nous devons vous parler d'une lettre, annonça Higgins.

– Le courrier, ce n'est pas mon fort ; je préfère affronter les gens en face.

– Dorritt Hawkhurst, elle, a préféré vous écrire.

Il leva le poing serré.

– Ah, celle-là !

– Vous avez bien reçu sa lettre de rupture.

– Sa dixième lettre de rupture, vous voulez dire ! Au fond, on s'adore ; mais s'il n'y avait pas de drame, elle s'ennuierait. Là, elle a exagéré ! M'accuser d'être violent, moi !

– Avez-vous tenté de la convaincre de revenir sur sa décision ?

Très embarrassé, l'athlète se servit un verre de son cocktail favori.

– J'avais mieux à faire.

– Pourriez-vous être plus clair ?

– Le plus doué pour résoudre ce type de problème, c'était Junctin ; que Dorritt fût fâchée, peu importait. Lui, il me donnerait la date à laquelle elle se calmerait. Je n'aurais eu qu'à attendre.

– Aurait-il refusé ?

– Au lieu de me prédire l'avenir, il m'a sermonné.

– Sans doute n'admettait-il pas que l'on frappât une femme.

– Frapper, frapper, comme vous y allez ! J'ai un peu bousculé Dorritt, d'accord, mais elle l'avait bien cherché ! Elle sait être si agaçante, parfois.

– Junctin n'admettait pas votre attitude.

– Ce n'était pas à lui de me juger ! s'emporta l'athlète. Il n'avait qu'à faire son travail, après tout !

– Quand a eu lieu votre dernière entrevue ?

– Je ne sais plus.

– Je parierai volontiers sur lundi, le jour de l'assassinat.

– Mais non !

Weeks devint rouge de colère ; Marlow se leva, se demandant si le dénouement s'approchait.

– Vous êtes allé voir Junctin Ampton avec la lettre de rupture, déclara Higgins, la lui avez lue et sollicité ses conseils afin d'attendre la meilleure période pour reprendre votre maîtresse. Il a refusé et exigé une modification de votre comportement. Furieux, vous avez déchiré la lettre.

L'athlète tourna le dos aux inspecteurs.

– Ça s'est passé comme ça, en effet.

– C'est la suite qui nous intéresse, indiqua Marlow.

– La suite ? Quelle suite ?

– Vous n'en êtes pas resté là, je suppose ; vous n'êtes pas homme à échouer, selon vos propres paroles. Sans doute avez-vous secoué un peu trop fort l'astrologue qui ne cédait pas à vos exigences.

– Jamais de la vie ! hurla Anthony Weeks. Corriger une écervelée et une aguicheuse, ce n'est pas interdit ; mais on ne frappe pas un être aussi respectable que Junctin Ampton. Pour moi, c'était un ami ; grâce à lui, j'ai fait fortune. Son refus et son sermon m'ont énervé, j'en conviens, mais c'est tout.

— 28 —

– Nous aurions dû l'arrêter, estima Scott Marlow ; ce Weeks est un violent, un maniaque, et ment comme il respire.

– Il nous manque des éléments, estima Higgins.

Le chauffeur roulait à très vive allure sur les petites routes de campagne en direction du domaine de Langsam. Il coupait les virages, doublait sans visibilité et bondissait par-dessus les dos-d'âne avec une virtuosité stupéfiante. À plusieurs reprises, Marlow avait cru l'accident inévitable, mais un ultime coup de volant avait rétabli la situation. Sifflotant une vieille chanson galloise, le chauffeur continuait à ignorer l'usage du frein.

– Ne devrions-nous pas ralentir ? interrogea Marlow.

– Ce ne serait pas prudent, estima Higgins.

Une violente averse ne perturba pas l'ex-rallyman. Au contraire, la route mouillée lui permit de prouver l'étendue de son talent. Glissades, dérapage contrôlé, amorce de tête-à-queue avec redressement en pleine vitesse n'avaient aucun secret pour lui. Marlow se félicita de n'avoir pas déjeuné. Higgins, en dépit de son calme, paraissait contrarié.

– C'est curieux, avoua-t-il, une vision m'échappe.

– Une vision ? s'étonna le superintendant, redoutant que Higgins ne tombât dans l'une de ses crises mystiques qui lui faisaient préférer l'intuition à l'analyse.

– Une image, une scène ou quelque chose dans ce genre. Nous l'avons vue, vous et moi, sans y prêter attention, alors que c'était essentiel.

– Ce détail ne figure-t-il pas dans votre carnet ?

– Probablement, mais pas en exergue comme un indice majeur. Peut-être ai-je tort.

– Quel est le suspect concerné ?

– Je l'ignore, mon cher Marlow ; souhaitons que cette image me revienne ou que nous assistions à la même scène. Cette fois, je serai plus lucide.

Peu après midi, les deux policiers furent accueillis par le serviteur de Sir Henry, le dos voûté et le pas lent.

– Sir Henry déjeune à midi quinze, précisa-t-il ; je ne sais s'il acceptera de vous recevoir.

– Veuillez insister ; c'est important.

Le serviteur s'inclina. Higgins et Marlow patientèrent dans le petit salon, à droite de l'entrée ; il semblait encore plus humide que lors de leur première visite.

Sir Henry en personne vint au-devant de ses visiteurs.

– Que puis-je pour vous, messieurs ?

Henry Bridgewood, vêtu d'un costume noir, était la parfaite figure de l'aristocrate anglais qui s'habille pour les repas, même s'il est seul à table. Une cravate en soie blanche ornait son plastron et faisait ressortir la maigreur du visage dont la sévérité ne se démentait pas un seul instant.

– Notre enquête continue, déclara Higgins, et nous aimerions vous poser quelques questions.

– Accepteriez-vous de partager mon repas ?

– Avec plaisir.

La salle à manger était sombre et sinistre. Deux chandeliers dispensaient une faible lumière ; sur la table en chêne, datant du Moyen Âge, des assiettes en terre cuite et des couverts en bois.

– Un service que l'on ne saurait plus refaire aujourd'hui, précisa Sir Henry ; je ne bois que de l'eau de ma source et ne mange que des volailles de mon poulailler.

Le serviteur apporta un *apple-pie* de bonne qualité et du poulet froid.

– Manger peu est la clé de la longévité, affirma Sir Henry ; un pays comme le nôtre devrait éviter la ripaille et l'excès. Les peuples trop bien nourris glissent vers la décadence.

Marlow aurait apprécié un peu de vin, mais n'osa formuler sa requête ; l'aristocrate lui glaçait le sang et il redoutait une réplique coupante comme une faux.

– Vous êtes un fervent partisan de la simplicité, avança Higgins.

– « Fervent » est de trop, inspecteur ; il suffit d'être fidèle à une ligne de conduite, et il ne saurait y en avoir d'autre que le respect des coutumes.

– Vous fûtes le premier président d'un club bien étrange.

La mécanique des gestes lents de Sir Henry ne se dérégla pas.

– Qui vous en a parlé ?

– Les autres membres du club.

– Bavards et frivoles : voilà les individus d'aujourd'hui.

– L'idée vous avait-elle amusé ?

– Amusé n'est pas le mot ; je devais ce service à Junctin Ampton, un homme droit et honnête. Il souhaitait une expérience que je n'avais pas le droit de refuser.

– Comment s'est déroulée votre année de présidence ?

– J'ai tenté d'emmener les adhérents vers davantage de rigueur ; un personnage comme Balthazar Link, soucieux de l'étiquette et du protocole, a fait quelques progrès. Mais que demander à un individu bouillant comme Weeks, à un frivole comme Walks, à des femmes, ou pis encore à un marchand comme Leamington ? La vraie Angleterre devrait placer ces négociants au bas de l'échelle sociale. L'argent et les honneurs, voici leur seule loi !

– Vous n'appréciez guère l'orientation prônée par Montfort Leamington.

– Je la condamne fermement, inspecteur ; bâtit-on un empire avec des mondanités et des réceptions ? J'ai promis à l'astrologue de demeurer membre du club et je tiens mes promesses ; mais Leamington n'obtiendra rien d'autre que ma réprobation.

– Vous n'irez donc pas en Asie ?

– Le grand projet commercial ! Je m'en moque, d'autant que je déteste les voyages. Est-il un endroit plus agréable et plus traditionnel que ce domaine ?

Marlow ne s'occupait que de son assiette ; Higgins avait adopté le même rythme que leur hôte et mangeait aussi lentement que lui.

– Cet objet vous appartient-il ? demanda l'ex-inspecteur-chef en posant sur la table l'oignon sans aiguilles.

– Non, répondit Sir Henry. Je l'ai offert à Junctin Ampton ; désormais, même au-delà de la mort, c'est à lui qu'il appartient.

– Étrange cadeau.

– Le temps est si important, pour un astrologue ; j'ai voulu lui montrer qu'il n'existait pas.

– Pourtant, nous vieillissons.

– Le temps ne vieillit pas, lui ; il se nie lui-même. Et l'Angleterre doit être hors du temps.

– L'astrologue partageait-il vos positions ?

– Il ne s'intéressait qu'à son art et trop peu au monde extérieur… et puis il n'était pas d'origine anglaise. Je ne pouvais lui reprocher son manque de rigueur dans sa démarche patriotique.

– N'étiez-vous pas si différents l'un de l'autre que tout vous opposait ?

– C'est trop dire ; nous éprouvions une estime réciproque. Un professionnel de son talent mérite le respect.

– Pensez-vous que Junctin Ampton aurait pu manipuler les membres du club qu'il avait réunis ?

– Croyez-vous que je suis manipulable ?

Higgins sourit.

– Vos six collègues astrologiques sont peut-être plus malléables.

Les yeux noirs de Sir Henry devinrent perçants.

– Que sous-entendez-vous, inspecteur ?

– Junctin Ampton faisait-il chanter l'un de vous ?

– Très improbable. Si vous l'aviez connu, l'idée ne vous serait même pas venue.

– Un être aussi intelligent que lui sait à merveille dissimuler son jeu.

– Un maître chanteur a besoin d'argent ; ce n'était pas son cas. Quant à son jeu personnel, il n'existait pas ; son unique passion, c'étaient ses sept planètes qu'il avait réunies au soir de son existence. Pourquoi se serait-il vautré dans un immonde chantage ?

— 29 —

La voiture de service, en dépit d'une perte de temps due à un convoi de tracteurs qui obstruait la route, parcourut le trajet du retour en cinq secondes de moins que celui de l'aller. Aucun appel d'urgence n'avait été diffusé sur la radio de bord.

Scott Marlow espérait trouver sur son bureau un quelconque rapport qui apporterait un éclaircissement sur le meurtre de l'astrologue ; ses espoirs furent déçus. Il commanda deux cafés serrés.

– Avez-vous revu votre « image », demanda-t-il à Higgins ?

– Hélas ! non. Elle me fuit.

– Les suspects ne manquent pas ; si nous procédions à une arrestation, nous pourrions déclencher un processus nouveau, même en nous trompant d'assassin.

– Auparavant, je veux en savoir davantage sur les projets asiatiques de ce club extraordinaire.

Le superintendant était abattu.

– L'après-midi de vendredi débute... Lundi, je serai officiellement dessaisi, et subirai le premier échec grave de ma carrière.

– Il nous reste encore quelques heures. Avez-vous noté le lien des suspects avec la famille royale, mon cher Marlow ? Balthazar Link est conseiller pour le protocole ; Jack Walks est spécialiste des potins la concernant ; Linda Halmond organise certains de ses voyages ; Montfort Leamington fait des affaires avec la Couronne ; Dorritt Hawkhurst décore ses propriétés ; Sir Henry entretient ses forêts.

– Seul Anthony Weeks échappe à ce critère.

– Plus ou moins : c'est un ancien *Horse Guard.*

– Dans son cas, le lien est très ténu.

– Vous avez raison. Il me faut néanmoins obtenir une réponse à la question que je me pose.

– Que comptez-vous faire ?

– Interroger Buckingham Palace.

*

* *

La reine et ses proches partis en week-end, l'agitation habituelle du palais commençait à s'atténuer. Aux cuisines, après une semaine intense où Sa Majesté avait présidé plusieurs grands dîners, on soufflait. Higgins demanda à rencontrer un personnage fort peu connu du grand public, chef du corps de protection rapproché de la reine. Ancien d'Oxford, alors que Higgins avait étudié à Cambridge, il prenait sa tâche à cœur et s'entourait d'hommes compétents et dévoués, même si ceux-ci étaient parfois violemment attaqués par la presse qui critiquait sévèrement les mesures de sécurité, jugées insuffisantes et archaïques.

Higgins et lui ne s'aimaient pas. L'aristocrate accepta néanmoins de le recevoir ; l'affaire de l'astrologue assassiné n'avait pas encore été ébruitée, et il savait que l'ex-inspecteur-chef s'en occupait de près ou de loin. Comme il semblait jouir de certaines protections plutôt étonnantes, mieux valait ne pas heurter les convenances.

– Vous me pardonnerez, mon cher, de vous recevoir dans un bureau annexe.

– Je vous en félicite, déclara Higgins ; ce que vous avez à me dire est tout à fait confidentiel.

– Pardon ?

– Vous m'avez parfaitement compris.

– Ce que *moi,* j'ai à vous dire ? Vous devez vous tromper !

– En aucune façon.

– J'avoue que vous me surprenez beaucoup ; s'il s'agit d'une plaisanterie…

– Un assassinat ne mérite pas ce qualificatif, estima Higgins.

– Vous évoquez le cas de l'astrologue Junctin Ampton ?

– Vous êtes bien renseigné.

– C'est mon métier.

– Je voulais parler d'un autre assassinat, révéla l'ex-inspecteur-chef.

– Lequel ?

– Celui qui sera commis dimanche, à huit heures trente.

– Ici, à Buckingham ?

– Je ne pense pas.

L'aristocrate se tourna légèrement de côté, pour marquer sa désapprobation.

– En ce cas, je ne suis pas concerné.

– Je ne vous soupçonne pas, révéla Higgins.

– Inspecteur ! Vous dépassez les bornes !

– Nous n'avons pas les mêmes, cher ami.

– Je suppose que nous n'avons plus rien à nous dire ?

– Au contraire ! Vous oubliez les renseignements confidentiels que vous me devez.

– En quel honneur ?

– Pour éviter le second crime dont je vous parlais ou, du moins, pour démonter une machination.

– Qui est visé ?

– Je l'ignore.

L'aristocrate haussa légèrement les épaules.

– Voilà une enquête bizarrement menée ! Que voudriez-vous donc savoir ?

– La liste des déplacements de la famille royale pour les mois à venir.

– C'est quasiment un secret d'État, inspecteur !

– N'exagérons rien, je m'adresse à vous parce que je suis très pressé.

– Eh bien, allez remuer la presse ou je ne sais quels cancans.

– Je vous le répète : je suis très pressé.

– Je refuse.

– Comme il vous plaira. Lorsque le second meurtre aura été commis, vous serez désigné comme complice.

– Vous divaguez !

– Je suis très sérieux et ne vous accuserai pas à la légère.

Pincé, l'aristocrate consulta son agenda privé où il notait les déplacements d'ores et déjà organisés, et les prévisions à court et à moyen terme. Il donna les noms de chaque membre de la famille et leurs destinations.

Lorsqu'il referma l'agenda, Higgins, qui déambulait en croisant les mains derrière le dos, s'immobilisa.

– Rien… absolument rien, marmonna-t-il.

– Que dites-vous ?

– J'ai suivi une mauvaise piste.

L'aristocrate n'était pas mécontent de voir Higgins perplexe, presque vexé.

– Personnellement, je ne vous ai rien caché ; seriez-vous déçu, inspecteur ?

– Êtes-vous sûr de n'avoir rien oublié ?

– Ce n'est pas dans mes habitudes.

Higgins n'avait plus qu'une question à poser.

– Aucun des membres de la famille royale n'a projeté un voyage en Thaïlande ?

– Simple rumeur non confirmée.

– Qui doit s'y rendre ?

– Sa Majesté elle-même, si le dossier qui lui a été proposé la satisfait.

– Par qui ?

– Un homme d'affaires réputé, Montfort Leamington.

– À quelle date ?

– En avril, l'année prochaine.

– En avril !

La pondération et le calme de Higgins étaient deux de ses caractéristiques ; cette fois, il retrouva ses jambes de rugbyman, comme s'il quittait le bureau de Buckingham pour aller marquer un essai.

— 30 —

Balthazar Link arriva le premier, à vingt heures précises, comme l'avait souhaité Higgins. L'ex-inspecteur-chef l'accueillit lui-même sur le seuil de la demeure de Junctin Ampton.

– Douce soirée, n'est-ce pas ?

– Plutôt agréable, inspecteur ; votre convocation, si impérative, m'a surpris. J'ai eu une journée harassante et j'ai un dîner vers vingt-trois heures. Nous en aurons fini, j'espère ?

– Je l'espère aussi ; voulez-vous vous rendre dans le bureau de l'astrologue où le superintendant vous attend ?

D'une élégance raffinée, superbe dans son costume Prince-de-Galles où le moindre détail du tissu était soigné, Balthazar Link prit la direction indiquée par l'ex-inspecteur-chef. Son emploi du temps, selon le rapport transmis à Higgins, était exact.

Le suivit Anthony Weeks, en veste de cuir et pantalon léger.

– Me voici, inspecteur ; rude journée de sport, mais j'ai tout gagné ; ça conserve l'énergie. On dîne ou on cause ?

– On organise une séance exceptionnelle de votre club.

– Tiens donc !

Le visage carré d'Anthony Weeks devint moins conquérant.

– Dans le bureau de l'astrologue ?

– Belle intuition, monsieur Weeks.

– Eh bien, allons-y.

Montfort Leamington descendit de sa Rolls dont le chauffeur avait ouvert la portière. D'un pas tranquille, fumant sa pipe, il entra dans la demeure de la victime.

– J'ai cru apercevoir Weeks.

– C'était bien lui.

– Nous serons plusieurs ?

– Vous serez tous là.

– Heureuse idée, inspecteur ! La journée a été bonne : la signature d'un gros contrat, comme je les aime. La soirée devrait être excellente.

– Je vous le souhaite.

– Entre nous, murmura le négociant, vous tenez l'assassin ?

– Dieu vous entende.

– Vous êtes formidable, Higgins, formidable ! Mais qui voilà...

Descendant d'un taxi, Dorritt Hawkhurst s'était glissée dans une robe fourreau de satin rouge qui lui seyait à merveille en faisant apparaître les courbes harmonieuses d'un corps parfait. Une rivière de diamants, des boucles d'oreilles en or et trois bracelets du même métal au poignet droit la paraient à la perfection. Les cheveux noirs, coiffés en une cascade de boucles, servaient d'écrin à un visage de madone sensuelle.

– Chers amis ! dit-elle, charmeuse ; s'agirait-il d'une soirée ?

– En quelque sorte, répondit Higgins.

– Je crois que l'inspecteur nous a mitonné une jolie surprise ; puis-je vous donner le bras, ma chère ?

– Avec plaisir, Montfort ; à vos côtés, une femme se sent rassurée. J'ai passé la journée à me faire belle et je ne le regrette pas.

Le couple prit la direction du bureau de l'astrologue. De fait, Dorritt Hawkhurst était passée des *Oriental Baths* à un institut de beauté.

Jack Walks avait choisi le vélo ; il arriva avec une dizaine de minutes de retard.

– Mes excuses, inspecteur ; un article à boucler.

– Informations importantes ?

– Une fuite d'eau à Buckingham ; je n'ai pas eu le temps de vérifier. Qu'est-ce qui se passe, ici ?

– Nous verrons bien ; vos amis vous attendent.

Le journaliste était méfiant.

– Mes amis ?

– Les membres de votre club.

– Vous ne m'aviez pas prévenu. J'ai bien envie de prendre mes jambes à mon cou.

– Projet futile, que je vous déconseille de mettre à exécution.

Walks hésita, puis entra.

– Je suis fatigué.

– Le travail et… les courses.

– Oui, j'y suis allé, et j'y retournerai demain. Comme je vous l'ai dit, on ne se défait pas de cette passion-là. Toute critique est inutile.

Les épaules un peu voûtées portaient un poids très lourd ; le journaliste, sans se tromper, prit la direction du bureau de Junctin Ampton.

Comme si elle surgissait de nulle part, Linda Halmond

apparut. Elle semblait frêle, dans son pantalon rose et sa veste violette.

– Je crains… je crains de m'être trompée d'heure.

– Rien de grave, mademoiselle.

– Je dois rester, à votre avis ?

– C'est indispensable.

– Je ne serai pas seule, n'est-ce pas ?

– Vous avez raison.

Elle recula, apaisée.

– Venez, mademoiselle ; il ne s'agit que des membres de votre club astrologique.

Le visage enfantin parut rassuré.

– En ce cas, je reste.

– Vos ballerines doivent être bien incommodes pour marcher dans les rues de Londres.

– J'ai l'habitude, inspecteur ; le monde n'est-il pas un théâtre où l'on danse ? Il faut être légère, sauter par-dessus les obstacles, éviter les pièges.

– Continuez, mademoiselle ; vos amis vous attendent dans le bureau de Junctin Ampton.

Elle s'éclipsa, légère.

Il manquait un membre du club, Sir Henry Bridgewood.

Higgins patienta un quart d'heure, puis rejoignit ses invités. L'atmosphère était plutôt gaie ; Montfort Leamington avait raconté deux plaisanteries et Anthony Weeks lui avait emboîté le pas. Scott Marlow ne fut pas mécontent de voir intervenir Higgins.

– Merci d'être venus, dit l'ex-inspecteur-chef.

– Cet endroit me fait un peu peur, déclara Dorritt Hawkhurst ; n'est-ce pas ici que notre cher Junctin fut assassiné ?

Higgins posa la main sur le fauteuil de l'astrologue.

– Il était assis sur ce siège quand on l'a étranglé par-derrière.

– Mon Dieu ! s'exclama la décoratrice, bouleversée.

Linda Halmond la prit dans ses bras.

– Reprenez-vous, chérie.

– Quels sont vos buts, inspecteur ? demanda Montfort Leamington.

– Je n'en ai qu'un seul : identifier l'assassin.

Le silence succéda à la déclaration de Higgins.

– Nous n'avons joué aucun rôle dans ce crime, protesta Jack Walks ; nous accuser serait monstrueux !

– J'ai le devoir d'envisager toutes les hypothèses, indiqua l'ex-inspecteur-chef.

– Sir Henry n'a-t-il pas été invité ? demanda Anthony Weeks.

– Bien sûr que si.

– Pourquoi ne vient-il pas ?

Linda Halmond poussa un cri d'effroi.

– Là, il est là !

Tous les regards convergèrent vers le seuil du bureau.

Chapeau noir, gilet gris et pantalon rayé faisaient de Sir Henry Bridgewood un homme d'un autre âge, une sorte de spectre surgi des ténèbres.

— 31 —

– Je suis un peu en retard, déclara Sir Henry ; veuillez m'excuser. La route était encombrée et je conduis lentement.

– Vous n'avez plus de chauffeur, mon cher ? s'étonna Montfort Leamington.

– Je n'en ai jamais eu, je déteste les serviteurs inutiles.

L'atmosphère devint franchement glaciale. Sir Henry Bridgewood et Montfort Leamington s'affrontèrent du regard ; le négociant céda le premier.

– En tant que membre d'un club conçu par le malheureux Ampton, nous n'allons quand même pas nous disputer !

Montfort Leamington s'adossa à la bibliothèque en acajou, aux côtés de Dorritt Hawkhurst qui refusa la chaise qu'il lui proposait ; Jack Walks, à leur droite, se tint tout près du mécanisme du planisphère ; à sa gauche, un peu en retrait, Linda Halmond ; Balthazar Link occupa le centre de la pièce, face à Anthony Weeks, à demi assis sur le bureau de l'astrologue ; Sir Henry Bridgewood demeura près de la porte d'entrée que gardait le superintendant.

– Si vous avez quelque chose de décisif à déclarer, dit Balthazar Link avec irritation, hâtons-nous ! Je n'ai pas l'habitude, moi, d'être en retard à mes rendez-vous.

– Nous sommes ici pour célébrer la mémoire d'un homme de bien et d'un astrologue de génie, rappela Higgins ; aussi dois-je vous demander un peu de votre temps afin d'éclaircir quelques points mystérieux.

– Nous respections et aimions Junctin, affirma Linda Halmond ; tous, nous sommes prêts à vous aider. Nous passerons la nuit ici, s'il le faut.

– Parlez pour vous, ma chère ! protesta le grand couturier.

– Un peu de cœur ne vous ferait pas de mal.

– Je vous en prie ; ce genre de remarque est à la fois désobligeant et injuste.

– Calmons le jeu, proposa Montfort Leamington.

– Vous êtes le président du club, rappela Higgins ; à ce titre, je vous remercie de votre intervention. Mon rôle n'est pas facile, vous le comprendrez.

– Faites votre devoir, inspecteur ; nous voulons tous savoir qui a tué notre astrologue.

Higgins consulta ses notes.

– Plusieurs indices ont été découverts sur les lieux du crime ; notre enquête nous a permis d'en déceler l'origine et de comprendre la raison de leur présence. Cette simple indication devrait convaincre le coupable de se dénoncer.

– Le coupable ! s'exclama Linda Halmond. Vous ne pensez pas que l'un de nous…

– Il faut vous rendre à l'évidence, mademoiselle.

Ce fut au tour de Dorritt Hawkhurst de se montrer rassurante.

– L'inspecteur cherche à nous impressionner, ma chère ; ne te laisse pas prendre dans ses filets. C'est un homme redoutable.

– Chez l'astrologue se trouvait une correspondance provenant de Buckingham Palace ; malgré les dénégations officielles, il était clair qu'une commande officielle avait été adressée à Junctin Ampton.

– Nous n'étions donc pas ses seuls clients ? s'étonna Jack Walks.

– Non, et vous le saviez bien.

– Vous vous trompez, vous...

– Cessez de mentir, monsieur Walks.

– Vous êtes bien impérieux, inspecteur, estima Montfort Leamington.

– Il le faut, car vous me cachez une vérité essentielle.

– Telle n'était pas notre intention, croyez-le bien !

– Je ne le crois pas, précisément.

– Vous m'accusez de mensonge ?

– Par omission, monsieur Leamington ; avril est-il un mois qui vous séduit ?

– Pas plus qu'un autre.

– Mais si, intervint Sir Henry, grinçant ; c'est un mois merveilleux qui nous ravit tous. Pourtant, je préfère l'hiver. Mais Montfort vendrait bien les onze autres pour celui-là.

– J'ai beaucoup de respect pour vous, Sir Henry, intervint Anthony Weeks, furibond, mais notre président ne mérite pas ça !

Higgins fit quelques pas et s'arrêta devant Montfort Leamington.

– Je vais être plus précis : le 21 avril 1926, 2 h 40 minutes, Londres. En termes astrologiques, cela donne un ascendant Capricorne, Mars et Jupiter en Verseau, Vénus et Uranus en Poissons, Mercure en Bélier, Soleil en Taureau, Pluton en Cancer, Lune et Neptune en Lion et Saturne en Scorpion qui occupe une place privilégiée au sommet du thème. Dois-je préciser l'identité de cette personne ?

Seul le silence répondit à Higgins.

– Quoique vous continuiez à vous taire, vous conviendrez cependant que ce thème astrologique est celui de Sa Gracieuse Majesté, la reine Elizabeth II.

Scott Marlow sursauta.

– Qu'est-ce que ça signifie, Higgins ?

– L'hypothèse du complot était la bonne, mon cher Marlow ; ce club astrologique avait pris une décision peu banale, qui consistait à utiliser la reine d'Angleterre pour obtenir de fabuleux bénéfices commerciaux.

– Je m'y suis constamment opposé, indiqua Sir Henry.

– Moi aussi, ajouta Anthony Weeks.

– Très mollement, précisa Dorritt Hawkhurst ; vous fûtes vite convaincu, contrairement à Sir Henry.

– La reine est saturnienne, je suis saturnien, expliqua l'aristocrate ; tous les deux, nous estimons que le pays doit être gouverné avec rigueur et austérité. Mêler la reine à l'affairisme... Quel scandale !

– Pourquoi ne pas avoir dénoncé le projet ? demanda l'ex-inspecteur-chef.

– Parce que j'avais donné ma parole à notre club ; en me succédant, Montfort Leamington a pris le contre-pied de ma politique. Je n'avais d'autres ressources que le silence et la désapprobation morale.

Higgins perçut le regard interrogateur de Marlow ; bien des explications manquaient encore.

– Quel était le travail de Junctin Ampton pour Buckingham ? S'occuper astrologiquement des anniversaires de la reine, c'est-à-dire du moment où le Soleil revient sur sa position natale. Parfois, il est nécessaire de se déplacer et de vivre son anniversaire à un endroit calculé astrologiquement pour éviter catastrophe, difficultés ou maladies. La technique est relativement simple, mais l'interprétation exige une grande expérience.

Aucun des membres du club ne réagit. Higgins se déplaça et s'arrêta devant Linda Halmond.

– C'est vous, mademoiselle, qui m'avez permis de comprendre en me rappelant le principe des voyages astrologiques lors des anniversaires.

Le visage enfantin de la jeune femme se tourna à droite et à gauche pour mieux quêter des excuses.

– J'ai trop parlé...

– Non, vous m'avez simplement mis sur la voie.

– Personne n'a rien fait de mal, inspecteur.

– Ce serait un beau rêve, mademoiselle, mais je suis obligé de le briser ; un cadavre ne s'élimine pas aussi facilement, surtout lorsqu'il s'agit de celui de Junctin Ampton.

— 32 —

Higgins relut rapidement deux pages de son carnet noir.

– Tous les membres du club, poursuivit-il, devaient se montrer fidèles au président en exercice.

– C'était le vœu de l'astrologue, révéla Anthony Weeks et nous l'avons tous respecté.

– Quelle était la volonté de Montfort Leamington ? Développer ses affaires, notamment en Asie, et plus précisément en Thaïlande. Avec sa générosité naturelle, il voulait en faire profiter ses amis, de façon directe ou indirecte. L'ancien Siam, quel beau pays ! Quelle terre d'avenir, surtout si l'on bénéficie d'une caution officielle. Leamington a proposé à Sa Majesté d'entreprendre ce voyage en avril prochain, avec une parfaite organisation. Tout semblait s'annoncer au mieux, mais un obstacle inattendu s'est révélé.

Higgins attendit en vain une confession ; il fut donc contraint de continuer.

– Cet obstacle fut Junctin Ampton lui-même. En étudiant le futur anniversaire de Sa Majesté, il jugea, en bon technicien, qu'elle devrait le passer à Londres, et nulle part ailleurs. Voilà qui contrariait beaucoup votre grand projet, monsieur Leamington, vous qui souhaitiez emmener Sa Majesté sur votre terrain de chasse.

– Contrariant, je vous l'avoue, mais les affaires sont faites de succès et d'échecs.

– Vous aviez trop investi pour vous contenter d'un échec et avez donc déployé la seule stratégie qui s'imposait ; elle a obtenu votre approbation, monsieur Link.

Le grand couturier ne réagit pas ; raide et compassé, il évita le regard de l'ex-inspecteur-chef.

– C'est vous, Balthazar Link, qui êtes allé voir l'astrologue afin de le convaincre de la justesse de vos vues ; en raison de vos relations privilégiées avec Buckingham, vous pouviez assurer à la reine et à sa suite que le protocole serait respecté à la perfection. Cette argumentation n'ébranla pas Junctin Ampton ; il vous somma de ne plus insister. Vous en êtes venus aux mains, et c'est à ce moment que vous avez perdu un bouton de manchette en or. Votre colère fut redoutable, monsieur Link.

– Légitime, inspecteur ! Comment un détail astrologique pouvait-il entraver une expansion économique de cette importance ?

– De rage, vous avez tué votre opposant.

– Ne revenez pas à l'assaut ; vous savez bien que non. Devant l'obstination de Junctin, j'ai fait appel à notre président.

Higgins se tourna vers le négociant.

– Après son échec, Balthazar Link vous a demandé d'intervenir pour arrondir les angles.

– C'est bien possible.

– Vous avez utilisé une autre méthode, monsieur Leamington : pas d'attitude impérieuse, pas de déclaration péremptoire, mais une très grosse somme dans une enveloppe. Vous avez traité cette rencontre comme une affaire et tenté d'acheter votre astrologue pour qu'il oublie la loi du ciel. C'est pourquoi nous avons découvert sur son bureau une enveloppe remplie de billets de banque.

– Rémunérer correctement un spécialiste n'est pas forcément l'acheter.

– Vous avez commis une lourde erreur ; l'argent n'intéressait plus Junctin Ampton. Vous vous êtes querellés, il vous a agrippé par les revers de votre veston, et votre décoration de l'ordre de l'éléphant est tombée.

Le sourire du commerçant était énigmatique, mi-amusé, mi-angoissé.

– Parfois, les choses ne se déroulent pas comme prévu ; c'est le piment de l'existence.

– Les colères d'un jupitérien peuvent être terribles, indiqua Higgins ; celle-là n'aurait-elle pas été meurtrière ?

– On ne tue pas pour une affaire ratée, inspecteur ; et puis, je n'avais pas perdu espoir. Je serais revenu à la charge.

– En vain, monsieur Leamington. D'une part, Junctin Ampton aurait prévenu Buckingham Palace ; d'autre part, il avait tenté de joindre Patrick Hurst, le diplomate, afin de vous empêcher d'obtenir les facilités administratives dont vous aviez besoin.

– Vous avez deviné ça aussi... Chapeau, inspecteur !

– Vous étiez tous complices dans cette affaire, affirma Higgins ; au cours de l'enquête, personne n'a accepté de révéler cette tentative d'utilisation mercantile de la Couronne. Elle s'est traduite par l'assassinat de l'astrologue qui vous avait tant aidés. Vous aviez tous intérêt, en fin de compte, à vous taire ; même vous, Sir Henry.

Higgins se dirigea vers l'aristocrate que Scott Marlow, un peu mal à l'aise, observait du coin de l'œil.

– J'avais donné ma parole, je vous le répète.

– Je n'en doute pas ; mais vous espériez surtout l'échec de Montfort Leamington.

– Rien ne saurait davantage me réjouir, confirma Sir Henry d'une voix glaciale et coupante.

– Vous misiez sur l'honnêteté et la fermeté de l'astrologue, et vous avez eu raison.

Consultant à nouveau ses notes, Higgins fit demi-tour, passa devant Anthony Weeks et Balthazar Link, et s'adressa à Jack Walks.

Le journaliste avait reculé, tentant de s'abriter derrière Linda Halmond.

– Joueur et voleur : voici un tableau désagréable, monsieur Walks. Aucun alibi pour le moment du meurtre, et un grave manque à gagner. Privé d'un voyage en Asie, vous ratiez aussi un formidable reportage qui vous aurait rapporté beaucoup d'argent.

– On ne peut pas gagner à chaque fois, protesta faiblement le journaliste.

– Et si Junctin Ampton vous avait donné le nom d'un cheval gagnant, d'un *outsider* sur lequel personne n'aurait misé ?

– Je l'aurais embrassé !

– Un baiser mortel, peut-être, pour éviter qu'il ne joue lui-même le bon cheval.

Walks ouvrit des yeux ébahis.

– Non... je vous jure que non ! Vous pouvez vérifier les paris : je n'ai rien gagné, depuis la mort de l'astrologue !

Higgins opéra un nouveau demi-tour pour s'intéresser à Anthony Weeks ; sa masse athlétique était vraiment impressionnante, mais l'ex-inspecteur-chef n'en avait cure. Marlow se préparait à un affrontement direct ; si le gaillard était coupable, il ne se laisserait pas arrêter sans résistance.

– Laissez tomber. Moi, je ne peux pas être coupable.

– Pourquoi donc ?

– L'Asie, ça ne m'aurait rien rapporté.

– Bien sûr que si, objecta Higgins ; vous auriez été engagé, à prix d'or, comme garde du corps. Vos états de service et vos capacités physiques auraient plaidé en votre faveur, et Mr. Leamington aurait donné le dernier coup de pouce. Là-bas, vous lui auriez également été fort utile comme homme de main dans certaines opérations plus ou moins douteuses, inévitablement liées au commerce international.

– Je ne vous permets pas de mettre en doute ma probité, protesta le négociant ; ma réputation…

– Vous avez cherché à corrompre, rappela Higgins, et ce n'était certainement pas votre coup d'essai ; oseriez-vous prétendre que toutes les opérations prévues en Thaïlande se seraient accomplies sans aucune entorse à la légalité ?

Montfort Leamington prit un air jovial et s'exprima avec une voix rassurante.

– Dans toutes les activités humaines, inspecteur, il faut composer et obtenir des compromis ; rien n'est blanc ou noir. C'est la loi de l'existence, surtout dans les affaires ; si un commerçant s'en tenait à la lettre des formalités administratives, il ferait vite faillite.

– Votre complice Patrick Hurst était payé pour fermer les yeux.

– Un homme de sa valeur et de sa compétence méritait quelque gratitude.

– Perdez tout espoir de lier Sa Majesté à votre trafic, monsieur Leamington, avertit Higgins avec gravité. Je ne vous laisserai pas faire, sachez-le.

L'ex-inspecteur-chef consulta un instant la page consacrée à l'athlète.

– Je ne vous avais pas oublié, monsieur Weeks.

— 33 —

– Cette histoire de garde du corps, souligna Anthony Weeks, ça ne mène nulle part.

– Supposons que vos affaires ne soient pas aussi florissantes que vous le prétendez, avança Higgins ; supposons aussi que, depuis votre rencontre avec Mr. Leamington, vous ayez trouvé un ami, un protecteur et surtout un conseiller financier dont vous dépendiez de plus en plus.

– Holà ! Ça ne va pas du tout, ça...

– Est-ce la vérité ?

– L'inspecteur Higgins a tendance à simplifier les problèmes, intervint le négociant, mais il n'a pas complètement tort. Inutile d'entreprendre une longue et pénible enquête administrative ; que nous soyons commercialement liés, Weeks et moi, n'a rien d'illicite. Anthony est un homme très attachant, dont je me plais à faciliter la carrière.

– Merci de votre sincérité, dit Higgins ; autrement dit, Mr. Weeks ne peut vous refuser aucun service.

– J'ai mon indépendance, protesta l'athlète.

– Sauf lorsque vous recevez un ordre impérieux.

– Qu'est-ce que ça veut dire ?

– Celui de supprimer un obstacle gênant.

Anthony Weeks fit face à l'ex-inspecteur-chef qui ne recula pas d'un pouce.

– Vous m'accusez d'avoir tué l'astrologue sur l'ordre de Leamington ?

– Dans votre appartement subsiste un précieux indice : les statues des génies *Zaô-gongen* qui sont chargés de convaincre par la force les interlocuteurs récalcitrants.

L'athlète blêmit.

– D'accord, mais…

– Ils utilisent deux armes intéressantes ; poignard et corde. N'auriez-vous pas serré un peu trop fort le cou de Junctin Ampton pour l'obliger à… composer ?

L'explosion d'Anthony Weeks fut si violente qu'elle fit sursauter Scott Marlow.

– Je cogne, je tape, je cours, je saute, je hurle, je piétine, mais je ne tue pas ! Si on me met en prison pour un crime que je n'ai pas commis, je démolirai les grilles !

Weeks semblait prêt à défoncer le crâne de l'ex-inspecteur-chef qui se contenta de le regarder droit dans les yeux en lui renvoyant l'énergie négative de sa colère. L'antique procédé oriental fonctionnait parfois ; l'athlète frappa de son poing droit dans sa paume gauche au risque de se briser la main.

– Je m'en fiche, de l'Asie, des voyages et des fortunes faciles à gagner ! Demain, je peux être un vrai garde du corps, que ce soit pour protéger un ministre, assurer la sécurité des trois garden-parties de la reine ou celle d'une vedette de cinéma ! Je n'ai besoin de personne pour gagner ma vie !

Comme s'il était convaincu par cette spectaculaire démonstration d'innocence, Higgins délaissa le suspect et vint auprès de Linda Halmond.

La jeune femme se fit petite fille ; de ses longs cheveux noirs, elle cacha ses yeux.

– Vous êtes une personne étrange, mademoiselle, aussi fuyante et changeante que la lune qui domine votre thème ; grâce à vous, j'ai entrevu la vérité. On jurerait que vous m'avez mis sur la voie.

Linda Halmond se tut.

– Pourtant, poursuivit-il, l'organisation du voyage en Asie vous aurait offert argent et renommée. Le succès du projet Montfort Leamington vous intéressait au premier chef.

– C'est un peu vrai, admit-elle ; l'entreprise était difficile, mais j'aurais réussi.

– L'obstination de l'astrologue vous desservait.

– Montfort Leamington nous avait promis que tout s'arrangerait, comme d'habitude ; pourquoi ne pas le croire ?

– Et si vous aviez joué votre propre jeu en décidant d'éliminer le gêneur ?

– Je... je suis incapable d'un acte violent !

– Vous disposez d'une arme redoutable, votre ceinture berbère en cuir repoussé ; elle vous permettrait d'étrangler un vieillard sans dépenser beaucoup d'énergie et de ne pas laisser échapper une excellente affaire.

Linda Halmond écarta ses cheveux ; une folle angoisse troublait son regard.

– Non, inspecteur, non... Junctin était mon guide, mon père spirituel, l'être que je vénérais le plus au monde !

Higgins tourna la page et regarda la superbe Dorritt Hawkhurst.

– Pour moi, attaqua-t-elle, l'Asie ne présentait guère d'intérêt.

– Voyons, mademoiselle... Mr. Leamington ne vous avait-il pas réservé un fabuleux contrat de décoration pour les appartements de la famille royale et de sa suite ? La reine aime bien retrouver l'Angleterre, au cœur des pays étrangers. Vous lui auriez donné toute satisfaction.

– Admettons, dit Dorritt Hawkhurst avec un sourire enchanteur.

– Vous admettrez aussi que vous avez offert une flûte siamoise à votre astrologue, en utilisant l'arme du charme pour le convaincre d'être moins rigoureux.

– Là, vous vous trompez.

– Et je me trompe aussi en ce qui concerne votre bas de soie que vous auriez utilisé pour étrangler Junctin Ampton ?

– Erreur totale.

– Eh bien, comme meilleur suspect et coupable le plus plausible, je ne vois que vous, monsieur Link.

Le grand couturier ne réagit pas ; il considéra Higgins avec dédain.

– Conclusion que je qualifierai de stupide, inspecteur.

– Désolé de vous décevoir, mais il existe trois indices contre vous. Le bouton de manchette en or, signe de votre querelle ; la flûte, à mon sens, traduit un défi que vous avez jeté à Junctin Ampton ; enfin, l'arme du crime.

– Surprenante révélation ! Nommez-la donc.

– La bande de tissu doré que vous conservez comme une relique ; elle symbolise votre premier succès et vous a servi à lever cet obstacle qui risquait de contrarier votre ascension.

– Si je comprends bien, il ne me reste plus qu'à avouer.

– Vous nous obligeriez.

– Je n'ai pas l'habitude de mentir ; puisque je suis innocent, que pourrais-je avouer ?

Scott Marlow espérait une contre-attaque de Higgins ; mais l'ex-inspecteur-chef referma son carnet noir et le mit dans la poche de son blazer.

– Je ne suis parvenu à établir qu'une vérité, avoua-t-il, mais non à découvrir l'assassin de Junctin Ampton. Demain, je serai ici toute la journée ; si l'un de vous désire me parler, qu'il n'hésite pas.

– Nous en avons fini, je suppose ? demanda le grand couturier, ironique.

– Vous êtes libre, monsieur Link.

Jack Walks fut le premier à se précipiter vers la porte du bureau.

– Un instant, exigea Higgins ; j'ai omis un détail important.

Tous les regards convergèrent vers l'ex-inspecteur-chef.

– Junctin Ampton redoutait un drame, révéla-t-il ; peut-être craignait-il pour sa vie. Comme il s'intéressait davantage à autrui qu'à lui-même, il a légué un ultime message qui vous concerne.

– Nous ? s'étonna Dorritt Hawkhurst.

– L'astrologue a prédit un deuxième crime.

– A-t-il donné le nom de la victime ? s'enquit Montfort Leamington.

– Hélas ! non. Au terme de cette enquête, je l'ignore, moi aussi. Je ne dispose que d'une seule certitude : il s'agit de l'un d'entre vous.

— 34 —

Higgins et Marlow dînèrent dans l'une des plus anciennes tavernes de Londres, *Ye Olde Cheshire Cheese,* dans Fleet Street, construite en 1677 ; l'atmosphère n'avait guère été renouvelée depuis cette époque, pas davantage que les tables en chêne, la petite cheminée et les murs noircis par des générations de fumeurs de pipe. Le confort et la modernité n'avaient pas réussi à pénétrer dans ce modeste local où, disait la légende, Samuel Johnson avait rédigé son *Dictionnaire* en mangeant des biscuits et en buvant des chopes de bière brune.

Des tableaux représentant notables et artistes des siècles passés accentuaient le caractère historique du pub, faiblement éclairé par de petites lanternes accrochées à un bras en bois fixé dans le mur ; sur le plancher, en bois brut, les serveurs répandaient de la sciure.

Les deux policiers avaient choisi une table d'angle, près de la cheminée. *Apple pie,* côtes d'agneau grillées et bière brune étaient au menu.

– Désespérant, jugea Marlow.

– Je ne suis pas loin de partager votre point de vue, avoua Higgins.

– Dois-je maintenir mon dispositif de surveillance ?

– Je pense que oui ; il nous reste une journée.

– Vous leur avez tendu un piège... Mais sera-t-il efficace ?

– Il faut que l'assassin bouge, superintendant ; tuer à distance, en se cloîtrant chez soi, paraît difficile à réaliser.

Marlow reprit espoir.

– De ce point de vue, tout n'est pas perdu.

– Faites doubler la surveillance autour de Balthazar Link.

– Pourquoi ?

– Parce que cette affaire se situe dans un contexte astrologique ; *Sunday,* dimanche, c'est le jour du soleil.

– Assassin ou victime ?

Higgins ne répondit pas, songeur.

– L'indication n'est-elle pas simpliste ? s'interrogea Marlow.

– En apparence, oui ; mais n'oubliez pas que l'assassin ignorait l'existence de cette pendule et du message de Junctin Ampton. Or ce dernier devait transmettre une indication simple et explicite.

– Je commence à en douter, Higgins.

– Pourquoi, mon cher Marlow ?

– Parce que le principal indice qu'il nous a offert ne correspond à rien.

– Vous évoquez l'ascendant Sagittaire ?

– Bien sûr ; songez que ce trait sur un zodiaque fut son dernier geste. À mon avis, il faut revenir à ce point de départ.

– Confidence pour confidence, je ne l'ai jamais perdu de vue.

– Comment l'utiliser ?

– À quoi songez-vous, superintendant ?

– À une erreur.

– Sa main aurait-elle glissé ?

– Un homme qu'on étrangle et qui se sent mourir ne contrôle plus ses gestes ; quels sont les signes situés de part et d'autre du Sagittaire ?

– Le Scorpion et le Capricorne.

– Avons-nous un ascendant Scorpion ?

– Anthony Weeks.

– Et un ascendant Capricorne ?

– Jack Walks.

– Ne pensez-vous pas qu'il faudrait creuser dans cette direction ?

– Astucieux, reconnut Higgins, au moment où on leur servait une troisième pinte de bière brune et quelques gâteaux secs.

– Weeks est un être brutal et passionné, indiqua Marlow ; si quelqu'un a pu tuer au cours d'un accès de colère, c'est bien lui.

– Ne vous a-t-il pas paru sincère, lorsqu'il niait ?

– Nous avons connu tant d'excellents comédiens, vous et moi.

– Ils possédaient un certain profil, objecta Higgins ; celui d'Anthony Weeks ne correspond guère.

– Eh bien, prenez le journaliste ! Voleur, menteur, dissimulateur, ce Walks n'a-t-il pas, lui, un profil d'assassin ? S'il a été surpris, lors d'un de ses larcins, il a préféré tuer plutôt que d'être arrêté. Il a une peur panique de la prison.

– Le personnage est peu recommandable, je vous l'accorde.

– Link, Weeks, Walks, ne tenons-nous pas trois suspects plus sérieux que les quatre autres ? Voyez-vous vraiment Sir Henry, ce vieil aristocrate glacé, ou Montfort Leamington, si soucieux de sa fortune et de sa respectabilité, commettre un meurtre ? Et j'imagine mal une femme étranglant un vieillard avec une ceinture ou un bas.

Higgins buvait à petites gorgées.

– Une journée... Il nous reste une journée. Celui ou celle qui a supprimé l'astrologue devait aussi, d'après l'indice laissé par Junctin Ampton, éliminer un autre membre de la confrérie. Pourquoi ?

– Parce qu'il menaçait de le dénoncer ou de parler.

– Donc, quelqu'un de fragile, et qui possédait une preuve.

– Ou bien qui aurait assisté au meurtre et n'aurait pas encore osé parler.

– Cela se tient, mon cher Marlow ; mais pourquoi dimanche, à huit heures trente ? C'est un curieux jour et une curieuse heure pour un rendez-vous.

– Sauf si l'on est très intime.

– Anthony Weeks et Dorritt Hawkhurst, par exemple ?

– De nouveau notre athlète, nota Marlow ; s'il tente une agression, nous l'intercepterons et nous le ferons parler. Comme nous n'avons révélé ni le jour ni l'heure, l'assassin ignore que nous les connaissons.

– Comment Junctin Ampton les connaissait-il, lui ?

– L'assassin les lui avait révélés, avança Marlow. Avant de le tuer, il s'était vanté de son plan ; la vanité : un défaut qui perd beaucoup de criminels.

– Mais Ampton n'aurait pas eu le temps de préparer la pendule et de la cacher.

– Objection gênante, admit Marlow.

Le *Ye Olde Cheshire Cheese* commençait à se vider.

– Nous sommes dans une impasse, Higgins.

– Une journée encore, superintendant ; rien n'est perdu.

– Et votre fameuse image ?

– Elle s'est éloignée.

– Aucune chance de la retrouver ?

– Le hasard décidera ; allons dormir, mon cher Marlow. Demain sera décisif.

Le superintendant but une dernière gorgée.

– Je n'ai pas le droit d'échouer, Higgins.

– J'en suis conscient ; nous nous battrons jusqu'à la dernière minute. Je vais dormir chez l'astrologue ; les visites commenceront peut-être de bonne heure.

— 35 —

Higgins erra dans le bureau de Junctin Ampton. N'avait-il pas oublié un indice si évident qu'il ne le voyait pas, dans cette pièce aussi belle que surprenante ? Il réexamina les planisphères, le bureau et la bibliothèque, puis leva les yeux vers le plafond en forme de dôme où régnaient zodiaque, planètes et constellations.

Comment ne pas songer à l'évocation de Harriett J. B. Harrenlittlewoodrof, dans son *Ode au cosmos :*

Ciel lointain à jamais éloigné,
Vertige ténébreux aux routes infinies,
Quelle étoile te guide
Vers mon regard perdu ?

L'ex-inspecteur-chef actionna le mécanisme qui lui permettait de faire circuler les planètes, ces organismes infatigables, obéissant à une harmonie que nul cerveau humain ne pourrait jamais comprendre. Il fit bouger Soleil, Lune, Mercure, Vénus, Mars, Jupiter et Saturne, le septénaire traditionnel, avec l'espoir que l'éternel mouvement des astres lui ouvrirait l'esprit. Fût-il une étoile et fût-elle simple satellite, Soleil et Lune n'étaient pas exclus de la confrérie cosmique.

Mais le ciel demeura énigmatique.

*
* *

La salle de bains de l'astrologue était décorée de carreaux de faïence de Delft représentant les signes du zodiaque ; décidément, Junctin Ampton n'avait vécu que pour son art dont il imprégnait chaque instant de son existence.

Après les ablutions matinales qui succédèrent à une très courte nuit passée à réfléchir en vain, Higgins vainquit la fatigue en s'aspergeant de l'eau de toilette *Jubilee Bouquet,* de Penhaligon's ; créée pour le couronnement de Sa Majesté Elizabeth II, elle répandait une odeur de feuilles de noyer, caractéristique du moment où on les froisse entre les doigts.

L'ex-inspecteur-chef lissa sa moustache poivre et sel avec le lissoir en nacre que lui avait offert une vieille et émouvante admiratrice ; dans une glace, il vérifia le pli de son pantalon de flanelle anthracite de chez Trouser's, l'ajustement de son nœud papillon à pois rouges et la coupe de sa veste bleu nuit due au talent de son tailleur personnel œuvrant chez Stovel et Mason.

Correction, maintien et refus de la vulgarité étaient trois commandements de la religion de Higgins ; en respectant sa mise, il respectait autrui et lui prêtait davantage d'attention tout en restant lui-même. La négligence était le début de la barbarie.

Non sans émotion, Higgins s'assit dans le fauteuil de Junctin Ampton.

Pendant de longues minutes, il ferma les yeux, persuadé qu'il recueillerait des sensations appartenant à l'astrologue assassiné, comme si son âme continuait à vibrer dans la vaste pièce. Sa longue méditation lui procura une certitude : Junctin Ampton n'avait été ni un maître chanteur, ni un manipulateur. Ceux qui avaient tenté de souiller sa mémoire se trompaient ou mentaient.

La sonnette résonna à neuf heures dix ; l'ex-inspecteur-chef alla ouvrir.

Elle avait choisi un corsage violet, une jupe vert sombre et des ballerines blanches.

– Mademoiselle Halmond... Donnez-vous la peine d'entrer.

– Je n'ai pas eu le temps de me coiffer.

– Vous êtes quand même ravissante.

Elle marcha derrière Higgins, comme une petite fille soumise.

Il lui proposa une chaise, et s'assit à la place de l'astrologue.

– Vous m'impressionnez, inspecteur ; c'est Junctin Ampton qui me regardait ainsi.

– Croyez à ma bienveillance.

– Elle se mêle à une certaine sévérité. Vous êtes à la fois rigoureux et miséricordieux, implacable et indulgent.

– Vous me prêtez trop de qualités, mademoiselle.

– Je suis persuadée que vous avez beaucoup pratiqué l'astrologie, inspecteur.

– C'est trop dire ; disons que j'en ai beaucoup entendu parler et que sa symbolique ne m'est pas étrangère.

– Notre petit club ne vous paraît donc pas aberrant.

– Au contraire ; l'idée de Junctin Ampton était fort passionnante.

– Nous sommes tous des individualistes forcenés ; lorsqu'il nous a choisis, il a éprouvé la crainte de voir son projet échouer ; la première rencontre fut assez éprouvante. Nous ne nous connaissions pas et n'avions guère envie de nous lier d'amitié.

– Qui a fait le premier pas ?

– Dorritt Hawkhurst. Elle a su détendre l'atmosphère, en empêchant Anthony Weeks et Montfort Leamington d'en venir aux poings.

– Pour quelle raison ?

– La suprématie. Finalement, pour les départager, nous avons choisi Sir Henry comme premier président. Son âge et ses quartiers de noblesse plaidaient en sa faveur ; on ne saurait affirmer qu'il accepta d'enthousiasme ! Junctin Ampton dut beaucoup insister pour qu'il sorte de sa forêt et de sa campagne pour diriger nos réunions. Si l'astrologue n'était pas intervenu, aucun de nous n'aurait réussi à convaincre un tel saturnien !

– Il vouait donc une réelle affection à Junctin Ampton.

– Sans qu'on la remarque, bien entendu ; parler de sentiments à Sir Henry eût été insultant. Il a fini par se prendre au jeu, lui aussi ; sept personnalités aussi marquées et aussi différentes formaient un cercle à nul autre pareil. Nos rencontres étaient extraordinairement enrichissantes ; nous découvrions des univers différents, régis par d'autres lois et d'autres exigences. Grâce à Sir Henry, nous nous approfondissions.

– Regretteriez-vous sa présidence ?

– Elle était très austère, j'en conviens ; Montfort Leamington apporte de la joie de vivre et de l'humanité.

– Sans compter le projet asiatique.

– Vous en avez démonté les rouages.

– Ne le condamnez-vous pas ?

– Il était un peu malhonnête, c'est vrai, mais à qui aurait-il nui, en définitive ? Un membre de la famille royale aurait vécu une année un peu difficile, voilà tout.

– Si la reine a de la fièvre, mademoiselle, c'est toute l'Angleterre qui est malade.

Linda Halmond parut soudain très triste.

– Le ciel s'est déjà montré si cruel, inspecteur ; pourquoi la mort doit-elle encore frapper ?

Elle avait prononcé ces derniers mots dans un murmure.

– La menace que vous évoquiez était-elle une invention ou une réelle prédiction de Junctin ?

– Je n'ai rien inventé, indiqua Higgins.

– C'est horrible... L'un de nous, un assassin ! Un assassin qui a déjà frappé et frappera encore...

– Qui soupçonnez-vous, mademoiselle ?

Une ride barra le front enfantin ; Linda Halmond se leva et tourna le dos à Higgins.

– Si vous ne parlez pas, mademoiselle, vous serez complice d'un crime.

– Je vous ai déjà tout dit, inspecteur ; comprenez-le, je vous en supplie !

La jeune femme s'enfuit en courant.

— 36 —

L'étrange intervention de Linda Halmond avait contraint Higgins à relire une bonne partie de ses notes : des diverses hypothèses qui lui traversèrent l'esprit, il n'en retint aucune.

La sonnette retentit pour la deuxième fois, à onze heures dix.

– Bonjour, inspecteur.

Un mouvement gracieux des sourcils avait accompagné cette salutation ; un tailleur rouge, sobre et racé, mettait en valeur la chevelure noire de Dorritt Hawkhurst.

– Êtes-vous disposé à me recevoir ?

– Mon invitation était sérieuse.

– Avez-vous eu d'autres visiteurs ?

Higgins sourit.

– Vous savez bien que je ne peux vous répondre.

– Eh bien, entrons.

– Le bureau de Junctin Ampton vous convient-il ?

– À merveille ; j'y ai passé des heures exaltantes.

Higgins s'assit de nouveau dans le fauteuil de l'astrologue ; la belle décoratrice s'adossa à la bibliothèque.

– Prendriez-vous la succession du défunt, inspecteur ?

– J'en suis incapable.

– Dommage… Vous êtes mieux habillé que Junctin et beaucoup plus séduisant.

– Il me manque l'essentiel : son génie astrologique.

– Avoir connu un tel homme ne s'oublie pas, il est vrai ; par moments, je veux croire qu'aucun des membres de notre club ne l'a assassiné.

– Tenteriez-vous de m'adresser un message, mademoiselle ?

– Non, inspecteur ; je suis aussi perdue que vous et affreusement inquiète. Vous avez bien annoncé un autre meurtre ?

– Junctin Ampton l'a fait, et il se trompait rarement.

– Nous sommes donc tous en danger !

– À l'exception de l'assassin.

– Ce n'est pas possible.

– Pourquoi donc ?

Dorritt Hawkhurst se mordilla les lèvres, nerveuse.

– Je veux dire que je connaissais bien les membres de notre petit club et qu'aucun d'eux ne peut être le monstre que vous dépeignez. Supprimer Junctin, puis l'un de ses amis… Faut-il être fou ?

– Ou folle, précisa Higgins.

– Puisque la douce Linda ne saurait être coupable, c'est donc moi que vous soupçonnez, avec une persévérance remarquable.

– Est-elle si douce qu'il y paraît ?

– Mais oui, inspecteur ; elle n'est ni dissimulatrice, ni comédienne.

– Un peu secrète, cependant ?

– N'est-ce pas le propre d'une femme sensible ?

– Sensible et observatrice.

– Et si vous vous admettiez que l'assassin n'appartient pas au club ?

– Chercheriez-vous à protéger quelqu'un, mademoiselle ?

– Bien sûr que non ! J'aimerais vous faire percevoir que Junctin Ampton avait choisi des individus de qualité. Même si vous éprouvez une certaine hostilité vis-à-vis de Sir Henry, admettez qu'il incarne la tradition dont nous ne saurions nous priver. L'homme est rude, d'abord difficile, mais ferme sur ses positions ; n'est-ce pas un enseignement ?

L'ex-inspecteur-chef acquiesça.

– Bien qu'il ne s'entendît pas avec Montfort Leamington, Sir Henry lui a transmis le relais et tenu son rang. En dépit du projet que vous avez décrypté, Montfort est un homme généreux qui aimerait vraiment enrichir les membres de notre club. Le lui reprocher eût été injuste.

– Appréciez-vous également le vol commis par Jack Walks ?

– Une erreur de jeunesse : Jack a beaucoup de talent et deviendra un journaliste réputé. Vous ne pouvez le condamner à cause d'une imprudence et de quelques ennuis financiers.

– Il n'en va sans doute pas de même pour Anthony Weeks.

– Anthony… dit-elle d'une voix soudain rêveuse. Je souhaiterais à beaucoup de femmes de l'avoir pour amant. Il est invivable, c'est vrai, mais partager sa passion est une expérience inoubliable. Les heures de folie qu'il m'a offertes comptent parmi les plus belles de mon existence.

– Votre indulgence s'étend-elle à Balthazar Link ?

– À ses yeux, un crime serait forcément une faute de goût ; l'imaginez-vous une seconde serrer le cou de Junctin Ampton ?

– Si je vous racontais certains crimes, vous seriez très étonnée, mademoiselle ; le monde est plus cruel et plus inattendu que vous ne le supposez.

– Je n'y tiens pas, avoua-t-elle ; la mort me terrifie.

– Elle est parfois douce comme un retour d'exil.

– Inspecteur ! Je préfère ne pas poursuivre sur ce sujet. N'oubliez pas que nous sommes menacés ; vous devez nous sauver, me sauver…

Tendue et suppliante, Dorritt Hawkhurst s'approcha de Higgins qui, par convenance, s'était levé.

– Ne m'abandonnez pas, supplia-t-elle ; j'aimerais rester ici, à vos côtés.

– Je n'en serais pas fâché, mademoiselle, mais le déroulement de l'enquête m'interdit de vous répondre positivement.

Le regard de Dorritt Hawkhurst se durcit.

– Vous aurez peut-être ma mort sur la conscience !

– Que le ciel nous épargne, vous et moi.

La décoratrice sortit, furieuse.

Peur sincère, habile stratégie pour se dédouaner ou simple tentative de brouiller davantage les pistes ? Higgins laissa les questions en suspens, car le téléphone sonna.

– Ici Marlow, dit la voix enfiévrée du superintendant ; ça bouge !

— 37 —

– La Rolls de Montfort Leamington vient de quitter Wood Street, révéla le superintendant. Ah, autre chose : Linda Halmond est montée dans une Rover. Je vous rappelle pour vous donner leur destination.

Higgins n'attendit pas longtemps.

Montfort Leamington était passé prendre Balthazar Link à son domicile, et la Rolls se dirigeait vers Mayfair, peut-être vers le domicile de l'astrologue. Les deux hommes venaient-ils rendre visite à l'ex-inspecteur-chef ? Mais la voiture s'arrêta quelques instants afin de permettre à Dorritt Hawkhurst d'y monter, et s'écarta du quartier chic.

Marlow ajouta que Jack Walks sautait dans un taxi, et qu'Anthony Weeks enfourchait une moto.

– Des nouvelles de Sir Henry ? demanda Higgins.

– De son côté, rien à signaler ; mais on dirait que de grandes manœuvres ont débuté.

– Passez me prendre avec votre remarquable chauffeur ; je n'ai plus rien à faire ici.

Quand Marlow arriva, la destination des membres du club se précisait : le domaine de Langsam. Anthony Weeks, roulant à vive allure, avait pris la tête ; suivaient la Rolls, la Rover et le taxi.

– Pourriez-vous rejoindre le taxi sans le dépasser et sans nous faire remarquer ? demanda Higgins au chauffeur.

– Sans problème ; ce sera une promenade de santé.

L'expression était un peu forcée, à moins que la santé ne consistât à être les hôtes d'un pilote de rallye qui menaçait de sortir de la route à chaque virage, et décollait avec entrain au moindre dos-d'âne.

Dès que le taxi fut en vue, la voiture du Yard ralentit et se tint à bonne distance de manière à ne pas être repérée. Quand il franchit le portail et disparut derrière les hauts murs de pierre grise, Higgins demanda au chauffeur de stopper.

– Les voilà tous réunis à Langsam, constata Marlow ; les membres du club sont solidaires, semble-t-il. Si nous pouvions entendre ce qu'ils disent !

– Essayons.

– Higgins ! Ne tentez pas quelque chose d'insensé.

– Rassurez-vous, mon cher Marlow ; ce léger brouillard devrait faciliter mon approche.

L'épaisse brume printanière qui recouvrait le sinistre domaine de Langsam facilita la tâche de l'ex-inspecteur-chef. Après avoir poussé le portail, il traversa le parc à petits pas, progressant de hêtre en hêtre. Les voitures étaient garées à l'extrémité de l'allée centrale, non loin du perron. La meilleure solution consistait à contourner la bâtisse en passant par les écuries.

Sur l'arrière donnait la cuisine où le vieux serviteur épluchait des pommes de terre et des carottes ; Higgins se baissa, passa sous le rebord des fenêtres, et découvrit une porte vitrée donnant accès à un atelier. Il s'y glissa, se déplaça comme un chat, prit le pouls de la maison et colla son oreille au mur ; des bruits de voix étaient perceptibles.

L'atelier communiquait avec un bureau très austère, ressemblant à une cellule de moine et jouxtant la salle à manger où avaient pris place les sept membres du club astrologique. En tendant l'oreille, l'ex-inspecteur-chef ne perdrait pas un mot de la confrontation.

– Si j'ai exigé cette réunion d'urgence, déclara Montfort Leamington avec fermeté, c'est afin de résoudre par nous-mêmes le problème qui nous préoccupe tous. Puisque la police est incapable de découvrir l'assassin et de dissiper la menace, remplaçons-la !

– Vous ne devriez pas mésestimer l'inspecteur Higgins, suggéra Linda Halmond.

– À part des évidences, estima Balthazar Link, il n'a rien découvert.

– Son démontage de l'affaire asiatique est tout de même bien ennuyeux, se plaignit Dorritt Hawkhurst ; ce projet nous aurait rapporté beaucoup d'argent.

– Il ne s'agit plus d'argent, intervint Jack Walks, mais de vie et de mort ! Mes finances sont désastreuses, mais nous sommes à la merci d'un assassin, ne l'oubliez pas !

– Sans la politique catastrophique de Montfort Leamington, rappela Sir Henry, nous n'en serions pas là. Utiliser la famille royale comme facteur publicitaire… Quelle vilenie !

– Le passé est le passé, intervint Anthony Weeks avec virulence. Junctin Ampton est mort et nous n'allons pas le ressusciter ; ce qui compte, aujourd'hui, c'est de découvrir la bête sauvage qui veut continuer à tuer !

– Et si l'inspecteur Higgins avait inventé toute cette histoire ? avança le journaliste.

– Je suis sûre du contraire, objecta Dorritt Hawkhurst.

– Il reste peut-être un espoir, dit Linda Halmond : que l'assassin renonce à son projet.

– Sacrée bonne idée ! s'exclama Anthony Weeks.

– Quoi qu'il en soit, déclara Sir Henry, justice doit être rendue ; vous oubliez un peu trop facilement la mort tragique de Junctin Ampton.

– Personne ne l'oublie, rectifia Montfort Leamington ; sans lui, nos destinées seront aussi chaotiques que celle d'un quidam. Celui qui l'a tué est un sadique doublé d'un imbécile.

– Pas d'accord, intervint Jack Walks ; nous avons tous essayé de l'identifier et nous n'y sommes pas parvenus. Échec aussi pour l'inspecteur Higgins et le superintendant Marlow. Moi, je prétends que l'assassin est un génie du crime.

– Génie ou pas génie, se plaignit Dorritt Hawkhurst, il se trouve parmi nous !

– Calmez-vous, ma chère, recommanda Leamington ; pour le moment, nous sommes en sécurité. Nous pouvons d'ailleurs remercier Sir Henry pour son hospitalité.

– Nous n'allons quand même pas rester ici pendant des semaines ! s'indigna Balthazar Link ; le cadre n'est pas désagréable, mais il est conforme à la personnalité de Sir Henry, et nous n'avons pas tous les mêmes goûts.

– À votre guise, dit l'aristocrate ; au premier étage, plusieurs chambres sont inoccupées.

– J'ai un match, demain matin, révéla Anthony Weeks.

– Moi, un rendez-vous professionnel dans un château, indiqua Dorritt Hawkhurst.

– Entendu, intervint Montfort Leamington, nous sommes tous très occupés ; mais si nous sommes morts, nous n'honorerons pas nos rendez-vous !

– Comment comptez-vous procéder ? demanda Walks.

Le silence répondit à cette question. On se regarda, on s'épia, on attendit que quelqu'un prît l'initiative.

– Si l'on promettait l'impunité ? proposa timidement Dorritt Hawkhurst.

– Stupide, jugea Sir Henry ; quelles garanties pouvons-nous offrir ?

– Un tueur est méfiant, renchérit Anthony Weeks ; pourquoi avouerait-il, alors qu'il a parfaitement réussi son coup ?

– Nous pouvons le payer pour acheter notre sécurité, proposa Montfort Leamington.

– Et s'il n'a pas besoin d'argent ? questionna Linda Halmond.

– Qui n'en a pas besoin, quelle que soit sa fortune ?

– Tout ceci est grotesque, intervint sèchement Balthazar Link. Ou bien l'assassin avoue de lui-même, ou bien nous n'avons plus qu'à rentrer chez nous.

– Et à vivre dans l'angoisse ?

La voix de Dorritt Hawkhurst tremblait.

– Mais pourquoi veut-il supprimer l'un de nous ? demanda Jack Walks.

– Pour le faire taire, suggéra Sir Henry ; quelqu'un doit en savoir trop.

– En ce cas, il l'aurait *déjà* fait, objecta Balthazar Link.

– La situation est désespérée, constata Linda Halmond ; nous n'avons plus qu'à prier le ciel.

— 38 —

Affalé sur la banquette arrière de la voiture de fonction, Scott Marlow semblait épuisé.

– Alors, Higgins ?

– Démarrons ; la réunion est terminée. Ses participants vont se disperser.

– Avez-vous recueilli une indication précieuse ?

– Je crains que non ; les membres du club espéraient identifier ensemble l'assassin, mais ce dernier ne s'est pas dévoilé.

– Nous avons reçu une nouvelle catastrophique par la radio : mon dispositif a été repéré.

– Un mouchard ?

– Comme d'habitude ! Le grand patron me cherche partout. Je vais lui faire savoir que je serai dans mon bureau lundi matin à la première heure. J'imagine déjà l'exécution !

– Si vous lui amenez l'assassin, vous ferez taire sa colère, d'autant plus que vous n'avez commis aucune faute administrative.

– En tout cas, impossible de maintenir surveillance et filatures ; du travail sans filet, Higgins, et un crime que nous sommes incapables d'empêcher.

*

* *

Higgins faisait les cent pas dans le bureau de l'astrologue. Sept suspects… Et il ne pourrait en surveiller qu'un seul, voire deux avec l'aide de Scott Marlow, si ce dernier avait encore un peu de courage. Mais tabler sur le hasard rebutait l'ex-inspecteur-chef.

Obstiné, persuadé que la solution se trouvait sur le lieu du crime, il examina pour la dixième fois le bureau, les planisphères, la bibliothèque et leva les yeux vers le ciel que regardait chaque jour Junctin Ampton.

Il ne décela aucune cachette, aucun nouvel indice.

Dernière chance : le carnet noir. En usant de tout son pouvoir de concentration, Higgins s'attarda sur chaque observation, chaque attitude, chaque phrase qu'il avait enregistrée.

Soudain, l'une des déclarations de Linda Halmond, prononcée dans des circonstances curieuses, l'étonna : « N'exigez pas un mot de plus, ne cherchez pas à pénétrer des mystères inaccessibles à mon esprit de femme. »

La phrase était plutôt grandiloquente et inhabituelle ; elle sonnait comme une fausse note au beau milieu d'un concert. On aurait juré… Mais oui, une citation ! Une citation extraite d'une des œuvres préférées de Higgins, et universellement célèbre, *La Flûte enchantée* de Mozart ; n'était-ce point l'héroïne de l'opéra, Pamina, qui s'exprimait ainsi à la scène huit de l'acte II ?

La Flûte enchantée, Pamina, le mystère… Quel message Linda Halmond avait-elle tenté de transmettre ? Le regard de l'ex-inspecteur-chef se posa sur la flûte rituelle siamoise. Dès cet instant, le puzzle commença à se rassembler ;

l'instrument de musique se mit à parler de la manière la plus explicite.

Ascendant Sagittaire... Non, la main de l'astrologue n'avait pas tremblé en traçant son dernier trait dans ce signe du zodiaque. Ce n'était pas l'assassin lui-même qu'il avait désigné, mais l'arme du crime dont l'importance devait être capitale pour comprendre l'ensemble du drame.

Qui était en rapport avec le monde du cheval ?

Ni Balthazar Link, ni Linda Halmond. En revanche Dorritt Hawkhurst possédait des gravures du XVIIIe siècle consacrées aux chevaux ; Jack Walks jouait aux courses ; Sir Henry s'occupait des écuries ; Anthony Weeks jouait au polo ; Montfort Leamington élevait des chevaux.

Et l'image revint, cette fameuse image qui aurait dû mettre Higgins immédiatement sur la voie, s'il avait pratiqué l'astrologie avec assiduité. L'ouvrage auquel il pensait figurait obligatoirement dans la bibliothèque de Junctin Ampton.

Il le découvrit, en effet, parmi les manuels : la signification des trois cent soixante-cinq degrés du zodiaque d'après la Kabbale et les traditions chaldéennes. Il vérifia la symbolique correspondant au degré d'ascendant de chacun des suspects ; son intuition fut confirmée de la manière la plus formelle.

Les paroles d'Anthony Weeks lui revinrent en mémoire ; il feuilleta son carnet afin de vérifier sa déclaration exacte.

Cette fois, tout était clair. Aucune incertitude possible, malgré la diversité de suspects, puisqu'il connaissait à présent l'arme du crime.

Restait à vérifier un ultime détail.

*

* *

Scott Marlow, bien entendu, travaillait à Scotland Yard. Luttant contre la déprime, il dépouillait des dossiers.

Le téléphone sonna.

– Higgins ?

– Vous travaillez tard, superintendant.

– Je profite d'une dernière nuit dans mon bureau ; le grand patron est parti en week-end. Demain soir, j'irai me saouler dans un pub.

– Pour fêter la victoire, je suppose ?

– Pardon ?

– J'ai identifié l'assassin.

– Mais qui…

– Pas au téléphone. Pourriez-vous me donner le numéro personnel de Dorritt Hawkhurst ? Ensuite, nous mettrons au point notre stratégie.

*

* *

Dorritt Hawkhurst se réveilla en sursaut ; le téléphone sonnait et le réveil marquait une heure du matin. Inquiète, elle décrocha le combiné.

– Inspecteur Higgins. Désolé de vous importuner, mademoiselle, mais j'ai une question très importante à vous poser.

– N'aurait-elle pu attendre ?

– Le temps m'est compté.

– Je vous écoute.

– Avez-vous reçu, à votre domicile, certains membres du club ?

– Nous nous sommes tous réunis chez moi au début d'avril.

– Merci, mademoiselle ; pardonnez-moi encore.

*

* *

Higgins s'accorda deux heures de demi-sommeil au cours desquelles il revécut chacune des étapes de cette délicate affaire qui aurait pu se terminer par un effroyable drame. Tuer l'astrologue n'était que la première partie d'un plan qui avait failli réussir.

En quittant pour toujours la demeure de l'astrologue, Higgins n'oublia pas la flûte siamoise.

— 39 —

L'assassin ne pouvait pas échouer.

À huit heures vingt-cinq, sa victime sortirait du château pour se rendre à l'écurie et voir le cheval qui porterait les couleurs de la famille royale lors d'un grand concours de saut d'obstacles, suivant la plus belle vente de charité de l'année.

Le cheval, lié au signe du Sagittaire

Dès qu'elle apparaîtrait, l'assassin lâcherait le chien de combat qui sauterait à la gorge de Sa Majesté Elizabeth II et planterait ses crocs. Il faudrait le tuer pour qu'il lâche prise ; mort, il continuerait à serrer. Entraîné depuis un an, le chien serait impitoyable ; du bosquet d'où il contemplerait le spectacle, l'assassin n'y prendrait aucun plaisir. Il était obligé d'agir ainsi, sans avoir la moindre envie de verser le sang ; mais la reine avait trahi et devait périr pour que la monarchie survive.

Elle n'avait aucune possibilité d'échapper au destin qu'elle avait mérité, puisque la souveraine ne se méfierait pas de lui.

– Vous avez échoué, Sir Henry.

L'aristocrate tourna lentement la tête.

– Inspecteur Higgins… Ça, je ne l'aurais jamais cru !

– Un homme vêtu d'un gilet gris et d'un pantalon rayé, coiffé d'un chapeau noir, qui tient par la bride un animal fougueux : c'est l'image qui correspond au sixième degré du Cancer, celui de votre ascendant, d'après le livre de la Kabbale. Cette image qui m'avait frappé dès notre première rencontre et que j'avais négligée.

– On n'est jamais assez savant.

– D'après ce livre, l'ascendant à six degrés du Cancer fait des êtres intelligents, cruels, qui s'engagent dans un combat sans tenir compte du rang de l'adversaire, en l'occurrence la reine d'Angleterre.

Le chien grogna et montra les crocs.

– Vous n'avez donc pas cru au complot, inspecteur.

– Pendant un certain temps, si. En réalité Junctin Ampton avait si profondément étudié votre thème astrologique qu'il y avait décelé des tendances criminelles ; en examinant celui de la reine, il avait fait la liaison et perça le danger ; votre victime idéale !

– Junctin était un astrologue exceptionnel, mais aussi un voyant ; non seulement il avait décelé mes intentions, mais encore prévu la date et l'heure de l'exécution. Comme il avait vu clair dans mon jeu, je n'avais plus le choix. Je devais supprimer cet homme que j'estimais au plus haut point.

– Vous avez subtilisé votre thème et celui de vos six amis, n'est-ce pas ?

– Une manière de rendre plus difficile la tâche de la police.

– Et vous ignoriez l'existence de la pendule. Junctin Ampton n'avait pas choisi cet objet par hasard ; la pendule est liée au temps, le temps à Saturne, Saturne est votre planète.

– Comment avez-vous compris ?

– Votre haine de Montfort Leamington s'explique par le goût de la coutume et de la rigueur, la volonté de conserver la grandeur de l'Angleterre ; seules les valeurs anciennes trouvent grâce à vos yeux. Or Sa Majesté, selon vous, est devenue trop mondaine. Ce sont les paroles d'Anthony Weeks qui m'ont alerté, lorsqu'il a parlé des garden-parties de la Couronne. Impossible, aviez-vous affirmé, de bâtir un empire sur des mondanités et des réceptions.

– Je le maintiens ; la faute est impardonnable. La reine s'est mise au niveau de la masse, alors qu'elle doit se situer au-dessus. Elle est saturnienne, comme moi, et doit rester isolée et silencieuse, loin du temporel et du quotidien. Trois garden-parties à la belle saison... Inutile et scandaleux.

– C'est pourquoi vous aviez choisi la plate-longe comme arme du crime, cette pièce de harnais qui empêche les chevaux de ruer et qui aurait stoppé la décadence ; vous l'avez utilisée pour supprimer l'astrologue qui avait démonté votre plan.

– Ce chien aurait été aussi efficace. La reine aime les animaux et ne s'en serait pas méfiée. De moi non plus, d'ailleurs, puisque je l'avais fidèlement servie.

– Deviez-vous aller jusqu'au meurtre ?

– Il fallait frapper un grand coup. Je me serais rendu à Scotland Yard et aurais longuement expliqué ma position pour que la Couronne reprenne le chemin de la tradition. Hors d'elle, point de salut.

– Le bas de soie m'a posé un délicat problème, avoua Higgins.

– L'avez-vous résolu ?

– Votre club s'est réuni chez Dorritt Hawkhurst ; vous en avez profité pour lui voler un bas qui vous servirait de masque lorsque vous pénétreriez chez l'astrologue. C'était lui que vous vouliez supprimer, et personne d'autre ; comme vous ignoriez le jour de repos du domestique, qui variait, vous ne vouliez pas qu'il vous reconnaisse.

– Je l'aurais assommé, en effet, si je l'avais trouvé sur mon chemin.

– C'est son génie qui a tué Junctin Ampton, déplora Higgins ; sa vision était trop juste et trop profonde. Avoir réussi une pareille prédiction relève du prodige ; en liant votre thème astrologique et celui de Sa Majesté, il a enclenché le mécanisme de sa propre mort, car vous êtes impitoyable et inhumain, Sir Henry.

– Après moi, d'autres saturniens continueront cette lutte qui tordra le cou aux mondanités et à la frivolité. Vous avez réussi, mais au prix de votre vie.

Sir Henry Bridgewood lâcha le chien tueur qui se rua sur Higgins.

— Épilogue —

Scott Marlow avait reçu les très vives félicitations des hautes autorités du Yard ; Sir Henry Bridgewood, déclaré « malade mental » par les experts, passerait le reste de son existence dans un hôpital psychiatrique. Autre personnage couvert de gloire : le responsable de la sécurité de Buckingham qui, dans la nuit du samedi au dimanche, avait écouté et entendu les avertissements de Higgins et prévenu la reine du danger qu'elle courait. Aussi avait-elle quitté son château de Sandringham, où l'assassin comptait la faire passer de vie à trépas.

Higgins, Marlow et une dizaine d'inspecteurs fidèles au superintendant avaient repéré Sir Henry qui, en raison de ses fonctions officielles, pouvait circuler librement dans le domaine. La présence d'un chien n'avait intrigué personne et, lorsque l'ex-inspecteur-chef avait décidé de s'approcher de l'aristocrate, Marlow n'avait pas cru qu'il prenait un risque mortel.

Higgins attendait Marlow devant l'entrée du Yard lorsque Linda Halmond l'aborda.

– Je voudrais m'excuser.

– Et moi vous remercier, mademoiselle ; sans votre flûte, je ne serais plus de ce monde. Le fait, en soi, ne serait pas d'une grande gravité, mais il m'aurait privé du privilège de vous rencontrer à nouveau.

– Que s'est-il passé ?

– D'ordinaire, je m'entends bien avec les chiens ; celui-là était plutôt féroce, et m'aurait plus ou moins dévoré si je n'avais réussi à coincer la flûte siamoise entre ses crocs. Comme il s'agissait d'os, sa bonne vieille nature a repris le dessus et il s'est acharné sur cette proie facile. Une flûte en os humain... Encore une référence à Saturne, la planète qui régit le squelette, donc à Sir Henry.

– C'est précisément de cette flûte dont je voulais vous parler, dit-elle d'une petite voix émue.

– Vous vouliez m'éclairer sans trahir Sir Henry, n'est-ce pas ?

– Un peu... Mais j'étais sûre qu'il n'arriverait plus rien de grave ! En déposant cet instrument magique sur le bureau de Junctin, je conjurais le mauvais sort ; personne n'aurait pu vous faire du mal. Adieu, inspecteur, je pars en voyage.

Épanoui, Marlow apparut.

– Je ne vous ai pas encore assez remercié, Higgins.

– Entre amis, cela ne se fait pas.

– Désirez-vous que je vous raccompagne ?

– Ça ne sera pas nécessaire ; il me reste deux ou trois choses à faire.

– Cet astrologue, quand même... Parvenir à prédire l'heure du crime ! On ne reverra jamais ça.

– Souhaitons-le.

– Pourriez-vous m'accorder une faveur, Higgins ? J'aimerais connaître votre ascendant.

– Mon thème astrologique est connu d'une seule personne.

Higgins murmura un nom à l'oreille de Marlow.

– Non ?

– Si.

– Mais enfin... Vous ne croyez quand même pas à cette vieille superstition ?

– Méfiez-vous : le mois prochain sera néfaste pour votre poids.

Scott Marlow regarda son collègue s'éloigner. Certes, le zodiaque gardait bien des mystères ; mais il en était un que le superintendant aurait bien voulu percer : qui était vraiment Higgins ?

LE TUEUR DU VENDREDI 13

L'enfer dans la vie future, promis par la théologie, ne saurait être pis que celui que nous nous façonnons dans l'existence terrestre en orientant mal nos dispositions d'esprit.

William JAMES

– 1 –

En cette soirée brumeuse du vendredi 13, Victoria Thirteen[1] poussa la porte d'un pub traditionnel de Chelsea, un quartier de Londres que ses habitants considéraient comme une cité autonome, à la personnalité marquée, mêlant harmonieusement passé et avenir.

La jeune femme d'une trentaine d'années y avait ouvert son bureau de communication et y jouissait de la quasi-totalité de ses loisirs, depuis l'art de dénicher des babioles décoratives jusqu'au choix de ses amants, toujours jeunes et branchés. Ses liaisons n'excédaient pas un mois, une durée amplement suffisante pour se lasser de la parade d'un mâle et découvrir ses failles. Jamais la cheffe d'entreprise ne se marierait, jamais elle ne commettrait la bêtise de mettre au monde un enfant qui serait une entrave insupportable à sa carrière, laquelle connaissait une progression fulgurante.

Et ce succès méritait bien un petit excès qu'elle célébrait en compagnie d'une bande d'habitués ; à cette occasion, le patron avait sorti de sa réserve un vieux whisky écossais dont la couleur ambrée et le parfum envoûtant annonçaient une petite merveille.

Victoria Thirteen ne fut pas déçue.

Dès la première gorgée, un feu délicieux l'envahit et la revigora ; au terme d'une journée harassante mais prometteuse,

1. Treize.

elle éprouvait le besoin de cette relation-là et de ce breuvage-là. À force de fréquenter des personnalités réputées exceptionnelles, en majorité des vaniteux, des crétins et des salopards, elle goûtait la sincérité et la rudesse des buveurs invétérés qui ne se prenaient pas la tête avec des théories stupides que vendaient les médias.

Les élites... Quelle blague ! Pourtant, Victoria Thirteen en vivait et comptait en tirer le maximum de profit.

– Moi, confessa un barbu à la panse remarquable, le vendredi 13 me fiche une sacrée trouille ! J'ai tellement peur de croiser un chat noir que je ne quitte pas le pub de la journée.

– Ces vieilles superstitions sont ridicules, protesta la jeune femme ; malgré mon nom, je suis passée ce matin sous une échelle, et j'ai quand même conclu un joli contrat.

– Vous ne devriez pas vous moquer de ces vieilles croyances, objecta un retraité du bâtiment ; il existe des forces mystérieuses que personne ne contrôle.

– Sûrement pas cette bêtise du vendredi 13 !

Une discussion animée s'engagea, et Victoria Thirteen tint tête à une petite armée de superstitieux, tout en vidant plusieurs verres de whisky.

*

* *

La jeune femme peina à retrouver le chemin de son domicile, un superbe appartement au dernier étage d'une maison de Cheyne Walk, datant du XVIIIe siècle, proche de celle qu'avait habité Turner, le plus génial des peintres. Le charme des façades était intact, mais le calme d'antan avait disparu, dévoré par le bruit incessant d'une circulation automobile en constante augmentation. Néanmoins, grâce à des triples vitrages, Victoria appréciait cet endroit où elle profitait de rares heures de repos, tant son métier l'absorbait.

Et aujourd'hui, le triomphe en vue, un coup d'éclat auquel même la reine des optimistes n'aurait pu songer ! Ses efforts étaient récompensés au-delà de toute espérance, et elle saurait saisir sa chance.

Le havre de paix de Victoria Thirteen était un hymne à la modernité : écran géant, ordinateurs, tablettes dernière génération, téléphones portables fonctionnant à la voix, machines à café et à thé, cuisine robotisée au maximum, aspirateur automatique nettoyant deux heures par jour et quantité d'autres gadgets allégeant les tâches matérielles.

Chaque mur bénéficiait d'une couleur différente, allant du rose pâle au noir profond ; seuls des tableaux abstraits les décoraient. Et le mobilier, du dernier design, était entièrement métallique ; l'inconfort des sièges empêchait de s'assoupir et maintenait l'esprit en éveil. En réalité, Victoria Thirteen ne parvenait jamais à se détendre ; ses impératifs professionnels l'obsédaient, elle refusait de déléguer.

Cette légère ivresse était une entorse exceptionnelle à sa règle de vie ! Se sentant coupable, elle décida de savourer une longue douche froide qui dissiperait les effets de l'alcool.

Elle se déchaussa, ôta sa robe de cuir rouge et dégrafa sa blouse de soie violette.

– N'allez pas plus loin, ordonna une voix acide, et ne vous retournez pas. Sinon, je vous tue.

La jeune femme se figea. Était-elle victime d'une hallucination ?

– Vous... Vous voulez quoi ?

– Vous avez eu tort de vous moquer du vendredi 13.

– Vous étiez au pub ?

– Votre scepticisme me navre, mademoiselle, et vous avez tort de vous croire supérieure aux forces de l'invisible.

Elle esquissa un mouvement.

– Ne bougez pas !

La peur commençait à se répandre dans les veines de Victoria Thirteen ; la sécheresse du ton était lourde de menaces.

– Le vendredi 13 est un jour terrifiant, les portes de l'enfer s'ouvrent et les démons châtient les impies. Se moquer d'eux et de leur action est une faute impardonnable.

– Vous racontez n'importe quoi, je...

– Taisez-vous et recueillez-vous ! Le silence sera votre rédemption.

Ce jugement apaisa la jeune femme ; face à cette horrible situation, l'inertie était sa meilleure arme.

Au moment où elle reprenait son souffle, l'assassin lança son attaque.

– 2 –

D'ordinaire imperturbable, l'ex-inspecteur-chef Higgins marchait de long en large, mains croisées derrière le dos. La lumière blafarde du couloir n'avait rien de rassurant, et les minutes qui s'écoulaient étaient de plus en plus interminables. Comment le drame en cours se terminerait-il ?

N'étant pas dépourvu de connaissances médicales, Higgins avait perçu l'urgence de la situation et fait aussitôt appel à un spécialiste, proche de son domaine familial, The Slaughterers[1], dans le Gloucestershire ; certes, sa réputation plaidait en sa faveur et ses succès ne se comptaient pas. A priori, le patient devrait sortir indemne de la salle d'opération et l'ex-inspecteur-chef aurait dû être rassuré ; mais il existait tellement d'impondérables !

Enfin, le vétérinaire apparut.

– Vous avez mauvaise mine, inspecteur !

– Mon chien ?

– Tranquillisez-vous, il est sauvé ; il a parfaitement supporté l'anesthésie, et l'extraction de deux mauvaises dents lui évitera des ennuis de santé. C'est un vrai costaud, il vivra très vieux.

– Je peux le voir ?

– Mon assistante lui refait une beauté et vous l'amène.

Noir, haut sur pattes, un long museau, élégant et vif,

1. Les Assassins, littéralement « Les bouchers ».

Geb avait choisi Higgins à l'issue d'une extraordinaire enquête au cœur de laquelle son glorieux ancêtre, le dieu égyptien Anubis, avait joué un rôle essentiel[1]. À la surprise de l'ex-inspecteur-chef, son chat Trafalgar, qui détestait ses congénères, avait immédiatement fraternisé avec ce nouveau compagnon.

Ses grands yeux marron pétillant d'intelligence, Geb courut en direction de son maître, se dressa, posa ses longues pattes avant sur ses épaules et lui lécha consciencieusement les joues.

– À mon avis, avança le vétérinaire, il meurt de faim.

– Mary lui a préparé un repas de gala.

« Vu son dynamisme, pensa le praticien, ce chien-là échappe à la nourriture industrielle. »

*

* *

Âgée de soixante-dix ans depuis toujours, dotée d'une santé de fer qui lui avait permis de traverser guerres mondiales et crises économiques sans être affligée du moindre rhume, Mary, la gouvernante du domaine familial des Higgins, était anxieuse ; entre elle et Geb se nouait une complicité, alors qu'elle continuait à se méfier du siamois Trafalgar, gastronome et chapardeur de haut vol.

Geb gravit en un instant le perron de la vieille demeure pour recevoir les caresses de la gouvernante.

– Dis donc, mon beau, tu es guéri !

Mary jeta un regard noir à Higgins.

– Pas de conséquences secondaires et de dommages collatéraux, j'espère ?

---

1. Voir *La Vengeance d'Anubis.*

– Le vétérinaire a été formel : Geb est en pleine forme. Il survivra malgré deux dents en moins.

– Mon pauvre bonhomme, s'exclama Mary en grattouillant le crâne du chien, ravi, on t'a martyrisé ! Viens, je vais te remettre sur pattes.

À la cuisine, encombrée de matériel informatique et d'un écran plat haute définition, Trafalgar patientait devant une assiette en porcelaine désespérément vide. Les retrouvailles avec le chien furent chaleureuses, on se frotta la truffe et l'on s'assit sur son derrière en regardant Mary servir le déjeuner ; petit pâté aux morilles, cailles farcies, endives tièdes persillées, fromage blanc.

Rassuré, Higgins franchit le seuil de sa paisible demeure au porche soutenu par deux colonnes ; des fenêtres XVIIIe à petits carreaux rythmaient deux étages disposés selon le nombre d'or, de hautes cheminées de pierre couronnaient le toit d'ardoise aux reflets grisés.

De taille moyenne, plutôt trapu, les cheveux noirs, la lèvre supérieure ornée d'une moustache poivre et sel lissée à la perfection, l'air débonnaire, l'œil malicieux et inquisiteur, Higgins avait pris une retraite anticipée en raison d'un désaccord d'ordre moral avec le grand patron de Scotland Yard. Quelles que fussent les circonstances, certaines valeurs ne devaient pas être piétinées.

À présent, l'ex-inspecteur-chef tondait la pelouse, soignait sa roseraie, gâtait son chien Geb et son chat Trafalgar, et relisait les bons auteurs.

Il alluma le feu dans la grande cheminée du salon, s'accorda un verre de porto vintage et choisit un fauteuil Tudor afin de consulter le *Times*. Comme d'habitude, Mary avait remis en place la bande d'abonnement après avoir consulté la première le quotidien ; pourtant, elle lui préférait les tabloïds et les magazines à scandale qu'elle dévorait sur sa tablette.

Les nouvelles n'étaient guère réjouissantes ; outre la crise et les multiples conflits, la population s'indignait de la nouvelle taxe augmentant le prix des *meat pies*, les tourtes à la viande, et les Lords se plaignaient de la médiocrité des mets imposés à leur cantine, notamment d'escalopes de porc si dures qu'elles étaient immangeables, et d'un saumon rance.

Tout se dégradait, et l'ex-inspecteur-chef se félicitait d'avoir quitté un monde gouverné par l'agitation, le mensonge et la bêtise. Privées de justice et de justesse, esclaves de l'air du temps et de la technologie, les sociétés contemporaines couraient à l'abîme en se réjouissant, puisque les corrompus et les criminels étaient portés au pinacle.

Les résonances de la cloche du portail troublèrent la quiétude de la vieille demeure.

Higgins aurait aimé être victime d'un mirage auditif, mais l'inquiétante musique se manifesta de nouveau.

– Seriez-vous devenu sourd ? interrogea Mary ; moi, j'ai du travail à la cuisine et je n'ai pas le temps d'aller ouvrir !

Higgins s'arracha à son fauteuil. Comme il n'attendait personne, il redoutait le pire. Et ses pressentiments étaient fondés.

En s'approchant du portail, il reconnut la vieille Bentley du superintendant de première classe Scott Marlow. Son collègue, un policier scrupuleux, ne se déplaçait qu'en cas d'urgence, à savoir une affaire « sensible » et particulièrement pourrie, qu'il s'estimait incapable de résoudre seul.

– 3 –

Corpulent, mal fagoté, amateur de cravates d'un goût douteux, Marlow considérait son métier comme un sacerdoce ; adepte des méthodes de la police scientifique, il éprouvait une profonde admiration pour Higgins, le meilleur « nez » du Yard, en dépit de ses attitudes passéistes. Et lorsque la puissante machinerie policière menaçait de s'enrayer, consulter l'ex-inspecteur-chef se révélait indispensable.

Au visage creusé de son collègue, Higgins comprit qu'il était en proie à de profonds tourments ; aussi ouvrit-il la grille, permettant à la vieille Bentley de s'engager dans l'allée principale et de se garer à l'abri d'un chêne centenaire. Souffrant de difficultés respiratoires, elle appréciait ce séjour à la campagne, loin de la pollution londonienne.

La portière grinça ; visiblement accablé, Marlow peina à descendre.

– Higgins, si vous saviez...

– Serait-ce si grave ?

– Vous n'imaginez pas !

– Mieux vaut vous entendre, superintendant ; Mary a offert un excellent déjeuner à mon chien et à mon chat, et nous bénéficierons peut-être des restes.

– Je ne voudrais pas vous importuner et...

– J'aimerais tester un petit saint-émilion, et votre avis me sera précieux.

Les mains sur les hanches, arborant un tablier blanc immaculé, Mary interpella les deux policiers.

– Les bêtes ont mangé, c'est le tour des humains ! Et voilà le retour de vos turpitudes... Seigneur, dans quel monde vivons-nous ?

Pour Mary, Scotland Yard n'était qu'un repaire de bandits se livrant à des activités inqualifiables ; heureusement, Scott Marlow était un excellent convive. Persuadé qu'il se nourrissait de façon lamentable, la gouvernante se faisait un point d'honneur à lui octroyer des produits de haute qualité, de manière à lui reformer de la cervelle avant qu'il ne se roulât à nouveau, en compagnie de Higgins, dans la fange du crime et du vice.

– Vous auriez pu m'envoyer un mail et me prévenir de votre arrivée, bougonna Mary.

– Désolé, s'excusa le superintendant ; nous sommes confrontés au tueur du vendredi 13, et je perds un peu les pédales.

Le visage de Mary se figea.

– Ça, c'est du sérieux ! On ne plaisante pas avec les traditions. Et cette année, il y a trois vendredis 13 !

– Je sais, déplora le superintendant, et le troisième risque d'ébranler l'Angleterre.

– Et ce serait à Scotland Yard d'éviter le désastre... ? Nous ne sommes pas sortis de l'auberge ! En attendant la catastrophe, je dois vous redonner du tonus. Vous patienterez grâce à du pâté en croûte au gingembre et des canapés de truite sauvage ; ça me laissera le temps de préparer de belles côtes de bœuf accompagnées de pommes de terre sautées et de haricots du potager. Vous pourriez peut-être servir l'apéritif ?

Se sentant visé, Higgins entraîna son hôte au bar, aménagé dans la souche d'un vieux chêne, entre deux grandes bibliothèques.

– Je souhaiterais quelque chose de fort, confessa le superintendant.

Inquiet de l'état alarmant de son collègue, Higgins recourut à un alcool de prune local que la médecine recommandait en cas de dépression. Il choisit un verre ballon de taille raisonnable, Marlow le vida d'un trait.

Aussitôt, ses joues se colorèrent.

– Ce n'est pas croyable, Higgins, pas croyable ! Je pensais avoir tout vu, et là...

– Tel est le piment de notre métier.

L'ex-inspecteur-chef avait prononcé le mot « notre », mais son aide n'était pas acquise.

– N'avez-vous pas évoqué le destin de l'Angleterre, superintendant ?

– Je n'irai pas par quatre chemins : Sa Majesté est en péril.

Scott Marlow était un admirateur inconditionnel d'Elizabeth II et formait le projet secret d'appartenir un jour à sa garde rapprochée ; encore fallait-il mener une carrière impeccable.

Higgins ne prit pas cette affirmation à la légère. Policier expérimenté aux compétences reconnues, prudent et méticuleux, Marlow n'était pas un affabulateur et n'avait pas l'habitude de formuler des hypothèses farfelues. Sachant que l'ex-inspecteur-chef, en raison de liens amicaux d'une absolue discrétion, pouvait avoir accès auprès de la souveraine, il sollicitait une aide jugée indispensable. Et les deux hommes partageaient une certitude : au sein d'un monde en perdition, la monarchie britannique était l'un des derniers îlots dont la préservation était essentielle.

– C'est sérieux à ce point ?

– À ce point.

Après le choc causé par l'opération de Geb, Higgins subissait un nouvel assaut de la fatalité ; si un danger menaçait la reine, comment ne pas se mobiliser ? Il remplit le verre de Marlow et, à son tour, s'offrit un doigt de cet alcool de prune revigorant.

– Disposez-vous d'éléments précis, superintendant ?

– Malheureusement oui. Précis et angoissants.

Geb vint chercher les deux policiers et les conduisit à la salle à manger où le siamois Trafalgar campait au pied du pâté en croûte ; pourquoi se fatiguer à bondir, à chaparder et à déclencher les foudres de Mary, puisque Higgins allait lui en accorder un beau morceau ? Tout aussi gourmand, le chien passerait en second.

L'ex-inspecteur-chef vérifia que Mary ne rôdait pas dans les parages avant de procéder à une distribution illicite.

– Votre prune m'a redonné la pêche, déclara Marlow, et ce pâté est une pure merveille ! Si l'on oubliait tous les soucis...

– Les humains nous en empêchent, me rappelait un vieux Chinois quand j'étais jeune, indiqua Higgins, et rien n'a changé. Pourquoi le vendredi 13 vous tourmente-t-il ainsi, superintendant ?

– 4 –

– Le vendredi 13... Je n'ai jamais cru à ce genre de superstition ! Et pourtant... Vous vous souvenez du petit Holmes ?

– L'un des meilleurs scientifiques du laboratoire central de Scotland Yard, estima Higgins.

– C'est l'avis général. La semaine dernière, il m'a apporté une lettre bizarre adressée au grand patron et qui semblait piégée. Elle était signée du « Tueur du vendredi 13 » et parlait de crimes impunis, à cause de l'incompétence de Scotland Yard.

– Un texte manuscrit ?

– Non, un document sorti d'un ordinateur standard.

– La date des crimes ?

– Les deux premiers vendredis 13 de cette année, en janvier et en avril ; et le troisième aura lieu le 13 juillet. Ce qui nous laisse moins d'un mois...

– Les faits évoqués dans cette lettre sont-ils avérés ? questionna Higgins, en débouchant une bouteille de saint-émilion.

– Le vendredi 13 janvier, l'assassin prétend avoir exécuté huit personnes « au nom des anciens dieux qui réclament vengeance ». À 13 h 13, sur une route du Kent, une voiture a explosé avant de finir sa course contre un arbre. Les cinq occupants sont morts.

– Explosé ? s'étonna Higgins.

– Le moteur a pris feu, le conducteur a été aveuglé,

l'accident était inévitable. Vu la personnalité des victimes, des trafiquants de drogue notoires défendus par d'excellents avocats, l'enquête s'est orientée vers un nouvel épisode de la guerre des gangs, mais s'est enlisée. L'assassin du vendredi 13 revendique cette action d'éclat et décrit son mode opératoire.

– Crédible ?

– Seul le vrai coupable pouvait connaître autant de détails ; et sa bombe miniaturisée a explosé à l'heure prévue, « au nom de la justice divine. » Et le laboratoire des trafiquants, situé au numéro 13 d'une ruelle de la banlieue nord de Londres, est lui aussi parti en fumée à 13 h 13. Trois chimistes tués. Bilan de cette première croisade du vendredi 13 janvier : huit morts que personne n'a envie de pleurer. Une filière de trafic d'héroïne a été anéantie.

Léger, souple en bouche, le saint-émilion était parfait ; il s'accordait à merveille au pâté de Mary dont Marlow dégustait une nouvelle tranche. Repus, le chien et le chat s'endormaient côte à côte.

– L'enquête a-t-elle abouti ? demanda Higgins.

– On a interpellé un chimiste pakistanais qui a juré n'être au courant de rien ; la justice l'a libéré, et il continue à fabriquer de la drogue. Après ce premier carnage, l'assassin se félicite d'en avoir commis un deuxième, le vendredi 13 avril. Cette fois, il s'agit de trois proxénètes qui régnaient sur la banlieue de Maidstone et martyrisaient les filles rebelles. Ils ont tous été étranglés avec du fil de fer barbelé ; la police a arrêté une bande rivale que nous sommes obligés de remettre en liberté, à la suite des aveux circonstanciés et convaincants de l'assassin du vendredi 13, lequel se réjouit de poursuivre son œuvre de purification. Et ce même jour a été étranglée de la même manière, à son domicile de Chelsea, la directrice d'une agence de communication.

– Assassinat revendiqué ?

– Pas celui-là, mais elle s'appelait... Victoria Thirteen ! Et l'enquête de voisinage nous a appris que, peu de temps avant d'être agressée, elle s'était moquée des superstitions concernant le vendredi 13 dans un pub de Chelsea.

– Donc, l'assassin se trouvait parmi les clients.

– Probablement, admit Marlow, mais il y avait un monde fou ; nous avons interrogé le patron et les habitués, et leurs témoignages ne conduisent nulle part.

– J'aimerais les consulter.

Ce souhait anima Marlow d'un vif espoir ; ne signifiait-il pas que Higgins acceptait de sortir de sa retraite et de mener l'enquête ?

– Cinq trafiquants de drogue, trois chimistes, trois proxénètes, une femme : si je compte bien, l'assassin du vendredi 13 a douze cadavres à son palmarès. Il reste le vendredi 13 juillet, réservé à une treizième victime.

Marlow vida son verre, Higgins le remplit.

– Vous comptez bien, hélas !

Marlow grignota la dernière tranche de pâté ; le saint-émilion le maintenait à flot.

– Nous avons passé au peigne fin le bel appartement de Victoria Thirteen et découvert un étrange document, caché au fond du tiroir de sa table de nuit.

De la poche de sa veste, le superintendant sortit une photocopie qu'il plaça sous les yeux de Higgins.

Une liste de noms :

Pipkin / Susan

Tinker
Pickles
Chipper
Piper

Harris
Brandy
Berry
Cider
Candy
Vulcan

Et les dieux se vengeront

Les traits tirés, Scott Marlow attendait le diagnostic de Higgins, à la fois concentré et soucieux.

Le long silence ne présageait rien de bon.

– Ces noms-là vous disent-ils quelque chose ? s'inquiéta le superintendant.

– Je crains que oui.

– Et...

– Ce sont ceux des chiens de Sa Majesté.

– 5 –

Mary apporta ses côtes de bœuf grillées à point, accompagnées de pommes de terre sautées aux fines herbes et de haricots du potager ; le fumet du plat enchanta les narines de Marlow, lui faisant oublier un instant l'angoissante constatation de l'ex-inspecteur-chef.

– Vous n'avez pas attaqué les canapés de truite sauvage, déplora la gouvernante ; et vous avez une drôle de tête, tous les deux ! Le vendredi 13, ce n'est pas une plaisanterie ; ces jours-là, d'après une étude finlandaise diffusée sur la toile, les accidents de voiture sont en nette augmentation. Bon, mangez chaud et travaillez, au lieu d'échanger des propos inutiles.

Au moment de quitter la salle à manger, Mary se retourna.

– Quand vous donnerez un morceau de viande aux deux bêtes, ordonna-t-elle à Higgins, ne répandez pas de la sauce sur le parquet. Scotland Yard... Il est beau, Scotland Yard !

L'ex-inspecteur-chef servit son collègue qui ne rechigna pas face à un plat savoureux ; avant d'aborder un terrain glissant menant peut-être à l'abîme, mieux valait prendre des forces.

– Vous savez que Sa Majesté apprécie les corgis, des petits chiens intelligents, au caractère prononcé, et courts sur pattes. Susan fut la première représentante de la dynastie, offerte à la reine en 1944 à l'occasion de son dix-huitième anniversaire. Ensuite se produisit un événement non dépourvu de conséquences : l'une des représentantes de corgis eut une liaison avec un teckel, Pipkin, et le couple engendra des « dorgis », dont les noms composent votre liste.

– Susan, Pipkin et dix dorgis, constata Marlow : douze noms. Manque le treizième, celui de Sa Majesté, l'ultime cible de l'assassin du vendredi 13 !

Le superintendant avait espéré une vive dénégation de Higgins, critiquant une conclusion hâtive.

Mais l'ex-inspecteur-chef dégustait la délicieuse préparation culinaire de Mary et garda un interminable silence.

– Votre hypothèse n'est pas négligeable, conclut-il.

– Alors, nous sommes dans de sales draps !

– À l'évidence, la date du 13 juillet doit devenir notre obsession.

Marlow éprouva un soulagement certain ; cette déclaration signifiait que Higgins s'engageait à ses côtés.

– Nous avons besoin des pleins pouvoirs, avança ce dernier.

– La gravité de la situation obligera le grand patron à nous les accorder.

– Garantir la sécurité absolue de Sa Majesté est une tâche ardue, superintendant, et il ne faudra pas se limiter là ; les corgis sont également en cause. Quelqu'un a élaboré une machination diabolique visant à toucher notre pays en plein cœur.

– Première démarche : avertir Sa Majesté et la prier de demeurer sous protection policière le vendredi 13 juillet, en renonçant à toute activité officielle.

– Ce ne sera pas si simple... La reine est une femme courageuse, elle n'a pas l'habitude de céder aux menaces. Et le fonctionnement de Buckingham est parfois assez obscur. En certaines circonstances, Sa Majesté a passé outre les conseils de prudence, et notre dossier risque de paraître léger aux yeux du service de sécurité.

– Autrement dit, même le Yard nous mettra des bâtons dans les roues !

– C'est à craindre.

– Que préconisez-vous, Higgins ?

– De quelle manière et jusqu'à quel point la douzième victime, Victoria Thirteen, était-elle associée à un éventuel complot criminel contre Sa Majesté ?

– Peut-être a-t-elle pris peur et menacé de dénoncer ses complices... S'estimant en danger, ils l'ont exécutée.

– *Ses* ou *son* complice ?

– Ils sont forcément plusieurs, Higgins ! Et si...

L'estomac du superintendant se noua.

– Et si l'un des membres de l'entourage de la reine était l'un des membres du complot ? Toutes nos démarches seraient vouées à l'échec !

– Gardons notre sang-froid, recommanda l'ex-inspecteur-chef, et tâchons de progresser pas à pas en terrain solide.

– Hélas ! le temps nous est compté. Et si... Et si la reine n'était pas seule en cause ? Si les assassins visaient l'un des membres de la famille royale ? Cette histoire est effroyable !

– Nous avons affronté bien des tempêtes, rappela Higgins, et même si celle-là s'annonce très virulente, nous tenterons de surmonter l'épreuve.

Le superintendant ne dédaigna pas la charlotte au chocolat de Mary, un pur délice ; avant d'entamer un rude combat, que d'aucuns auraient considéré perdu d'avance, Scott Marlow savoura cette ultime douceur, accompagnée d'un véritable cognac.

– Il serait temps de partir travailler, intervint Mary ; puisqu'un monstre rôde, essayez au moins de le repérer. Pour une fois, vous pourriez vous montrer utiles.

Deux valises attendaient Higgins sur le carrelage du hall. La gouvernante avait prévu les vêtements nécessaires, les objets de toilette et les médicaments homéopathiques qui permettraient à l'ex-inspecteur-chef de survivre au sein de la pollution citadine.

Le chien Geb et le chat Trafalgar adressèrent des regards désapprobateurs à Higgins, déplorant déjà son départ ; il leur expliqua longuement les raisons de sa démarche, en implorant leur compréhension.

Du haut du perron, ils regardèrent Higgins et Marlow se diriger vers la vieille Bentley qui avait goûté un sommeil réparateur à l'ombre d'un chêne centenaire ; l'air était doux, le ciel dégagé, de nombreux oiseaux chantaient.

Cette quiétude ne rassura pas l'ex-inspecteur-chef ; à peine commencée, cette enquête revêtait un aspect angoissant. Douze victimes... Si le tueur du vendredi 13 était l'auteur de cette sinistre série, son impitoyable logique trouverait à coup sûr un sanglant couronnement.

Était-il encore temps de l'empêcher ?

– 6 –

Selon Higgins, Babkocks était le meilleur médecin légiste du Royaume-Uni. En dépit de méthodes très particulières, il savait faire parler un cadavre comme personne, et voyait ce que les autres ne voyaient pas. Perpétuellement mal embouché et vêtu d'une veste en cuir d'aviateur de la Royal Air Force, les poches bourrées de déchets de tabac exotiques interdits à la vente qui lui servaient à confectionner d'énormes cigares aux senteurs nauséabondes, il tenait à restaurer ses « clients », les rendant présentables au-delà de leur brutale disparition.

Devant la porte de son laboratoire, où seuls Higgins et Marlow étaient parfois autorisés à pénétrer, une vieille moto provenant d'El-Alamein que le légiste réparait lui-même.

– Babkocks est énervé, révéla un planton en saluant le superintendant et l'ex-inspecteur-chef.

– Des ennuis ? demanda Marlow.

– Trois cadavres d'un coup, alors qu'il est déjà surmené ; j'aime autant vous dire qu'on l'a entendu ! Maniez-le avec des pincettes.

Marlow appuya sur un gros bouton rouge sous lequel était inscrit *death alarm*[1] ; si le légiste avait abusé de son habituel whiskey irlandais de contrebande, il ne sortirait pas du coma.

Une longue minute s'écoula, la porte s'ouvrit.

---

1. Alarme mortuaire.

Apparut le visage fripé du légiste, sosie de Winston Churchill.

– Ah, c'est vous... Un instant, j'arrive.

Traînant sa lourde carcasse, Babkocks alluma l'un de ses épouvantables cigares qui désinfectaient les couloirs de la morgue, anéantissant toute forme de vie microbienne.

– J'ai besoin d'air, avoua le légiste ; allons marcher.

La délicate bruine londonienne eut un effet revigorant ; Babkocks reprit des couleurs.

– Une vraie épidémie de suicides, marmonna-t-il ; trois vieux hommes d'affaires richissimes qui venaient d'épouser des jeunettes, une strip-teaseuse, un mannequin débutant et une chanteuse sans voix. Le premier s'est bêtement noyé dans son bain, le deuxième a fait une mauvaise chute en descendant un escalier, et le troisième a été victime d'une indigestion. Le problème, c'est que ça ne colle pas avec les autopsies. De superbes procès en perspective et de beaux effets de manches d'avocats...

Des mouettes survolèrent le trio, le vent décoiffa le légiste.

– Soyez tranquilles, messieurs, j'ai eu le temps de m'occuper de votre cliente. Une belle petite môme, mais amochée ! Des organes sacrément usés et un triste avenir physique... Cette pauvre fille était complètement crevée ! Le stress contemporain, c'est une des pires maladies ; se dépasser sans cesse, terrasser l'adversaire en permanence, craindre d'être viré, se sentir menacé et poignardé dans le dos à chaque instant : drôle d'existence. Trêve de philosophie de pub ! Elle a été victime d'une mauvaise mort, la pauvre ; on l'a étranglée avec du fil de fer barbelé, et ce ne fut pas une fin agréable.

– A-t-elle résisté ? demanda Higgins.

– Elle n'en a pas eu le temps ; rapide et brutale, l'attaque a été portée par-derrière. Peut-être la victime n'a-t-elle pas aperçu son agresseur.

– Forcément un homme ?

– Tu n'imagines pas la puissance d'une petite bonne femme déchaînée ! L'assassin était équipé de gants épais et a serré le cou de sa proie avec violence et précision. La douleur a été d'abord atroce, puis aussitôt quasi anesthésiante ; la pression ne s'est pas relâchée, impossible de se débattre. Résultat : un collier bleuâtre parsemé de trous sanglants.

– La cause du trépas est donc bien établie, avança Higgins.

– Rassure-toi, j'ai tout vérifié, jusqu'aux effets retard des derniers poisons à la mode. Pas d'embrouille, tu as la bonne version des faits. Et je t'offre une prime exceptionnelle.

Babkocks tira sur son cigare, les oiseaux des environs se dispersèrent.

– Je n'avais encore jamais vu ça... Messieurs, je peux vous préciser l'heure et la minute du crime !

– Une nouvelle méthode d'investigation ? s'étonna Marlow.

– Pas du tout ! Le témoignage écrit de l'assassin.

– Une lettre glissée dans les vêtements de Victoria Thirteen ?

– Vous n'y êtes pas, superintendant : un message au scalpel à la hauteur de ses parties intimes.

Les trois hommes s'assirent sur un banc.

– L'expérience m'a appris que l'horreur n'a pas de limite, confessa le légiste d'une voix enrouée ; mais là, j'ai été surpris.

Babkocks se concentra, revivant le pénible moment de sa macabre découverte ; puis il eut une quinte de toux, ralluma son cigare et s'exprima d'une voix sourde.

– Voilà la teneur de l'inscription :

N° 12 - 21 h 13.

– La douzième victime, commenta Marlow, déprimé ; la treizième minute... pourquoi 21 heures ?

– L'inverse de 12, estima Higgins ; l'avant-dernière marche de cette échelle du crime. Cette heure-là correspond-elle à tes analyses ?

– Je situe l'heure de la mort entre 21 et 22 heures, indiqua Babkocks, et cette effroyable inscription est crédible. Douzième victime... Où sont les onze autres ?

– Des huit premières, précisa le superintendant, il ne reste que des fragments : explosion d'une voiture de trafiquants de drogue et de leur laboratoire. Les trois suivantes, des proxénètes, ont été étranglées avec du fil de fer.

– Tiens, tiens... Et cette pauvre fille est la dernière en date.

– Le tueur du vendredi 13 n'a pas terminé sa croisade meurtrière.

– Le tueur du vendredi 13 ! tonna le légiste ; c'est une blague ?

– Malheureusement non. Et nous craignons le pire, et même le pire du pire.

La fibre patriotique de Babkocks frissonna.

– Vous ne voulez pas dire...

– Le pire du pire, répéta Marlow.

– Ah ben dis donc, grogna le légiste ; alors, le sort du royaume est entre vos mains ! Surtout, ne traînez pas des pieds.

– 7 –

La vieille Bentley appréciait modérément l'atmosphère bruyante du Chelsea moderne ; le calme village d'antan avait cédé la place à un quartier branché et agité où foisonnaient les boutiques de mode.

Le portable du superintendant grésilla.

– Oui, Sir, c'est moi... Pas grave, très grave... Des éléments troublants, en effet... Les pleins pouvoirs, c'est cela... Higgins ? Il est à mes côtés, et nous allons examiner les lieux du douzième crime... Entendu, Sir.

Marlow se mit en boîte vocale.

– C'était le grand patron, il me fixe rendez-vous à 15 heures.

– Le convaincre ne sera pas facile.

– Il se félicite de votre présence et me semble soucieux ; comptez sur moi pour obtenir le maximum. Et... De votre côté ?

– Au terme de nos investigations, ayez l'obligeance de me déposer à Buckingham Palace.

Marlow n'osa pas aller plus avant, sachant que son collègue n'en dirait pas davantage.

*

* *

Cheyne Walk subissait un tel flot de véhicules que Marlow avait été contraint de garer sa vieille Bentley à bonne distance, dans une artère moins fréquentée. En passant devant le domicile de Turner, peintre génial dont il admirait les œuvres, Higgins songea à son art à la fois puissant et subtil, et à son jeu de couleurs évoquant les harmoniques de Mozart.

Des trafiquants de drogue, des proxénètes et une jeune femme qui, à première vue, n'appartenait pas au milieu de ces délinquants... Mais cette première vue n'était-elle pas trop courte ? Les onze premières victimes du tueur du vendredi 13 exerçaient des activités peu recommandables ; pourquoi la douzième ferait-elle exception à la règle ? Son activité officielle ne cachait-elle pas des comportements illicites ? Si cette hypothèse était exacte, elle avait été éliminée en raison de son immoralité.

Future treizième victime, la reine, aux yeux de l'assassin, était l'adversaire suprême ; sans doute jugeait-il son statut inacceptable, celui d'une souveraine indigne à la tête d'un pays corrompu. Ce genre de psychopathe était particulièrement redoutable, car il savait élaborer une stratégie et la déployer en parfaite impunité.

Marlow et Higgins franchirent le seuil de la belle maison du XVIIIe siècle où Victoria Thirteen avait vécu ses derniers instants. Pas d'ascenseur, mais un majestueux escalier en marbre et une rampe en fer forgé.

Alors qu'ils montaient vers le deuxième étage, Higgins perçut un bruit caractéristique : une porte que l'on venait d'ouvrir avec discrétion afin d'observer les intrus. Quelques secondes plus tard, elle se referma.

Le superintendant ôta les scellés interdisant l'accès à l'appartement de la victime, au dernier étage de cette demeure cossue et bien entretenue. Higgins découvrit un intérieur ultramoderne, d'une absolue froideur. Pas de souvenirs personnels, pas d'évocations du passé, aucune touche de nostalgie, mais une accumulation de gadgets célébrant les progrès de la technologie.

Au milieu du salon, sur une table basse en acier, trônait un ordinateur. À l'écran, un message :

Trop tard.

Je me vengerai.

Le tueur du vendredi 13.

– Qu'est-ce que c'est que ça ! s'exclama Marlow.

– Vérifiez les autres appareils, pria l'ex-inspecteur-chef.

La télévision géante, l'iPad, les tablettes, affichaient un message identique.

– C'est insensé ! L'assassin est revenu sur les lieux de son crime et ose nous défier !

– Qu'avez-vous recueilli ? interrogea Higgins.

– Des chaussures rouges à hauts talons et une robe de cuir de la même couleur ; la jeune femme commençait à se déshabiller lorsque l'assassin l'a agressée. Les seules empreintes relevées sont celles de Victoria Thirteen.

Une exploration approfondie s'imposait. La nature avait doté Higgins d'une faculté particulière : repérer le détail insolite ou anormal qui éclairait une piste. Même le plus subtil des assassins commettait une erreur, parfois infime, que les techniques policières les plus sophistiquées ne parvenaient pas toujours à cerner. Restait l'intuition de l'enquêteur, autrement dit l'instinct rendu conscient.

Cette fois, ce fut l'échec.

En dépit d'une longue et patiente investigation, Higgins ne récolta aucun élément intéressant ; l'assassin n'avait pas laissé trace de son passage et, de plus, se moquait de l'impuissance de Scotland Yard.

Le visage fermé de Higgins traduisait sa déception.

– Une visite me paraît nécessaire.

Les deux hommes descendirent et frappèrent à la porte en chêne massif de l'occupant du premier étage ; elle s'entrouvrit en grinçant.

Apparut une vieille dame aux cheveux blancs, vêtue d'un élégant tailleur vieux rose. Les rides lui allaient à ravir, et son discret maquillage préservait une séduction encore agissante.

– Désolés de vous importuner, dit Higgins ; nous aurions besoin de votre témoignage.

– Pas question d'accueillir un inconnu chez moi.

– Nous sommes de Scotland Yard.

– Vous êtes quand même des inconnus !

– Nous nous contenterons du palier, concéda l'ex-inspecteur-chef, affable ; je suis persuadé que votre vigilance nous sera précieuse.

– Le crime... Pauvre fille !

– La fréquentiez-vous ?

– Pas du tout ! Elle partait très tôt et rentrait très tard ; le dimanche, elle se terrait chez elle, sans doute pour récupérer.

– Des visiteurs ?

– Jamais ! Sauf...

La vieille dame se contracta.

– Inutile de vous en parler, vous ne me croiriez pas.

– Je vous l'assure, insista Higgins, nous prendrons au sérieux vos déclarations.

Le calme et la solennité du policier impressionnèrent la propriétaire.

– J'ai vraiment votre parole ?

– Vous l'avez.

– Bon, bon... Je craignais d'être considérée comme une folle et j'avais choisi de me taire. Si ce n'était pas vous...

Sensible au charme de l'ex-inspecteur-chef, la vieille dame croisa les doigts.

– C'était le soir du crime, vers 21 heures ; à ce moment-là, après avoir dîné, j'ai l'habitude d'observer la cage d'escalier par l'œilleton. D'ordinaire, la maison est tranquille ; et ce soir-là...

L'émotion serra la gorge du témoin.

– À 18 heures, je m'accorde un petit verre de porto, qui ne m'empêche pas de demeurer parfaitement lucide. Et le soir du crime, je l'étais ! C'est pourquoi je peux affirmer que j'ai vu un chat noir. Un énorme chat noir.

– Énorme...

– De la taille d'un humain, inspecteur, et grimpant l'escalier sur deux longues pattes ! J'étais tellement stupéfaite que je suis restée collée à l'œilleton... Et j'ai vu le chat noir descendre l'escalier à toute allure ! Ensuite, j'ai bu un second verre de porto et je me suis couchée. Invraisemblable, non ?

À l'aide de son crayon finement taillé, Higgins prenait des notes sur son carnet noir.

– Notre monde est plus mystérieux que nous le supposons, chère madame ; et votre témoignage sera peut-être capital.

– Vous... vous croyez ?

– Les agissements d'un chat noir, un vendredi 13, ne sauraient être négligeables.

– 8 –

L'agence de communication de Victoria Thirteen ne payait pas de mine ; un banal immeuble moderne, à une vingtaine de minutes à pied de son domicile, abritait les bureaux standardisés d'une dizaine de sociétés, dont celle de la défunte.

Dix employés, placés sous l'autorité de la directrice générale, Angela Pibody, une alerte cinquantenaire tirée à quatre épingles. Depuis l'annonce de la mort brutale de sa patronne, elle gérait les affaires courantes avec l'angoisse du lendemain.

Miss Pibody reçut les policiers dans son domaine réservé, une pièce carrée garnie de dossiers que réfrigérait une climatisation à outrance. Sur une table en teck, un ordinateur.

Digne et austère, elle occupa son fauteuil de cuir fauve à roulettes.

– C'est une catastrophe, une horrible catastrophe... Victoria était un génie de la communication, elle travaillait vingt heures par jour, ne cessait d'avoir des idées et de monter des projets. Son credo : le minimum de frais, le maximum de rentabilité, une équipe réduite, motivée et bien rémunérée. Et ça marchait ! Moi, j'étais l'intendance ; elle, les idées. Les gens du métier se battaient pour travailler ici ; lorsque Victoria était satisfaite, elle octroyait des primes énormes. En cas d'insuccès, licenciement immédiat. Notre monde est impitoyable, messieurs, et le moindre faux pas coûte très cher.

– En dehors de l'aspect professionnel, demanda Higgins, étiez-vous proche d'elle ?

– Proche, serait beaucoup dire... Mais comme l'aspect professionnel remplissait les neuf dixièmes de son existence !

– Et le dixième restant ?

– Oh, rien de passionnant ! Le dimanche, Victoria s'enfermait chez elle, écoutait de la musique, regardait la télévision et, surtout, dormait ! C'était son plaisir et son luxe... Sauf quand une mission la contraignait à voyager.

– Pas de vie sentimentale ?

– À ma connaissance, néant ! Ni les garçons ni les filles ne l'attiraient. Son seul but, c'était de réaliser de gros coups de com. Et nous possédions des avantages : mobilité, réactivité, rapidité d'intervention, discrétion absolue.

Miss Pibody écrasa une larme.

– Tout ça, c'est terminé... Sans Victoria, l'agence est foutue. Personne n'est capable de la remplacer. Elle seule avait des contacts avec des clients hyper fortunés qu'elle débusquait Dieu sait comment !

– Quelle était l'affaire en cours ? questionna Higgins.

– Normalement, j'aurais refusé de vous répondre, mais aujourd'hui... Victoria voulait organiser la tournée européenne du bellâtre qui vend des machines à café et ne tourne que des navets. Afin de couronner sa carrière, il lui fallait un prix au Festival de Cannes, et elle lui cherchait un réalisateur intello, style exilé politique persécuté par le capitalisme mondial, pour lui donner un rôle soporifique qui ne réveillerait pas le jury et provoquerait l'enthousiasme des médias. Elle songeait à un personnage de dealer dans une banlieue défavorisée, rackettant d'autres dealers. C'est original et ça devrait plaire aux critiques.

– Rien d'autre ?

– Les projets de Victoria, nous ne les découvrions qu'en phase finale, lorsqu'elle était certaine d'aboutir.

– Avait-elle des ennemis ?

– Toute la profession ! s'exclama Miss Pibody. Nos chers collègues vont se féliciter de la disparition de Victoria.

– Donc, personne en particulier, au point de vouloir la supprimer ?

– La concurrence est féroce, mais tout de même !

– Victoria Thirteen avait-elle traité des affaires avec la famille royale ? interrogea Marlow.

– Non, c'est un domaine réservé qui ne l'intéressait pas.

– Avait-elle subi des menaces ?

– Non, elle m'en aurait parlé.

– Vous paraissait-elle inquiète, ces derniers temps ?

– Au contraire, Victoria redoublait de dynamisme ! Elle comptait recruter de nouveaux collaborateurs et louer des bureaux supplémentaires. On aurait juré qu'elle ne ressentait pas le poids du surmenage ! Impossible de croire qu'on ne la reverra plus.

Miss Pibody s'essuya les yeux.

– Si je connaissais l'ordure qui l'a assassinée, je la zigouillerais immédiatement.

– Laissez agir Scotland Yard, recommanda le superintendant.

– Alors, ne traînez pas en chemin ! Et tordez-lui le cou au passage. Moi, je vais m'occuper des licenciements. Ah... Qu'est-ce qu'on fait de la voiture de Victoria ?

– Où se trouve-t-elle ?

– Au parking de cet immeuble. C'est une Porsche bleu nuit dont elle se servait rarement ; elle déposait toujours la clé au bureau. Je vous la cherche, un instant... Ah, la voilà ! Tenez.

Marlow la recueillit.

– Nous nous en chargeons, assura-t-il.

*

* *

C'était la bonne clé.

À l'intérieur du véhicule, qui aurait mérité un lavage, un foulard, un pull de laine et des chaussures à talons hauts. L'habitacle était imprégné d'un parfum de qualité correcte.

– Ne touchons à rien, décida Higgins ; le laboratoire décèlera peut-être des indices exploitables.

Cette attitude scientifique plut à Marlow qui appela le service spécialisé, lequel examinerait la Porsche sous toutes ses coutures ; pas de miracle en vue, mais savait-on jamais ?

Le superintendant ne cachait pas son pessimisme.

– Nous n'avons rien, Higgins, absolument rien, et l'horizon est bouché.

– Honorons nos rendez-vous respectifs, superintendant, et ne perdons pas espoir.

– 9 –

L'entrevue de Scott Marlow avec le grand patron de Scotland Yard avait été longue et orageuse. Au regard des éléments exposés par le superintendant, son supérieur avait d'abord repoussé ses exigences jugées exorbitantes ; obstiné, Marlow ne s'était pas découragé. Mettant en valeur ses arguments, il avait semé l'inquiétude.

Restait le cas Higgins : en lui confiant la direction de l'enquête et en lui accordant les pleins pouvoirs, sous le contrôle du superintendant, le grand patron devait passer l'éponge sur le grave conflit qui avait opposé l'ex-inspecteur-chef à sa hiérarchie.

Marlow se montra convaincant : l'avenir du royaume n'était-il pas en jeu ? Pas encore de piste sérieuse, néanmoins une certitude : Sa Majesté et ses chiens étaient en grand danger. Le tueur du vendredi 13 avait prouvé qu'il ne plaisantait pas ; et sa treizième victime était toute désignée.

Vu l'importance de l'enjeu, le grand patron céda ; mieux valait prendre un maximum de précautions.

*

* *

Le *Connaught* était l'un des meilleurs hôtels de Londres ; y jouir d'une chambre n'était pas facile, mais Higgins appartenait à la catégorie des hôtes privilégiés. Le restaurant offrait un cadre traditionnel où les boiseries prédominaient ; un service parfait permettait d'apprécier la cuisine d'une cheffe française, Hélène Darroze, brillante interprète de la gastronomie du Sud-Ouest de la République, sans négliger les excellents produits britanniques.

Marlow savoura un foie gras poêlé dont la saveur était relevée par un délicat sauvignon.

– J'ai obtenu les pleins pouvoirs, révéla-t-il, et nous disposerons de tous les moyens nécessaires. De votre côté...

– Les arcanes de Buckingham ne sont pas faciles à pénétrer ; j'ai plaidé la cause de la prudence, en dépit de nombreuses réticences. L'existence d'un tueur du vendredi 13 paraissant farfelue, j'ai dû insister.

– Sa Majesté sera-t-elle correctement protégée ?

– Autant que faire se peut.

La réponse de Higgins ne réconforta pas Marlow.

– N'est-ce pas... insuffisant ?

– Le directeur du service de sécurité de Buckingham estime que nous nous affolons en vain. Je lui ai rappelé qu'un individu au cerveau fragile avait réussi, malgré les précautions adoptées, à pénétrer dans la chambre d'Elizabeth II. Sa Majesté avait évité le pire en raison d'un exceptionnel sang-froid. L'évocation de ce très mauvais souvenir, ajouté à une autre menace proche d'aboutir[1], a brisé l'arrogance de mon interlocuteur. Dès le 12 juillet, et jusqu'au 14, les corgis bénéficieront d'une surveillance policière, ainsi que les principaux membres de la famille royale qui seront priés, le vendredi 13, de résider dans une demeure officielle où il sera facile d'assurer leur sécurité.

– Et la reine elle-même ?

– Son emploi du temps n'est pas définitivement fixé, et certains déplacements ne sauraient être reportés.

1. Voir *Qui a tué l'astrologue ?*

– Notre souveraine sera donc en danger ?

– Je le crains.

Marlow n'avait plus d'appétit ; il vida un verre d'eau pétillante. Une question lui brûlait les lèvres.

– Avez-vous rencontré la reine ?

– J'ai eu cet honneur.

– Avez-vous insisté sur la gravité de la situation ?

– Note souveraine a toujours privilégié ses devoirs. Sans négliger les risques, elle remplira sa fonction comme elle doit être remplie.

– Autrement dit, conclut le superintendant, nous devons arrêter le tueur du vendredi 13 avant la date fatidique. Sinon, il pourrait atteindre son effroyable but !

– Ce n'est pas exclu, reconnut Higgins.

– Et nous n'avons pas l'ombre du début d'une piste, en dépit de douze cadavres ! Ni vous ni moi ne croyons à une banale histoire de guerre des gangs liée à la drogue et au proxénétisme.

– En revanche, une croisade moralisatrice et meurtrière semble probable.

– Et ce fou considérerait la reine d'Angleterre comme la principale responsable des turpitudes auxquelles il s'attaque ?

– Il met en œuvre sa propre logique.

– Et pourquoi le vendredi 13 ?

– C'est l'une des clés majeures, sinon la principale, qu'il nous faudra découvrir.

– Nous nageons en plein délire, Higgins ! Et douze cadavres prouvent que nous ne sommes pas victimes d'un simple cauchemar.

Atterré, Marlow choisit d'aller directement au cognac ; jugeant inutile de prononcer de lénifiantes paroles de réconfort, Higgins l'accompagna.

– Peut-être la Porsche de Victoria Thirteen parlera-t-elle.

– Je l'ai confiée à Holmes, le petit génie du laboratoire central ; le moindre grain de poussière sera examiné.

– Un souvenir me revient, superintendant.

Les yeux de Marlow brillèrent d'espoir.

– Concernant notre affaire ?

– Ce n'est pas impossible... Oui, j'aurais dû y penser plus tôt.

– De quoi s'agit-il, Higgins ?

– Nous sommes la patrie des clubs en tous genres, et je crois me rappeler l'existence d'un club du vendredi 13.

– Ce serait... fabuleux !

Marlow se jeta sur son portable et joignit l'un de ses adjoints auquel il ordonna de procéder à une vérification immédiate.

Un deuxième cognac combla un interminable délai.

Enfin, le grésillement attendu.

– Alors ?... Superbe, mon garçon, et bonne soirée !

Marlow retrouvait des couleurs.

– Ce club existe bien, Higgins, et nous franchirons sa porte demain matin.

– 10 –

Au 13 d'une impasse de l'East End, le club du vendredi 13 était situé au rez-de-chaussée d'un immeuble anonyme. Une porte peinte en noir en interdisait l'accès.

Marlow tambourina avec vigueur.

Une petite grille coulissa.

– C'est pour quoi ?

– Scotland Yard. Ouvrez immédiatement.

– C'est cette diablesse d'Artémis qui vous envoie ?

– Peu importe. Ouvrez !

L'accès au club du vendredi 13 fut libéré. Sur le seuil, un octogénaire maigrichon à la barbichette blanche.

– Quand cette cinglée cessera-t-elle de nous casser les pieds ? Le monde est peuplé de crétins et de superstitieux ! C'est comme ça, et nous continuerons à lutter contre ce satané vendredi 13.

Le bonhomme se raidit, les bras le long du corps.

– Je suis Douglas Tumbertone, originaire de Leeds, instituteur à la retraite ; depuis le décès de mon épouse, voilà vingt ans, je suis fier d'être le porte-parole et le gardien de ce club, chargé de combattre les stupides superstitions accablant le vendredi 13. Messieurs, tout Scotland Yard que vous soyez, veuillez vous soumettre au règlement de notre club et passer sous cette grande échelle.

Higgins se plia à cette exigence et, malgré son irritation, Marlow l'imita.

– Excellent ! constata Tumberstone ; et vous êtes indemnes ! Maintenant, empoignez ce marteau et brisez ce miroir.

– Cessons ces gamineries, exigea le superintendant.

– Gamineries ? Il y a des millions de gens à travers le monde qui sont esclaves des superstitions, et vous n'imaginez pas l'ampleur du désastre ! Ce tsunami de bêtise s'amplifie, et seuls les membres de notre club osent s'y opposer. Nous, les vendredis 13, on est treize à table, on passe sous les échelles, on brise les miroirs et on applaudit les chats noirs qui traversent la rue de gauche à droite. Vous voulez voir notre salle de restaurant ?

Le gardien fit découvrir aux deux policiers une pièce rectangulaire : photos de chats noirs aux murs, deux tables en fer à cheval et deux fois treize sièges.

– Chaque vendredi 13, on célèbre un grand banquet ; et l'on tire au sort les heureux veinards qui occuperont les sièges numérotés 13. Ça m'est arrivé plusieurs fois, et je suis toujours en pleine forme ! La superstition ramollit le cerveau et cause les pires bêtises ! Nous, on a sélectionné le vendredi 13 et on s'y tient. Le matin de ces jours-là, on défile même au cœur de Londres, et on proclame haut et fort nos convictions. Souhaiteriez-vous devenir membres du club ?

– Nous aimerions en connaître la liste, déclara Marlow, impatient.

Douglas Tumberstone fut choqué.

– Vous plaisantez ? En Angleterre, la vie privée est sacrée !

– Sauf en cas de menace terroriste, trancha Marlow ; nous soupçonnons votre club d'être le refuge de dangereux criminels.

Bien qu'il ne fût pas Gaulois, le ciel tomba sur la tête de Tumberstone.

– Vous... Vous moquez de moi ?

– Nullement, confirma Higgins ; le club entier n'est sans doute pas coupable, mais il pourrait abriter un assassin particulièrement redoutable.

Ébranlé, l'octogénaire ne protesta pas.

– Étant donné notre activité, on ne se réunit pas souvent, et nous ne sommes pas nombreux ; c'est pourquoi j'accepte d'assumer les tâches administratives. Je vous guide jusqu'à mon bureau, vous y consulterez la liste des vingt-six adhérents.

À l'évidence, le club du vendredi 13 ne roulait pas sur l'or. Les vingt-six fiches étaient scrupuleusement tenues ; cotisations toutes acquittées et âge moyen plutôt élevé.

– Le vendredi 13 avril, entre 21 heures et 22 heures, interrogea Marlow, où vous trouviez-vous ?

– Ici, bien sûr pour notre banquet du soir, comme chaque vendredi 13 ! Cette année, il y en a trois, et ça nous offre l'occasion de tester un maximum de bonnes bouteilles !

– Les vendredis 13 janvier et 13 avril, questionna Higgins, tous les membres du club étaient-ils présents ?

– Tous... Sauf un.

Marlow tressaillit.

– Son nom !

– Mike Blossom. Vous voulez sa fiche ?

Le superintendant s'en empara.

Mike Blossom, 72 ans... Policier en retraite.

– Connaissez-vous les raisons de son absence ?

– Une maladie grave ; il était hospitalisé. Je l'ai appelé la semaine dernière, et ça n'allait pas fort.

– Le numéro de l'hôpital !

Au terme d'efforts soutenus, Marlow parvint à joindre le directeur de l'établissement ; alité début janvier pour un cancer en phase terminale, Mike Blossom venait de décéder.

Une piste magnifique s'effondrait, le superintendant

accusa le coup. À l'évidence, outre le fait de disposer d'un alibi inattaquable, les hurluberlus du club du vendredi 13 n'étaient pas mêlés à douze meurtres. Et l'horizon se rebouchait.

– N'évoquiez-vous pas une certaine Artémis ? rappela Higgins.

Douglas Tumberstone s'emporta.

– Cette sorcière n'a qu'un idéal : obtenir la fermeture de notre club qu'elle juge sectaire et intolérant ! Nous en sommes déjà à trois procès sous les prétextes les plus futiles : trouble à l'ordre public, diffusion de fausses nouvelles, atteinte aux traditions... Et comme elle possède une grande fortune, cette maudite Artémis von Hastings n'a pas fini de s'acharner. Si vous la jetiez en prison, vous nous rendriez un fier service.

Marlow n'avait nulle envie de se mêler à cette stupide querelle, mais l'ex-inspecteur-chef insista.

– Auriez-vous l'adresse de votre adversaire ?

– Forcément, à cause des procédures ; un instant, je la recherche.

Les banquets du club du vendredi 13 avaient procuré une belle énergie à l'octogénaire qui n'avait pas les deux pieds dans le même sabot. Il ne fut pas long à fournir le renseignement.

– La voilà, dit-il en donnant un morceau de papier à Higgins ; tâchez de lui secouer les puces !

– Avez-vous rencontré cette dame ?

– Une seule fois. Elle a forcé la porte de notre club, le vendredi 13 janvier, et troublé notre banquet en nous couvrant d'injures. Nous avons porté plainte, mais elle a été classée ; moi, j'ai failli lui arracher son manteau de fourrure et la flanquer dehors à coups de bottes ! Des camarades m'ont retenu, et cette harpie, ravie de son effet, a décampé. On a quand même savouré un énorme gâteau au chocolat en vidant une bonbonne de whisky afin de nous remettre de nos émotions. Scotland Yard chez cette mégère... Je rajeunis de dix ans !

*

* *

N'ayant rien d'autre à se mettre sous la dent, Marlow consentit à se rendre au domicile d'Artémis von Hastings, persuadé que cette démarche était inutile. Une folle opposée à des excentriques... Aucun rapport avec une affaire criminelle !

Pourtant, l'attitude de l'ex-inspecteur-chef l'intriguait.

– Qu'espérez-vous, Higgins ?

– Un grain de sable. Vous savez, ce fameux grain de sable qui enraye les machineries les plus perfectionnées.

– 11 –

Fondé en 1682 sur le modèle de l'hôtel des Invalides, à Paris, le Royal Hospital de Chelsea était l'un des édifices renommés du quartier ; bâti en brique rouge et en pierre blanche de Portland, il servait d'hospice à d'anciens soldats de l'armée royale. Leur uniforme, rouge en été lors des jours de fête et de sortie, n'avait pas été modifié depuis le XVIIIe siècle.

Aboutissait au Royal Hospital une superbe artère, The Royal Avenue, que son créateur, Guillaume II, avait conçue pour relier son palais de Kensington à la Tamise ; de ce rêve inachevé demeuraient de belles demeures, dont celle d'Artémis von Hastings, bénéficiant de l'ombre de deux grands tilleuls.

Peinte en rose vif, la porte d'entrée, encadrée de deux colonnes de marbre, était surmontée de l'inscription *to be or not to be*[1]. Marlow actionna la sonnette en forme de trombone, déclenchant la *Marche turque* de Mozart, jouée trop vite par une pianiste médiocre.

L'homme qui ouvrit était âgé d'une cinquantaine d'années ; dans le genre fil de fer mal nourri, il portait une chemise blanc cassé à col boutonné, et une veste bleue à trois boutons et à trois poches inclinées. Ses cheveux tirant sur le roux étaient coiffés du côté droit ; des arcades sourcilières

1. Être ou ne pas être.

proéminentes cachaient de petits yeux vides. Provenant de l'étage supérieur, un air de jazz.

– C'est à quel propos, messieurs ?

– Scotland Yard. Nous désirons parler à Artémis von Hastings.

– Vous tombez bien, elle est là ! Le matin, ce n'est pas fréquent. Entrez et installez-vous où ça vous chante. Je vais la prévenir ; pas sûr qu'elle soit de bonne humeur !

– Seriez-vous son secrétaire particulier ? demanda Higgins.

– Pas du tout ! Je suis tailleur et je récolte les idées d'Artémis, la reine du vintage ; la nostalgie se répand, elle sait exploiter à fond les modes des années cinquante, soixante et soixante-dix.

– Auriez-vous l'obligeance de nous dire où vous vous trouviez, le vendredi 13 avril, entre 21 heures et 22 heures ?

– J'ai une mauvaise mémoire, mais là, c'est facile ! J'étais le garçon d'honneur de mon ami Burk qui célébrait ses noces avec notre copain Peter. Nous avions loué un restaurant entier, le *Perroquet sauteur*, et nous avons fait une fiesta du diable. Vous voulez des détails ?

– Ce ne sera pas nécessaire, répondit Marlow qui vérifierait par conscience professionnelle.

Le tailleur grimpa allégrement un escalier ; les visiteurs découvrirent un hall desservant de nombreuses petites pièces où étaient entassés des vêtements, du mobilier, des pièces de vaisselle, des disques anciens et même des motos. La propriétaire des lieux accumulait des souvenirs d'une époque pas si lointaine, aujourd'hui considérée comme « authentique ». Les pro-vintage se heurtaient parfois aux néomods et aux néofifties, et il était impossible d'obtenir un accord global à propos du génie ou de la débilité de James Dean, de Marlon Brando et d'Eddie Cochran. L'ensemble de ces adeptes d'un bon vieux temps s'accordaient cependant pour rejeter la littérature, la musique et la mode d'une époque moderne, complètement ringarde à leurs yeux.

Le tailleur réapparut.

– Dernier étage, première porte sur votre gauche ; désolé, elle n'est pas dans un bon jour. Moi, je file.

Malgré l'épaisseur de la moquette vieil or, les marches de l'escalier grincèrent ; l'air de jazz se rapprochait. Marlow frappa à la porte entrouverte.

– Entrez !

La voix était grave et autoritaire. Artémis von Hastings prit le temps de relever le bras du tourne-disque avant de faire face aux policiers.

Elle était grande, charpentée et portait une robe blanche au col fermé, s'arrêtant au-dessus des genoux ; ses abondants cheveux noirs étaient rassemblés en une sorte de pudding, et son regard s'abritait derrière de gros verres fumés lui mangeant le visage. Nez épais, lèvres charnues et menton étroit la rendait rébarbative.

– Vous êtes qui, exactement ?

– Superintendant Marlow et inspecteur Higgins.

Le bureau d'Artémis von Hastings était en complet désordre. Des piles de 33 tours, des revues de mode, des dessins de stylistes, des photos de défilés, un scooter jaune vif signé Vespa, une bonne vingtaine de paires de chaussures, un grille-pain archaïque et une exposition de corsets.

La reine du vintage sentit le regard désapprobateur de Scott Marlow.

– Eh non, je ne suis pas une petite fille modèle et la championne du rangement ! Avec la fortune héritée de mes chers parents – paix à leur âme – je pourrais me prélasser dans les palaces de la planète et me contenter d'une existence oisive. Mais je déteste le monde moderne, sa laideur, sa vulgarité et sa violence ; aussi ai-je décidé de ressusciter les années heureuses de l'Angleterre. Le public et les acheteurs n'attendaient que ça ! Quoi de plus féminin qu'une robe à volants, de plus sexy qu'un soutien-gorge à armature métallique, de plus viril qu'un jean brut à larges revers, de plus délicieux qu'un thé au lait ? Et le tweed reprend la seule place qu'il doit occuper, la première.

Artémis von Hastings alluma un cigarillo.

– Ce matin, tout va de travers ! J'ai égaré un patron de 1952, ma coiffeuse est en retard, ma cuisinière a grillé mes toasts et mon valet de chambre a dû courir chez le dentiste. Heureusement, ce bazar me donne l'inspiration, et je suis impatiente de créer une nouvelle ligne de produits... à l'ancienne !

Soudain, elle fixa ses hôtes.

– Vous êtes encore là ? Nous nous sommes tout dit, je crois ; alors, veuillez quitter ma maison. J'ai horreur qu'on me regarde travailler.

– Navré de vous importuner, déclara Higgins d'une voix paisible, mais nous avons quelques questions à vous poser.

– À moi ? Ça me surprendrait ! Osez seulement !

– Où vous trouviez-vous le vendredi 13 avril, entre 21 heures et 22 heures ?

Le cigarillo tomba des lèvres de la jeune femme, subitement au bord du malaise.

– 12 –

Galant, Higgins empêcha la robuste quadragénaire de s'effondrer ; son bras interrompit la chute, et il accompagna Artémis von Hastings jusqu'à un fauteuil de cuir traditionnel. Ses yeux roulèrent dans le vide avant de revenir à la normale.

– Vous... Je... Je ne vous connais pas... Ah si, inspecteur Higgins ! Et votre question ?

– Auriez-vous besoin d'un remontant ?

– Je vais me rafraîchir.

Chancelante, la reine du vintage sortit de son bureau.

Imaginant une perquisition, Marlow se demandait combien d'heures il faudrait pour explorer ce capharnaüm ! Habitué à rechercher une aiguille dans une botte de foin, Higgins ne sembla pas rebuté par ce monceau d'objets plus ou moins insolites et se fia à un curieux instinct qui l'entraînait, en certaines occasions, à repérer un détail anormal.

Concentré, se déplaçant en silence et sans rien déranger, à la manière d'un chat, l'ex-inspecteur-chef savait qu'il disposait de peu de temps ; après avoir scruté le terrain, il se laissa attirer par une jolie commode en noyer sur laquelle trônait un calendrier orné de photographies de paysages britanniques.

Trois dates étaient entourées : les vendredis 13 janvier, avril et juillet.

Deux tiroirs ouverts et vides, un fermé. Higgins utilisa un remarquable outil, cadeau du roi des cambrioleurs qu'il avait arrêté et qui, à sa sortie de prison et avant de goûter une retraite tranquille, avait été fier de lui offrir ce cadeau.

La serrure ne résista pas longtemps.

Le tiroir ne contenait qu'un seul document : la treizième lame du tarot, représentant la mort. Un squelette maniait une faux qui tranchait des membres et des têtes, y compris celle d'un roi.

Marlow émit un léger sifflement, Higgins s'éloigna de la commode et continua à fureter.

Maquillée à l'excès, Artémis von Hastings avait repris contenance.

– Le vendredi 13 avril 21 heures, affirma-t-elle, je dînais chez *Andaz*, à deux pas de la City.

– Seule ?

– Ça m'arrive souvent, au terme d'une longue journée de rendez-vous. Les palabres inutiles m'épuisent, et il en faut tellement pour conclure une affaire !

– *Andaz Liverpool Street* est un endroit très branché et peu vintage, observa Higgins.

– Chacun ses petites déviances ! Rien de plus moderne, en effet ; tout se règle par paiement en ligne, et même le *check-in* se pratique sur tablette numérique.

Artémis von Hastings alluma un nouveau cigarillo.

– À propos... Pourquoi cette question ?

– Enquête criminelle, révéla Marlow.

– Criminelle ? Vous y allez fort !

– Telle est la réalité, madame.

– Et qui est la victime ?

– Secret de l'enquête.

– Si je comprends bien, vous me soupçonnez !

– Question de routine posée à un grand nombre de personnes, précisa Higgins.

– Comment Scotland Yard est-il parvenu jusqu'à moi ?

– Le club du vendredi 13 se plaint de vos attaques perpétuelles.

Furieuse, Artémis von Hastings shoota dans un carton à chapeau.

– Et revoilà cette bande d'abrutis qui s'acharne à détruire nos traditions !

– Les croyances concernant le vendredi 13 ne relèvent-elles pas plutôt de la superstition ?

– La superstition ? Sûrement pas ! Je peux vous montrer une tonne de statistiques prouvant la dangerosité de ce jour-là ! Et les rationalistes de ce club aberrant le paieront cher, croyez-moi.

– Serait-ce une menace ? s'étonna Marlow.

– Pas une menace, une certitude ! J'y mettrai le temps et l'argent nécessaires, mais je leur briserai les reins. Nier les conséquences du vendredi 13, c'est méconnaître l'action du diable, donc commettre l'erreur suprême.

Les prévisions du superintendant se confirmaient : la reine du vintage avait l'esprit aussi fêlé que les membres du club du vendredi 13. Pourtant, sa fortune et son dynamisme lui permettaient d'entreprendre une action criminelle d'envergure, et sa fascination pour le mal et le diable la rendaient suspecte. Vérifier son alibi serait une tâche prioritaire.

– Vos parents travaillaient-ils dans la mode ? demanda Higgins.

– D'une certaine manière, puisqu'ils étaient créateurs de bijoux et avaient réussi à séduire les Asiatiques. J'ai développé la filière et monté plusieurs ateliers.

– Vos multiples activités vous ont-elles laissé le temps de fonder une famille ?

– J'ai échappé à ce carcan ! Quand on voyage beaucoup, une famille est un poids trop lourd.

L'ex-inspecteur-chef continuait à fureter, sans rien déranger.

– Si je ne m'abuse, on lie le chiffre 13 à la mort.

Artémis von Hastings eut un étrange regard.

– C'est plus complexe ! s'insurgea-t-elle ; cette mort-là n'est pas l'anéantissement, mais la nécessaire disparition du périmé et l'annonce d'un avenir meilleur. Encore faut-il savoir combattre le malheur que répand le vendredi 13 !

De son écriture rapide et précise, Higgins prenait des notes sur son carnet noir, et son attention soutenue ravissait son interlocutrice ; ce policier ne la traitait pas comme quantité négligeable et accordait à ses propos l'intérêt qu'ils méritaient.

– Quelles précautions adoptez-vous, mademoiselle von Hastings ?

– Les meilleures ! Je ne me contente pas d'éviter les mauvais gestes et je me munis, chaque vendredi 13, d'un talisman. Désirez-vous le voir ?

– Volontiers.

La reine du vintage se dirigea vers la commode en noyer et en sortit une turquoise couverte de signes kabbalistiques.

– Elle provient du temple égyptien de Sérabit el-Khadim, dédié à la déesse Hathor, dans le Sinaï. Cette pierre magique date du règne de Ramsès le Grand et fut transmise de magicien en magicien jusqu'à nos jours. Extraordinaire, non ?

– Et qui vous l'a donnée ?

Artémis von Hastings minauda.

– C'est mon petit secret.

– Cette histoire est si passionnante que j'aimerais en connaître le fin mot.

« Le charme de cet inspecteur est vraiment particulier », pensa la femme d'affaires, en feuilletant son catalogue de manteaux vintage.

– Il existe un art très ancien, déclara-t-elle, celui de l'interprétation des rêves. Moi, je rêve beaucoup, et j'ai eu la chance de rencontrer une voyante exceptionnelle, Frigga Gorman, qui habite à deux pas d'ici. Les plus hautes personnalités sont passées dans son cabinet afin qu'elle traduise les messages que transportent leurs songes. À force de se fréquenter, nous sommes devenues amies ; comme elle se méfie autant que moi des maléfices du vendredi 13, elle a confectionné des talismans. Ayant hérité de deux turquoises magiques porteuses de formules protectrices, elle m'en a offert une ; fabuleux cadeau ! Si vos rêves vous paraissent énigmatiques, inspecteur, n'hésitez pas à la consulter ; vous aurez sûrement de belles surprises !

Un téléphone antique sonna. Artémis von Hastings déplaça des bibelots pour le repérer et décrocher le combiné.

– Oui, c'est moi... Non, je ne suis pas seule. Un instant.

Elle se tourna vers les policiers.

– Merci de me laisser seule, messieurs.

Higgins ne protestant pas, Marlow l'imita, et les deux hommes quittèrent le bureau. L'entrepreneuse remontait les bretelles d'un subordonné.

Au bas de l'escalier, un superbe chat noir aux yeux verts contemplait les intrus.

À leur approche, il détala.

– 13 –

Le tueur du vendredi 13 regarda les deux policiers sortir de la demeure cossue d'Artémis von Hastings. Il se doutait qu'on ne mettrait pas des novices sur sa piste et, de fait, on le gâtait : le meilleur « nez » du Yard, l'ex-inspecteur-chef Higgins, et le superintendant de première classe Marlow, doté d'une expérience inégalable ! En raison de la gravité de la situation, les deux limiers avaient certainement obtenu des pouvoirs étendus et seraient de redoutables traqueurs.

Le plan élaboré par l'assassin se déroulait sans anicroches ; les enquêteurs n'avaient pas omis de sonder le club du vendredi 13, devenant ainsi les jouets d'un engrenage destiné à les broyer. Il était cependant prématuré de crier victoire, car la plus belle des mécaniques pouvait connaître des défaillances. Impératif majeur : ne pas sous-estimer l'adversaire et sa capacité d'investigation. Plusieurs virages délicats s'annonçaient, et le tueur du vendredi 13 devrait porter à son zénith l'art de la manipulation, afin de réaliser son idéal.

*

* *

Higgins savait dénicher d'excellents petits restaurants où le calme s'alliait à la qualité de la cuisine ; après une terrine artisanale, Marlow apprécia un succulent rôti de bœuf de

Sandringham. Un bourgogne de bonne tenue acheva de lui redonner une vitalité émoussée lors de cette étrange matinée.

– Quelle femme bizarre, cette Artémis von Hastings ! Je ne suis pas certain qu'elle s'y reconnaisse elle-même dans toutes ses superstitions, et je vais vérifier ses déclarations, notamment son alibi concernant le meurtre de Victoria Thirteen.

– Et n'oublions pas la disparition de ses parents ; à ce sujet, elle fut trop elliptique à mon goût.

La remarque de son collègue réjouit le superintendant.

– Y aurait-il anguille sous roche ? J'ai l'impression que cette femme d'affaires n'est pas très nette ! Et si nous tenions une piste ? Une enquête approfondie s'impose. Avec un peu de chance, la visite au club du vendredi 13 n'aura pas été inutile.

– Peut-être Frigga Gorman nous apprendra-t-elle des détails intéressants sur son amie Artémis.

– Les rêves, confessa Marlow, ce n'est pas ma tasse de thé... Moi, je préfère dormir un bon coup. Et la voyante qui déchiffre les songes, ça sent l'arnaque !

– À nous de la démonter.

Le superintendant se serait bien passé de cette visite-là, mais c'était le métier.

*

* *

Au bas du bel immeuble, semblable à celui d'Artémis von Hastings, une plaque discrète : *F. Gorman, Dreams*[1].

L'antre de la spécialiste occupait le premier étage. Au moment où Marlow s'apprêtait à sonner, la porte s'ouvrit,

1. Rêves.

laissant le passage à un politicien en vogue qui s'éclipsa rapidement.

Le superintendant s'attendait à découvrir un appartement aux tentures sombres et à une vieille sorcière vêtue d'une robe grenat à franges, style bohémienne.

– Vous n'aviez pas rendez-vous, me semble-t-il ? s'étonna la jeune femme blonde, élancée, aux yeux bleus et à la voix chantante.

– Inspecteur Higgins et superintendant Marlow ; nous souhaiterions voir Frigga Gorman.

– Vous la voyez ; entrez, je vous prie.

Une antichambre peinte en blanc, des peintures zen, une fontaine lumineuse au gazouillis apaisant, des sièges confortables en cuir jaune pâle.

– Vous avez de la chance messieurs, j'ai une demi-heure à vous accorder avant mon prochain rendez-vous ; allons dans mon bureau.

Une vaste pièce qu'éclairaient deux hautes fenêtres, une table de verre en demi-cercle, un canapé trois places, une bibliothèque en merisier contenant des ouvrages consacrés à la voyance, à l'occultisme et aux rêves, un bar équipé d'une machine à café. Et l'ordinateur ne manquait pas à ce décor d'un modernisme agréable.

La jolie blonde portait un corsage vert pâle et un pantalon blanc ; réincarnation de Grace Kelly, elle évoluait avec une élégance innée.

– Ce n'est pas encore l'heure du thé ; aimeriez-vous un café ou un digestif ?

Étant le seul sujet de Sa Gracieuse Majesté à détester le thé, Higgins goûta cette situation favorable ; le pur arabica de la voyante était d'une bonne tenue.

– La visite de Scotland Yard me surprend, avoua Frigga Gorman ; auriez-vous une mauvaise nouvelle à m'apprendre ?

– Votre profession ne vous aurait-elle pas permis de la prévoir ? demanda Marlow.

La jeune femme sourit.

– Je ne vois qu'à travers les rêves ; si vous me racontiez les vôtres, je tenterais de vous en donner le sens caché.

– Est-ce un don ou le fruit d'un long travail ? questionna Higgins.

– J'avais cinq ans lorsque j'ai déchiffré un rêve pour la première fois et j'ai pu ainsi prédire l'avenir à un ami de mon père, qui s'est d'abord moqué de moi, puis m'a remerciée. Alors, j'ai persévéré et, il y a cinq ans, j'ai décidé de m'installer à Chelsea et d'y ouvrir un cabinet de consultations ; quand le succès s'est confirmé, j'ai eu les moyens de louer ce magnifique local et de l'aménager selon mes goûts. Mes patients, j'aime les appeler ainsi, s'y sentent à l'aise et parlent librement ; leurs confidences me permettent de les orienter mieux. Et vous n'imaginez pas ce que nous annoncent les rêves ! Les anciens Égyptiens en avaient déjà conscience, et ils ont même rédigé des traités d'interprétation des songes qui demeurent fort pertinents. Dans le monde de l'âme, le progrès n'existe pas, et nous avons quantité de leçons à tirer des Anciens. Mais je m'égare... Quelle est la raison de votre venue ?

– Redoutez-vous les vendredis 13, mademoiselle ?

Le sourire de Frigga Gorman disparut.

– 14 –

– Le vendredi 13 c'est la porte de l'enfer ; quand cette date s'inscrit sur le calendrier, les démons de l'au-delà s'engouffrent dans cette brèche et déclenchent mille malheurs. Folie, superstition ? Mon expérience me prouve le contraire. Lorsque mes patients me racontent leurs rêves d'un vendredi 13, j'y décèle toujours des catastrophes en préparation.

– Et vous les évitez ?

– Autant que possible, inspecteur ! Par exemple, je recommande de renoncer à une affaire, de reculer la signature d'un contrat, de différer un placement financier, et mille autres choses qui m'apparaissent clairement. Ma clientèle, et c'est normal, réclame une discrétion absolue ; sans dévoiler de noms, je peux vous montrer des dossiers où j'ai consigné des faits concernant les maléfices du vendredi 13.

Joignant le geste à la parole, Frigga Gorman se dirigea vers sa bibliothèque et prit un épais classeur en cuir qu'elle déposa sur la table en verre.

– Voilà plusieurs années d'observations, messieurs ; à chaque fois qu'un patient a refusé de m'écouter, il a connu le malheur et l'échec.

Higgins feuilleta les dossiers rédigés à la main ; les noms des personnes impliquées étaient indiqués par un code, l'écriture régulière et lisible, le style quasi scientifique.

– Troublant, reconnut-il.

Sceptique, Marlow s'étonnait du sérieux de cette jeune beauté qui n'avait pas l'apparence d'une détraquée.

– D'ordinaire, les rêves faits durant la nuit du vendredi et racontés en détail le samedi matin ont 60 % de chance de se réaliser ; s'il s'agit d'un vendredi 13, cette proportion augmente. Et là est le danger, puisque ces songes recèlent souvent de lourdes menaces ; les annihiler est mon devoir.

« Décidément, pensa Marlow, il ne faut jamais croire que l'on a tout vu. »

– Certains cas sont graves, continua Frigga Gorman ; je songe à une excellente amie, Artémis von Hastings, que le vendredi 13 n'épargne pas ! Vu le succès foudroyant de ses collections vintage, on suppose qu'elle a une existence dorée, dépourvue de problèmes ; et ce n'est pas du tout le cas ! Chaque vendredi 13, de véritables cauchemars la hantent, lançant contre elle des forces destructrices qui prennent tant de formes diverses, d'un serpent monstrueux à un cheval furieux, que les interpréter exige beaucoup de temps et d'efforts. Jusqu'à présent, je ne me suis pas trompée et je m'en réjouis pour elle ! En raison de la violence de ces attaques, j'ai adopté une précaution exceptionnelle : lui offrir une turquoise magique provenant d'un temple de la déesse égyptienne Hathor, dans le Sinaï. Les chercheurs de pierres précieuses y célébraient des rites et sacralisaient leurs précieuses trouvailles, destinées à répandre la joie et la prospérité. Cette protection majeure était indispensable, et mon amie s'en félicite.

– Posséderiez-vous une turquoise similaire ?

– En effet, inspecteur ; ces deux merveilles furent le dernier cadeau d'un vieil égyptologue dont j'avais déchiffré un rêve, en lui indiquant l'emplacement d'une tombe inviolée.

– Frigga... N'est-ce pas le nom d'une déesse nordique ?

– La reine des dieux, maîtresse de l'amour et de la fertilité ! Historien des religions, mon défunt père trouvait ce nom original ; Frigga ramenait le printemps et provoquait le chant des oiseaux.

– Ne l'appelle-t-on pas aussi Freya, et le nom anglais du vendredi, *Friday*, ne serait-il pas le *Freya's day* ?

– Telle était la conviction de mon père, inspecteur ! On jurerait que vous avez suivi ses cours, à Cambridge ; il déplorait la diabolisation de cette grande déesse par les chrétiens, qui l'ont accusée d'être une sorcière.

Higgins referma le surprenant dossier.

– Même si je dois devenir la cible des rationalistes et des contradicteurs violents, affirma la jeune femme, je publierai ces constatations afin d'alerter l'opinion à partir d'observations rigoureuses. Mais... Vous ne m'avez pas encore révélé la raison de votre visite !

Higgins examina les volumes de la bibliothèque où prédominaient des ouvrages de qualité, notamment des traités de l'histoire des religions, des « clés des songes » de diverses civilisations et des manuels de divination.

– Le vendredi 13 avril a été commis un crime, dévoila-t-il, et nous nous interrogeons sur l'éventuelle importance de cette date.

La jeune femme ne dissimula pas ses craintes.

– Vous redoutez l'existence d'un tueur en série qui choisirait les prochains vendredis 13 pour frapper ? Et il y en a un le... Attendez, je regarde.

Frigga Gorman consulta un calendrier.

– En juillet, le 13 juillet !

– Ne nous emballons pas, intervint Marlow ; auriez-vous une dénommée Victoria Thirteen parmi vos clientes ?

La jolie blonde réfléchit.

– En dépit de vos exigences de discrétion, je vous prie instamment de répondre.

– Je comprends, je comprends... Non, cette dame ne fait pas partie de mes patientes.

– Où vous trouviez-vous le vendredi 13 avril, entre 21 heures et 22 heures ?

Frigga Gorman fut troublée.

– Je... je ne sais plus.

– Voyons, mademoiselle, vous accordez tant d'importance à ce type de date que vos souvenirs persistent.

– Oui, vous avez raison... J'ai reçu des patients jusqu'à 20 h ou 20 h 30, puis... Mais j'ai tout noté !

Un large et profond tiroir occupait le bas de la bibliothèque. À l'intérieur, des factures, du courrier et des agendas dont celui de l'année en cours.

– Voilà... À 20 h 45 j'avais rendez-vous chez mon esthéticienne, Kaya Stick, une véritable artiste. C'est mon principal moment de détente ; à son institut de beauté, j'oublie les tracas du quotidien.

– 15 –

– Vous admettrez que nous soyons obligés de vérifier, précisa Marlow.

– Bien sûr, bien sûr... Voici sa carte, avec ses coordonnées. Kaya ne reçoit que sur rendez-vous et sélectionne ses clientes, non sans rudesse ; c'est son caractère, on ne la changera pas.

Un carillon résonna. La jolie blonde regarda sa montre, un rectangle serti de diamants.

– Mon rendez-vous, annonça Frigga Gorman ; dois-je faire patienter ?

– Ce ne sera pas nécessaire, décida Higgins ; merci de nous avoir accueillis.

– Vous m'avez remuée, messieurs, en touchant à la recherche qui me tient le plus à cœur ; je redoute le vendredi 13, mais je n'imaginais pas qu'il engendrerait un crime !

– Soyez prudente, mademoiselle ; si vous découvriez d'inquiétantes pulsions à travers un rêve, ne prenez pas de risques inutiles et prévenez Scotland Yard.

Les deux hommes croisèrent une actrice célèbre qui s'engouffra dans le bureau de Frigga Gorman, dont elle claqua la porte.

*

* *

L'esthéticienne habitait Chelsea. Marlow composa son numéro de téléphone et obtint un répondeur.

– Institut de beauté Kaya Stick, ouvert de 10 heures à 13 heures et de 17 heures à 22 heures Si vous êtes cliente, laissez-moi votre message ; si vous ne l'êtes pas, inutile d'insister. Je suis au complet.

L'annonce était abrupte.

– Pas commode, l'esthéticienne, nota Marlow ; nous lui rendrons une petite visite en fin d'après-midi, et elle n'aura pas intérêt à nous fermer sa porte. Ah... Un appel du Yard... Évidemment, c'est moi... Oui, Holmes... Sûr ?... Bon, on arrive.

Malgré une contracture d'amortisseur, la vieille Bentley parcourut le trajet en un temps respectable, et les deux hommes se hâtèrent de rejoindre le laboratoire central où le jeune Holmes piaffait d'impatience.

– La Porsche a parlé ! s'exclama-t-il.

– Un bel indice matériel ? demanda Marlow, plein d'espoir.

– Plutôt insolite !

– Expliquez-vous, Holmes !

– Côté empreintes et objets divers, rien d'intéressant ; et l'examen complet de la voiture, que nous avons désossée, n'a fourni aucun résultat.

Le superintendant déchanta.

– Mais alors...

– Alors, il convenait de repérer l'essentiel : un moustique.

– Pardon ?

– Il gisait à la place du passager. Je devrais dire « elle » car, heureusement pour nous, il s'agissait d'une femelle qui, conformément à sa vocation, avait pompé du sang. Une belle quantité, pas trop difficile à analyser, et valant largement une empreinte très nette. J'ai presque bondi de joie !

– Superbe, Holmes, mais ça nous mène où ?

– À notre banque d'informations concernant des milliers de criminels, de prévenus et de suspects dont nous possédons de multiples caractéristiques, parmi lesquelles, souvent, leur formule sanguine.

– Et... Vous auriez abouti ?

– Eh oui, superintendant ! Ce sang-là était répertorié, et nous avons le nom du propriétaire : Loki Balder. Et voici sa fiche.

Âgé de cinquante ans, Loki Balder était de nationalité norvégienne. Ex-judoka ayant participé à de nombreuses compétitions, il avait été radié à vie par sa fédération, après avoir brisé le bassin d'un adversaire à coups de talons. À Londres, il était devenu lutteur de foire et artiste de rue, enseignant les rudiments du combat à mains nues aux jeunes en quête d'émotions fortes. Ignorant sa puissance de destruction, il avait causé pas mal de dégâts et fait l'objet de plusieurs plaintes ; lors de sa dernière arrestation, il n'avait pas fallu moins de dix *bobbies* plutôt costauds pour le maîtriser. En soignant ses blessures, un médecin avait eu la bonne idée de prélever un échantillon de son sang, persuadé que ce colosse vindicatif ne tarderait pas à récidiver et commettrait peut-être un meurtre.

Une photo montrait un gaillard impressionnant à la tête carrée, au nez cassé et aux sourcils épais, dont se dégageait une rare violence.

– Huit interpellations ces six derniers mois, constata Marlow, la dernière au début de cette année. Un avocat spécialisé dans les procès contre la brutalité policière a obtenu sa libération. Ce doux agneau de Balder ressemble, en effet, à une victime incapable de se défendre !

– Superbe travail, Holmes, estima Higgins.

Grand admirateur de l'ex-inspecteur-chef, le jeune scientifique rosit.

– J'ai eu de la chance, je...

– Trêve de congratulations, trancha Marlow ; on s'occupe immédiatement de ce délicat spécimen. Il a une adresse : 1, Bornemouth Street, dans le nord de Londres. Vu le pedigree du personnage, nous serons accompagnés d'une brigade d'intervention.

– Vous me raconterez ? sollicita Holmes, qui regrettait de ne pas être sur le terrain.

– L'arrestation de ce probable assassin vous est due, déclara Higgins.

Le technicien s'empourpra.

– Ne perdons pas de temps, recommanda Marlow ; ça risque d'être chaud.

Le tueur du vendredi 13 trahi par une piqûre de moustique... Le destin favorisait parfois Scotland Yard ! Encore fallait-il mettre la main sur le suspect et obtenir des aveux circonstanciés.

– 16 –

Grâce à l'étendue des pouvoirs accordés à Marlow, l'opération Balder fut montée en deux heures. Venant de terminer une période d'entraînement intensif, l'une des brigades d'intervention était au grand complet et sur le pied de guerre. De plus, Marlow connaissait le gradé qui commandait cette section d'élite, formée d'hommes expérimentés et sachant contrôler leurs nerfs au cœur des pires situations. Le commandant O'Kelly avait interpellé une belle brochette de fous furieux sans trop de casse et ne perdait jamais son sang-froid. Il fut ravi de rencontrer Higgins dont les exploits étaient parvenus à ses oreilles.

Marlow remit à O'Kelly le dossier de Loki Balder.

– Une superbe brute aux yeux teigneux ! Armé ?

– Nous l'ignorons, mais il ne semble pas. Selon les rapports de police, il n'utilise que ses poings.

– Il est accusé de quoi, ce lutteur de foire ?

– Assassinat d'une femme.

– Bon, on va vous le cueillir avec un maximum de douceur.

– Il n'hésitera pas à cogner, indiqua Marlow.

– On le rendra inoffensif, rassurez-vous ; montez dans la voiture de tête. Deux véhicules équipés du matériel nécessaire nous suivront.

*

* *

Transformée en mégapole aux tentacules en perpétuelle extension, Londres ne comportait pas que des beaux quartiers et des immeubles au modernisme agressif ; çà et là, des poches de misère et des îlots d'une tristesse pesante, touchant au sordide. Le 1, Bornemouth Street, n'était pas une villégiature enviable ; vieilles baraques en brique noircies, nombreuses fenêtres condamnées, trottoirs défoncés, commerces fermés. Des gamins de diverses nationalités échangeaient de la drogue et le produit de leurs vols du jour ; à l'arrivée des véhicules inconnus, ils se dispersèrent, et un épais silence recouvrit l'endroit.

– Ça ne me plaît pas, maugréa O'Kelly ; notre bonhomme n'est certainement pas seul. On boucle la rue et l'immeuble.

Les hommes du commandant se déployèrent avec rapidité et se disposèrent de façon à empêcher toute tentative de fuite. Trois d'entre eux, munis de casques et de gilets pare-balles, enfoncèrent la porte vétuste, couverte de tags.

Aussitôt, un coup de feu éclata.

Habitués à ce genre de situation, les assaillants ne ripostèrent pas et signalèrent à un tireur d'élite la position de l'agresseur ; des collègues accoururent afin de leur prêter main-forte.

Une minute plus tard, l'immeuble entier était aux mains des policiers qui en sortirent un barbu aux cheveux longs, criant des injures contre l'Occident, le capitalisme et les femmes. Petit et maigre, il s'étranglait de rage.

– Ce n'est pas notre suspect, déplora Marlow.

– On l'interroge, annonça O'Kelly ; la bâtisse est sécurisée, vous pouvez visiter. On inspecte les autres masures de la rue et on récolte des témoignages.

Higgins et Marlow découvrirent un immeuble insalubre et dévasté, squatté par le barbu qui occupait une pièce au premier étage ; un matelas, des bougies, des boîtes de conserve, des canettes de bière. L'ex-inspecteur-chef scruta les lieux, sans déceler d'indices ; et le reste du taudis ne lui en procura pas.

O'Kelly les rejoignit.

– Le premier interrogatoire n'a pas été passionnant ; ce type est un sans-papiers, militant antimondialiste et étudiant en sociologie. Il n'a jamais rencontré Loki Balder.

– Et les voisins ?

– On leur a montré la photo ; eux non plus ne l'ont jamais vu. À mon avis, votre bonhomme vous a enfumé et n'habitait pas ici.

Higgins opina du chef ; Balder avait menti et serait difficile à dénicher.

– Je lance un avis de recherche, décida Marlow, et je mets un maximum de monde sur le coup. Ce petit malin ne nous échappera pas !

*

* *

Dès son retour à Scotland Yard, Scott Marlow remua tous les services concernés par l'affaire Balder ; et le ton du superintendant prouvait qu'elle était sérieuse et urgente. La lourde machinerie policière se déclencha, et le superintendant réclama un résultat rapide. Le suspect ne passerait pas longtemps inaperçu.

– Trop tard pour rendre visite à l'esthéticienne, regretta Marlow, mais ce n'est que partie remise. Ce soir et une bonne partie de la nuit, je coordonnerai les opérations et stimulerai le moral des troupes ; et quand cet athlète de foire sera assis en face de nous, il parlera !

– Souhaitons-le, déclara Higgins, énigmatique.

– Vous doutez de la culpabilité de Balder ? Nous avons une preuve solide !

– La preuve de sa présence dans la Porsche de Victoria Thirteen, précisa l'ex-inspecteur-chef ; seul un interrogatoire approfondi nous permettra d'aller au-delà.

Le superintendant bougonna.

– J'ai hâte de secouer ce gaillard ! Il a forcément beaucoup à raconter.

– Sur ce point, aucun doute ; bon courage, mon cher Marlow, et à demain.

Les doutes de son collègue ne découragèrent pas le superintendant ; il tenait un fil solide et ne le lâcherait pas. Loki Balder était probablement le tueur du vendredi 13 ; son physique, sa violence, ses multiples arrestations, son mensonge à propos de son domicile plaidaient en ce sens.

Savait-il que Scotland Yard était à ses trousses ? Certainement pas, car il ignorait le témoignage accablant du moustique ! Une seule crainte : qu'il ait déjà quitté l'Angleterre.

Refusant de céder au pessimisme, Marlow alluma son ordinateur ; les grandes manœuvres débutaient.

*

* *

Amateur de longues promenades en forêt avec le chien Geb, Higgins appréciait moins les artères de la capitale, bourdonnantes et polluées. Oubliant les désagréments urbains, il se concentra sur les éléments accumulés depuis le début de l'enquête, laquelle commençait à peine, mais serait peut-être bientôt terminée.

L'ex-inspecteur-chef éprouvait de désagréables sensations et une profonde inquiétude ; le vendredi 13 était-il un écran de fumée ou la cause profonde de douze meurtres, en attendant le pire, le treizième ?

– 17 –

Écossais, commissaire-priseur de renom, spécialiste de l'Antiquité dite « païenne » Malcolm Mac Cullough était fier d'appartenir au cercle très fermé des amis de Higgins, un « club d'archéologie » où l'on se préoccupait surtout de tester des bouteilles d'un certain âge. Entre les membres de cette petite confrérie, c'était à la vie à la mort, et chacun répondait immédiatement aux appels d'un autre membre.

La vaste demeure de Mac Cullough, au nord de Londres, était à la fois un musée abritant des stèles, des statues, des vases, des peintures, des amulettes, des moulages, et une immense bibliothèque. Dans chaque pièce, y compris le débarras, l'atelier, la cuisine et la salle de bains, des étagères supportaient de lourds volumes consacrés aux arts de toutes les époques et de toutes les civilisations.

Travailleur acharné, doté d'une mémoire phénoménale, l'Écossais lisait vite et rédigeait des centaines de fiches ; de 10 heures du soir à 9 heures du matin, il dévorait et assimilait les publications récentes, puis s'octroyait quelques heures de repos. Quand il présidait une vente, une foule d'amateurs plus ou moins éclairés se pressaient chez Sotheby's pour assister à son show, parsemé de commentaires érudits.

Il était 8 h 45. Mac Cullough refermait un énorme traité relatif aux carrières de pierre du Moyen-Orient lorsque le carillon de sa sonnette résonna selon un rythme très particulier ; aussitôt, la fatigue s'estompa.

– Superbe ! s'exclama-t-il en courant ouvrir, il y a un crime dans l'air !

Chaque membre du club avait son code, et celui de Higgins annonçait toujours une belle catastrophe.

– Heureux de t'accueillir, et tu tombes bien ! Je viens de concocter une nouvelle pâtisserie, une tarte à la myrtille et aux trois fromages, recouverte d'une gelée à l'orange. Tu ne l'oublieras pas de si tôt !

« C'est malheureusement probable », déplora l'ex-inspecteur-chef, dont le foie supportait mal le génie culinaire de Mac Cullough. Seules plusieurs tasses de café corsé, aromatisé au whisky, déclencheraient un début de digestion.

– Encore un horrible meurtre ? saliva l'Écossais.

– Douze.

– Par saint George, sacré score ! Un tueur en série ou une pléiade de cinglés ?

– Le tueur du vendredi 13.

Le commissaire-priseur fut stupéfait.

– C'est une plaisanterie ?

– C'est très sérieux, et la prochaine victime sera probablement Sa Majesté.

Quoique partisan de l'Écosse, Mac Cullough admirait Elizabeth II.

– Il faut à tout prix empêcher ça !

– Marlow et moi sommes chargés d'éviter le pire.

– Tu as une piste ?

– Je l'espère, et j'aurais besoin de ton érudition.

– Ma tarte va te regonfler ! Allons à la cuisine.

Le pâtissier s'était surpassé, mais pas dans le bon sens ; sans le café, Higgins n'aurait pas survécu.

– Alors, qu'est-ce qui te tracasse ?

– Si le vendredi 13 n'est pas un trompe-l'œil, l'assassin est nourri des superstitions le concernant. Le hasard, auquel je ne crois plus depuis longtemps, m'a amené à rencontrer une interprète des songes nommée Frigga.

– Frigga ou Freya, la grande déesse nordique, dont le nom serait à l'origine de notre Friday, ce maudit vendredi qui, lorsqu'il devient vendredi 13, lui donne l'occasion de se venger des calomnies proférées par les chrétiens fanatiques ! Ils ont transformé cette magnifique déesse de l'amour, de la joie et de la fécondité en une sorcière maléfique, toujours accompagnée de son monstrueux chat noir, un tueur silencieux et implacable. Réfugiée au sommet d'une montagne perdue, elle célèbre chaque vendredi, en compagnie du diable et de onze diablesses, un rite de malédiction destiné à détruire l'humanité en lui jetant de mauvais sorts. Vu le nombre de crétineries qu'accomplit notre race de prédateurs, j'ai l'impression que ça marche !

Higgins nota les précieuses indications que lui fournissait Mac Cullough.

– Ta Frigga serait-elle une terrifiante réincarnation de la grande déesse ?

– C'est une jolie blonde plutôt fluette, un sosie de Grace Kelly.

– Princesse d'opérette, ce n'est pas le genre de la vraie Frigga !

– Et les coïncidences ne s'arrêtent pas là, poursuivit Higgins ; notre principal suspect, un lutteur de foire norvégien que nous recherchons, s'appelle Loki Balder.

– Elle est bonne, celle-là ! s'esclaffa l'Écossais ; ses parents lui ont fait un drôle de cadeau en associant deux dieux inconciliables ! Si ton bonhomme connaît un tant soit peu la mythologie, il doit être légèrement schizophrène ! Tu sais que le Zeus des Nordiques, le puissant Odin, habitait le palais céleste du Valhalla ; il y invita à dîner onze divinités amies, et les douze convives festoyaient gaiement quand se présenta un hôte inattendu, Loki le rouquin, fourbe, rusé, lâche, menteur et envieux. Pas question de l'accepter et d'être treize à table ! Courageux, Balder essaya de l'expulser ; mais Loki le tua d'un coup de lance. Voilà pourquoi le nombre 13 est maléfique et lié à la mort. Ton Loki Balder est un drôle de corps, mi-ange mi-démon ! Avec un patronyme pareil, il ne sera pas facile à coincer.

Géant chaleureux, Malcolm Mac Cullough adopta soudain un air grave.

– Ton histoire de tueur du vendredi 13 me rappelle un drôle de souvenir... Pendant la Seconde Guerre mondiale existait un cénacle ultraconfidentiel, *The Other Club*[1], dont l'adhérent le plus célèbre n'était autre que Winston Churchill ! En fait, les déjeuners réunissant les membres du club étaient de véritables conseils de guerre auxquels a participé mon défunt chef de clan, spécialiste du sabotage derrière les lignes ennemies. On buvait sec et on organisait le combat. Parfois, les participants étaient... treize ! Personne ne prenait ce mauvais présage à la légère ; comme Churchill ne pouvait demander à l'un des invités de sortir, il en fallait donc un quatorzième afin d'éviter tout désagrément. Et ce quatorzième était toujours le chat noir du club ! On lui mettait une serviette autour du cou et on le servait dignement. Le fameux hôtel *Savoy* a imité *The Other Club* ; si un maître d'hôtel était confronté à une table de treize, il installait la statue d'un chat noir sur une chaise. Grâce à ce quatorzième convive, le repas se déroulait sans problème. Et l'année dernière, un compatriote, Adam Macadam, a tenté de ressusciter *The Other Club* en mimant les conseils de guerre de Churchill.

– L'as-tu rencontré ?

1. L'autre club.

– Non, j'ai lu cette anecdote dans le numéro spécial d'une revue d'Histoire consacrée à la carrière de Churchill ; il était précisé qu'Adam Macadam était ingénieur des travaux publics.

– Merci de ton aide, Malcolm.

– Sois prudent, Higgins ; les dieux nordiques ne sont pas des tendres. Et ce fichu vendredi 13 finit par m'inquiéter.

– 18 –

Quand Higgins franchit le seuil du domaine de Scott Marlow, à 16 heures, le superintendant s'aperçut qu'il n'avait quitté ni son écran d'ordinateur ni ses téléphones depuis un bon moment, sans prendre le temps de déjeuner.

Sur son bureau, des iris et des œillets, les fleurs préférées d'Elizabeth II, à laquelle il vouait un véritable culte ; au-dessus de sa tête, un portrait de la souveraine, proche d'une photographie de la reine Victoria, achetée à un antiquaire. Vêtue d'une stricte robe noire, elle posait la main sur un bouquet de fleurs, pénétrée de la puissance de l'Angleterre.

Face à Marlow, une reproduction du sublime tableau de Sir George Hayer représentant Victoria, le jour de son couronnement, en 1837 ; tenant un sceptre de la main droite, elle avait les yeux levés vers le ciel.

En temps ordinaire, le superintendant mangeait et dormait dans son antre, afin de résoudre quantité de problèmes administratifs et d'être à pied d'œuvre en cas d'urgence. Considérant son métier comme une sorte de sacerdoce, il jugeait presque obscène la notion de vacances.

– Ah, Higgins... Fichue matinée !

– Et l'après-midi est bien entamée.

Marlow regarda sa montre.

– Bon sang, je comprends pourquoi je crève de faim ! Je fais monter un sandwich et de la bière.

– Avez-vous des résultats positifs ?

– C'est toujours pareil ! On a signalé la présence de Loki Balder à Londres, à Liverpool, à Brighton, à Leeds et dans cent autres endroits ! On a déjà arrêté et relâché dix bonhommes. Les aéroports, les gares et les ports sont sous étroite surveillance, et j'ai établi une liste de cirques ambulants qui emploient des lutteurs de foire. Des inspecteurs s'occupent des spectacles de rue, et nous vérifions chaque témoignage. Si ce colosse est encore en Angleterre, nous le retrouverons. J'attends un peu avant de lancer un mandat d'arrêt international, mais les autorités norvégiennes sont prévenues ; si Balder se réfugie dans son pays d'origine, il sera intercepté. En tout cas, personne ne traîne des pieds !

– Avez-vous entendu parler de *The Other Club* ?

Marlow réfléchit.

– Ça ne me dit rien.

– Une investigation s'impose.

À l'évidence, Higgins tenait un début de piste ; le superintendant manda l'un de ses adjoints et lui demanda une réponse ultra rapide. L'arrivée d'un énorme sandwich au jambon et d'une pinte de bière brune lui redonna du cœur au ventre.

L'information ne tarda pas.

– *The Other Club* n'a existé qu'une petite année et a fermé ses portes il y a huit mois. Son but : reconstituer les conseils de guerre de Churchill. Fondateur : Adam Macadam, ingénieur en travaux publics. Avec un nom pareil, il n'avait pas le choix !

– Où habite-t-il ?

– À Chelsea... Pas très loin du domicile de Victoria Thirteen !

L'œil de Marlow brilla.

– Comment avez-vous déniché ce lascar, Higgins ?

– Un de mes vieux amis a évoqué la résurrection de *The Other Club* où un chat noir jouait un rôle déterminant, celui du quatorzième convive, lorsque les participants au conseil de guerre étaient treize à table.

– Et vous croyez que ce Macadam serait lié à notre affaire ?

– La rencontre me paraît indispensable.

– J'appelle le siège de son entreprise.

Une aimable secrétaire apprit au superintendant que son patron dirigeait un chantier au sud de la capitale ; il serait de retour vers 21 heures et travaillerait à son bureau au moins jusqu'à minuit. Elle invita la police à y passer, car Macadam partait en voyage le lendemain.

Marlow consulta la fiche que lui avait remise son subordonné.

– Une belle entreprise moyenne, spécialisée dans le revêtement et l'entretien des routes. Le chiffre d'affaires est confortable, le bénéfice appréciable, et Macadam a, ces dernières années, conquis des parts de marché à travers tout le pays. Et ce chef d'entreprise n'a que trente-deux ans !

Higgins prenait des notes sur son carnet noir.

– Bizarre, estima Marlow, cette résurrection ratée de *The Other Club* ! Ce technicien de haut niveau serait-il fasciné par le 13 et les chats noirs ? Vous avez raison, Higgins, j'ai hâte de le cuisiner !

Le superintendant mastiquait son sandwich quand un inspecteur, haletant, lui apporta un rapport.

– On a quelque chose, annonça-t-il ; un lutteur de foire, à Southampton, a tabassé un épicier et volé de la nourriture. Une voiture de police le poursuit.

Marlow emmena Higgins à la salle la plus informatisée de Scotland Yard où, sur un écran géant, on pouvait suivre une arrestation en direct. Ils assistèrent à l'interpellation en règle du délinquant, un blondinet trapu qui ne ressemblait pas à Loki Balder.

– On continue, marmonna Marlow.

Pour surmonter sa déception, il s'offrit une goulée d'un exceptionnel whisky écossais, provenant d'une distillerie clandestine travaillant vraiment à l'ancienne.

– Que penseriez-vous d'une visite à Kaya Stick ? suggéra Higgins.

– Je l'appelle, je distribue les consignes à respecter en mon absence, et on y va. Un peu d'exercice me détendra.

Cette fois, l'esthéticienne répondit, et l'entretien fut animé.

– Pas commode, l'artiste ! commenta Marlow. Nous la dérangeons, elle nous facturera le temps perdu, mais consent à nous recevoir. J'espère, pour ces dames, qu'elle est douée ; côté amabilité, ce n'est pas le top !

La température était douce, de petits nuages blancs décoraient le ciel, et la vieille Bentley démarra en souplesse.

– 19 –

– Scotland Yard. Superintendant Marlow et inspecteur Higgins.

– Ah, vous voilà... Je suppose que je suis obligée de vous laisser entrer ?

– Ce serait préférable, recommanda Higgins, apaisant.

Les cheveux très noirs, une épaisse frange couvrant son front, les yeux noisette, la taille épaisse, Kaya Stick était furibonde. Vêtue d'une robe brune plutôt grossière, ornée d'un collier de fausses perles, elle manquait de finesse et d'élégance. La voix était assez grave, l'attitude hostile.

– Pourquoi me cherchez-vous des poux dans la tête ? Je suis en règle, je paye mes impôts et je n'ai de problèmes avec personne, même pas avec mon propriétaire !

– Rassurez-vous, Miss Stick, vous n'êtes pas en cause.

– Alors, c'est terminé ?

– Nous aimerions recueillir votre témoignage.

– Mon témoignage... À propos de quoi ?

– Nous souhaitons vous l'expliquer.

– Moi, je vais vous expliquer l'essentiel : à cause de vous, j'ai dû annuler un rendez-vous et je perds gros ! Alors, avant de causer, je veux être indemnisée.

Marlow imaginait le nombre de paperasses à remplir pour légaliser cette transaction.

– Considérez-nous comme des clients, proposa Higgins, et comptez-nous une heure de soins intensifs.

– Intensifs, intensifs... Ça dépend de la qualité des crèmes, de...

– Convenons d'un forfait relatif à votre talent.

– Pas moins de 100 livres.

Higgins ne discuta pas et régla la somme en liquide.

– Bon, entrez.

Quoiqu'il ne fréquentât pas les instituts de beauté, Marlow se faisait une idée de ce genre d'endroit, à savoir une sorte de clinique. Or, il découvrit un intérieur raffiné et douillet, peuplé de canapés, de tapis et de fauteuils ; de vieux meubles de campagne ajoutaient une touche de nostalgie.

Autre caractéristique : la présence de nombreuses plantes vertes, notamment des aloe vera, des cactus, du lierre et des philodendrons. Higgins s'attarda devant une superbe azalée.

– Ce n'est pas une simple décoration, indiqua Kaya Stick ; toutes ces plantes dépolluent et améliorent la qualité de l'air. Leurs feuilles absorbent les particules nocives qu'émet chaque jour davantage notre merveilleux progrès et les transforment en résidus organiques ; l'aloe vera, par exemple, lutte contre la pollution électromagnétique. Et si vous voulez éviter les désagréments que provoquent les traitements du bois, utilisez le philodendron.

– Ce n'est pas votre seul matériel ? s'étonna Marlow.

Irritée, l'esthéticienne ouvrit une armoire Tudor.

– Regardez, superintendant : pots de crème, lingettes, rouges à lèvres, poudres, produits de maquillage, sticks, correcteurs, crayons, enlumineurs de teint, eye-liners, fards, pinceaux, et j'en passe ! Vous ne trouverez nulle part à Londres un matériel aussi complet et aussi moderne. Moi, je ne pratique pas la beauté industrielle ; je m'occupe d'un petit nombre de clientes et ne l'augmenterai pas. Ici, j'efface les traces de l'âge et du stress, je rétablis l'harmonie troublée et je dégage la lumière cachée au fond de l'âme et du corps ; ça implique de nombreuses séances, du doigté et de la patience. Traitement coûteux, mais dont l'efficacité est incontestable.

L'esthéticienne referma l'armoire.

– Alors, ce témoignage ?

S'imprégnant de l'atmosphère des lieux, Higgins déambula lentement.

– Craignez-vous le vendredi 13, mademoiselle ?

– Elle est bonne, celle-là ! Je suis née un vendredi 13 et je m'en porte très bien. Et la superstition prétend que les natifs de ce jour-là sont généreux. Ce n'est pas faux, j'ai tendance à trop dépenser ! C'est tout ce que vous vouliez savoir ?

– Victoria Thirteen figure-t-elle au nombre de vos clientes ?

– Je n'ai pas à vous répondre.

– Je reformule ma question : Victoria Thirteen *figurait*-elle au nombre de vos clientes ?

– *Figurait*... Ça signifie...

– Qu'elle a été assassinée, compléta Higgins.

– C'est... c'est horrible !

– La connaissiez-vous, mademoiselle ?

– Non, non... Elle n'était pas l'une de mes clientes.

– Montrez-nous votre carnet de rendez-vous et votre livre de comptes, exigea Marlow.

– Si je refuse ?

– Je vous embarque, et je déclenche le grand jeu, avec contrôles et vérifications.

La menace du superintendant impressionna l'esthéticienne qui fournit les documents ; et Marlow consulta également son ordinateur.

Aucune mention de Victoria Thirteen.

– Le vendredi 13 avril, entre 21 heures et 22 heures, où vous trouviez-vous ?

– J'ai l'habitude de travailler tard le soir, et c'était probablement mon dernier rendez-vous.

Kaya Stick feuilleta son carnet.

– Vendredi 13 avril, voilà... J'attendais une fidèle, Frigga Gorman, à partir de 20 h 45, pour une longue série de soins. C'est une jolie fille qui a raison de préserver sa jeunesse en faisant le nécessaire dès maintenant.

– A-t-elle honoré son rendez-vous ? interrogea Higgins.

– Bien entendu ! Elle n'est pas du genre à me poser un lapin.

– À quelle heure avez-vous terminé votre travail ?

– Sûrement après 22 heures, mais je ne peux pas vous donner la minute précise. À propos, j'ai bientôt une cliente, une lady à réparer d'urgence !

Kaya Stick regarda sa montre, un rectangle doré serti de diamants.

– Ah, je me suis trompée, j'ai mis mon bracelet !

Elle observa une pendule.

– Elle arrive dans dix minutes ! Acceptez-vous de me libérer ?

– Une dernière question : accordez-vous vos soins à la reine du vintage, Artémis von Hastings ?

– Malheureusement non ! D'après ses portraits que publient tous les magazines de mode, elle en aurait pourtant bien besoin, et je lui extirperais un maximum d'argent en échange de mes services !

L'esthéticienne parut inquiète ; elle fixait le carnet noir de Higgins.

– Vous... Vous avez tout noté ?

– Je l'espère, mademoiselle, et nous vous remercions de votre témoignage.

– 20 –

Dans le domaine culinaire, ce n'était pas la journée de Scott Marlow ; après son sandwich tardif, le dîner passait à la trappe. Redoutant une sévère baisse de tonus, et ne disposant que d'un temps limité avant de se rendre chez Macadam, Higgins préconisa un arrêt à un fast-food bio où l'on servait des légumes poussés sans pesticides ni fongicides ; les clients triaient eux-mêmes leurs déchets, et l'on buvait une bière non filtrée, digne d'estime. Ce n'était qu'un pis-aller, mais il calma la faim du superintendant. Certes, il préférait, et de loin, la cuisine de Mary !

– Pas claire, cette Kaya Stick, estima-t-il ; vous croyez à ses déclarations ?

– En tout cas, son témoignage est formel et recoupe les dires de Frigga Gorman. L'interprète des rêves n'a pas tué Victoria Thirteen.

– Et si Artémis von Hastings était l'une des clientes de Kaya Stick, qui nous aurait menti ? J'ai le sentiment qu'il faudrait creuser de ce côté-là.

– Ce ne serait pas inutile, admit Higgins.

*

* *

Le veilleur de nuit de l'entreprise Macadam n'était pas habitué aux visites nocturnes. Inquiet, il tâta sa matraque et regarda le bouton rouge caché sous son bureau ; en le pressant, il alerterait une société de surveillance qui enverrait plusieurs vigiles en moins de cinq minutes.

– Scotland Yard, annonça Marlow ; la secrétaire de M. Macadam a prévenu son patron de notre visite.

– Ah bon... Patientez ici, je l'avertis.

Vaguement rassuré, le veilleur de nuit décrocha le téléphone directement relié au bureau d'Adam Macadam.

– C'est Scotland Yard, monsieur... Entendu, je les fais monter.

Les deux policiers empruntèrent un ascenseur qui les conduisit au troisième et dernier étage.

Sur le palier, un grand échalas à la glotte apparente, les cheveux en broussaille, vêtu d'un pull noir et d'un pantalon jaune ; le regard vague, ridé avant l'âge, il incarnait l'étudiant attardé, persuadé que les humains étaient tous des gentils.

– Vous êtes la police ?

– Superintendant Marlow et inspecteur Higgins.

– Ça me la coupe... J'aurais tué quelqu'un sans m'en apercevoir ?

– Pas à notre connaissance, le rassura Higgins.

L'échalas s'épongea le front.

– Ah bon, tant mieux ! Vous imaginez le foutoir ?

– Oublieriez-vous les actes que vous commettez ? s'étonna Marlow.

– C'est pas dans mon style, mais allez savoir ! Avec la tonne de stress qu'on prend sur la tronche, on peut perdre les pédales.

– Et vous auriez envie de supprimer quelqu'un ?

– Ça oui, un paquet de fonctionnaires incompétents et stupides contre lesquels je me bagarre chaque jour ! Le revêtement des routes, ce n'est pas de la tarte. Vous expliquez à un petit tyran que c'est une question de sécurité, il vous sort une pile de formulaires incompréhensibles ; et débute un vrai chemin de croix ! Enfin, on s'habitue. Vous vouliez me voir pour quoi ?

– Pouvons-nous parler dans votre bureau ?

– Excellente idée.

L'espace directorial célébrait l'histoire du macadam, depuis son invention par un Écossais visionnaire, jusqu'à ses dernières adaptations destinées à faciliter et à sécuriser le déplacement des véhicules. Photos, graphiques, échantillons de goudron et d'autres matériaux composaient un cadre très technologique. Trois écrans d'ordinateurs scintillaient, affichant chiffres et équations.

– Fabriquer des routes n'est pas si simple, déclara Adam Macadam ; aujourd'hui, un ingénieur doit utiliser les hautes technologies et veiller au moindre détail. Pendant dix ans, j'ai traversé une flopée de pays, des plus chauds au plus froids, afin d'étudier les qualités et les défauts de leurs routes. Quand je suis parvenu à établir une synthèse, j'ai repris le chemin de l'Angleterre et fondé mon entreprise. Riche de cette expérience, je désirais en faire bénéficier mon pays, en dépit des difficultés financières et administratives.

L'ingénieur s'étira.

– J'ai mal partout... Fichue journée. Vous voulez de l'eau pétillante et des cacahuètes ?

N'attendant pas l'approbation des policiers, Macadam ouvrit son réfrigérateur et y puisa son en-cas.

– Et j'ai encore un dossier à compléter avant de partir demain pour Manchester ! Une centaine de miles à rénover au nord de la ville. Plusieurs concurrents, et pas des tendres. Rapport qualité-prix, mon dossier est le meilleur, mais la bagarre sera sévère et je ne sous-estime pas l'adversaire. Les tordus, ça déferle ! Ils brandissent un devis bidon qu'il faut démonter en deux temps trois mouvements, et présenter le vôtre ; vous voyez le tableau ? Je dois roupiller un peu, sinon, je manquerai de jus.

Tandis que l'ingénieur grignotait des cacahuètes, Higgins, tout en inspectant le bureau, notait son comportement particulier. D'un côté, il semblait mou, indécis, rêveur ; de l'autre, il tenait le discours d'un battant, aimant la compétition. Cette apparence trompeuse devait en abuser plus d'un.

– Vous roulez beaucoup ? demanda Macadam ; à Londres, forcément ! La ville, ça ne m'intéresse pas. Mon truc, c'est la route de campagne, même étroite et tortueuse, joliment défoncée ; honnêtement, je n'ai pas mon égal ! Et le travail abonde, je vous jure !

Son sachet de cacahuètes vide, l'ingénieur mâchonna un chewing-gum à l'arôme de framboise et glissa des dossiers dans une sacoche en cuir râpé, comme si ses interlocuteurs avaient disparu.

– Ah, oui, vous désiriez me voir... Mais pourquoi, au juste ?

– Avez-vous peur du vendredi 13 ? questionna Higgins.

Adam Macadam déploya sa lente carcasse et contempla l'ex-inspecteur-chef avec des yeux inquiets.

– 21 –

– On ne se moque pas des choses graves, inspecteur ; et le vendredi 13 en fait partie ! Tous les ingénieurs savent que le chiffre 13 est maudit, et les plus responsables d'entre eux l'évitent soigneusement. Aucun gratte-ciel digne de ce nom n'a de treizième étage, et les grands hôtels, pas de chambre 13. Quand on bâtit un immeuble de haut standing, on passe du douzième étage au douze B, puis au quatorzième ; ceux d'un éventuel treizième ne seraient ni achetés ni loués. Et quantité d'avions n'ont pas de siège numéro 13 !

Ce discours irrita Marlow.

– Vous, un technicien, croyez à ce genre de superstition ?

– Lorsque je façonne une route, affirma Macadam, j'ai toujours des ennuis au treizième mile. Matériau défectueux, accident de chantier, maladie d'un contremaître, contretemps administratif... La liste est interminable. Maintenant, je suis préparé et j'affronte l'adversité, conscient que ça ne rate jamais. En programmant les inévitables retards, je ne suis pas pris au dépourvu. Ça peut paraître loufoque, mais je tiens à jour une liste précise des incidents, et c'est impressionnant !

– Pourquoi avez-vous tenté de ressusciter *The Other Club* ? demanda Higgins.

Au regard vague de l'étudiant attardé succéda celui du chef d'entreprise, agressif et pointu.

– Vous êtes drôlement bien renseigné...

– C'est l'un des devoirs de Scotland Yard.

– Vous remuez le couteau dans la plaie, inspecteur ! Ne mangez pas de cacahuètes, c'est de la saloperie ; et l'eau minérale, ça vous endort les neurones.

Adam Macadam se leva, ôta un tableau couvert de statistiques qui dissimulait un minibar, en sortit une bouteille d'armagnac et remplit trois verres.

Higgins et Marlow en acceptèrent un.

– À la nôtre, messieurs, et aux routes de notre beau pays !

L'échalas se rassit et sirota le généreux alcool.

– Les Français sont nuls, mais produisent de bons liquides. *The Other Club*... Un rêve se terminant en cauchemar ! En lisant un bouquin sur Churchill, j'ai appris l'existence de ce drôle de club et j'ai essayé d'en savoir davantage. Revivre des conseils de guerre, c'était génial, non ? Il me fallait juste dénicher des volontaires. Et là, j'ai déchanté... On s'est retrouvé à treize, l'horreur de l'horreur ! Heureusement, la règle du club permettait d'inviter un chat noir et de le servir à table. Je me suis contenté d'un félin en bois, mais il n'a pas suffi à enrayer le maléfice. Personne n'a joué correctement le jeu, les réunions ont tourné au vinaigre, et j'ai fermé le club.

Adam Macadam fixa Higgins.

– La seconde mort de *The Other club* pose des problèmes à Scotland Yard ?

– Le 13 avril, entre 21 heures et 22 heures, où vous trouviez-vous ?

– C'est important?

– Très important.

– Cette année, il y a déjà eu deux vendredis 13, et il y en aura un troisième en juillet ; comme je redoute ce genre de journée, je donne congé à mon personnel, et je m'enferme au *Smoke Club*, à Londres, de midi à minuit. Fumant cigare sur cigare, je parcours la presse et je me gave de ses crétineries. Et j'apprécie une ou deux parties d'échecs.

– Vous avez des témoins ? interrogea Marlow.

L'ingénieur sembla étonné.

– Les membres du club... Vous désirez leurs noms ?

– Volontiers.

– J'ai une liste, avec leurs coordonnées.

Macadam sortit le document d'un tiroir de son bureau et le remit au superintendant.

– Avez-vous rencontré Victoria Thirteen ? demanda Higgins.

Le front de l'échalas se plissa.

– Ce nom ne me dit rien.

– Et Artémis von Hastings ?

– Ce ne serait pas la grande prêtresse de la mode vintage ?

– Elle-même.

– J'ai aperçu sa trombine dans des magazines, et ça s'arrête là.

– Fréquentez-vous des voyantes ?

– J'en ai consulté une, en Inde, et je n'ai pas été déçu ! Elle m'a décrit l'avenir avec une précision incroyable. Et j'avoue qu'elle m'a sacrément boosté !

– Frigga Gorman vous a-t-elle autant impressionné ?

– Qui ça ?

– La spécialiste du déchiffrement des rêves.

– Connais pas. Côté rêve, je ne suis pas un champion ! Mes nuits sont courtes, et quand je dors, je dors !

Marlow jugeait cet interrogatoire décevant, mais la personnalité d'Adam Macadam l'intriguait. Naïf ou truqueur, sincère ou manipulateur ? À première vue, cette piste ne conduisait nulle part ; cependant, la crainte du vendredi 13 était un curieux trait de caractère, surtout chez un ingénieur. Ce faux mou ne jouait-il pas un rôle ?

Nerveux, Adam Macadam enfourna d'autres dossiers dans sa vieille sacoche.

– Ma boussole est un tantinet détraquée ; Scotland Yard se déplace à cause du vendredi 13 ? Vous n'êtes pas du genre à péter un câble !

– Nous menons une enquête criminelle, précisa Higgins.

– Criminelle, répéta l'ingénieur interloqué ; en quoi ça me concerne ?

– Nous recherchons des pistes et des témoignages.

– Mais je n'ai rien vu, moi ! Et qui est la victime ?

– Prenez le repos nécessaire, monsieur Macadam, et bonne chance pour votre prochain chantier ; nous nous reverrons peut-être.

– 22 –

Marlow s'était assoupi entre 3 et 7 heures du matin. Une douche brûlante, une nouvelle chemise, plusieurs tasses de café, une belle assiette d'œufs brouillés, de saucisses, de bacon et de petits pois, et il repartit, vaillant, à l'assaut du crime.

Sur l'un de ses ordinateurs, les rapports des limiers du Yard lancés aux trousses de Loki Balder : échec total. Pourtant, l'intensité des recherches ne diminuait pas ; quantité de forains avaient été interrogés, et on vérifiait chaque témoignage, si farfelu soit-il.

Le superintendant contacta ses inspecteurs afin de maintenir au plus haut le moral des troupes ; quelles que soient les difficultés, Scotland Yard ne renonçait jamais et finissait toujours par aboutir. L'ampleur des forces déployées garantissait le succès.

À 9 heures, Higgins vint aux nouvelles. Son costume bleu était d'une parfaite élégance, et l'ex-inspecteur-chef fleurait bon un délicieux parfum, celui de l'eau de toilette *Millefleurs*, de chez Crabtree and Evelyn.

– Rien de neuf, déplora Marlow, mais je ne désespère pas ; si malin soit-il, ce Balder ne nous échappera pas. Et nous possédons un avantage majeur : sa photo. Comme le bonhomme n'est pas du genre passe-partout, il sera repéré.

– Le mandat d'arrêt international ?

– Je patiente encore deux jours ; d'instinct, je crois que Balder n'a pas quitté l'Angleterre.

– Je partage votre conviction.

L'avis de Higgins réconforta Marlow.

– Une visite au *Smoke Club* ne s'impose-t-elle pas ?

– Ça nous dégourdira les jambes, approuva le superintendant.

*

* *

Détesté par les adversaires de la fumée active et passive, le *Smoke Club* était un établissement connu de Higgins et de Marlow. Non qu'ils le fréquentassent et qu'ils y fumassent, mais une enquête les avaient conduits à en franchir le seuil[1].

Un quinquagénaire aux impressionnants favoris accepta de les recevoir dans un petit fumoir.

– Les nouveaux adhérents doivent être parrainés et offrir une boîte d'authentiques cigares cubains, annonça-t-il d'emblée.

– Nous sommes de Scotland Yard et menons une enquête criminelle, révéla Higgins.

– Sérieusement ?

– Sérieusement.

– Notre club ne saurait être en cause !

– Seule nous intéresse la personnalité d'un des membres, Adam Macadam.

– Et vous souhaiteriez recueillir une sorte de... témoignage ?

– Exactement.

1. Lire *Crime Academy*.

– Si l'honorabilité et la vocation du *Smoke Club* ne sont pas en cause, je pourrais peut-être vous aider.

Le quinquagénaire alluma un cigarillo.

– Adam Macadam est-il un adhérent assidu ? demanda Higgins.

– À dire vrai, non. En fait, quoiqu'il soit à jour de ses cotisations, il n'y vient que chaque vendredi 13. Il arrive vers midi et part vers minuit ; et pour fumer, il fume, cigare sur cigare ! Confortablement installé dans l'un de nos bons vieux fauteuils en cuir, il lit journaux et magazines. M. Macadam aime également jouer aux échecs, et le dernier vendredi 13, en avril, j'ai été son adversaire.

– Heureux ou malheureux ?

– J'estime avoir un niveau convenable, mais M. Macadam m'est supérieur.

– Vous aurait-il offert des confidences ?

– Pas la moindre. Le jeu d'échecs exige un silence absolu.

– Qu'auriez-vous à nous apprendre sur Adam Macadam ?

– Je vous ai tout dit.

*

* *

Avec un témoignage d'une telle netteté, la piste Macadam se refermait définitivement ; l'ingénieur n'était relié ni de près ni de loin au tueur du vendredi 13. Et Loki Balder demeurait le personnage central de l'affaire.

Cette journée d'été était rafraîchissante. À une averse succédait une éclaircie, suivie d'une ondée ; un air léger animait les rues de Londres, et Higgins songeait au *Sonnet des Nombres* de l'immense poétesse Harriett J. B. Harrenlittlewoodrof, promise au prix Nobel de littérature :

Un mystérieux aux paroles de feu,
Deux amoureux au souffle léonin,
Trois envoûtant au regard d'aigle
Quatre légendaire aux angles de granit.

Hélas, l'écrivaine n'avait pas traité du nombre 13 dont elle aurait certainement éclairé le mystère.

Marlow paraissait contrarié.

– Cette nuit, j'ai repris les éléments fondamentaux de l'affaire et je me demande si nous ne nous égarons pas en focalisant sur la douzième victime, Victoria Thirteen ; les onze autres appartiennent à la pègre, au milieu de la drogue et du proxénétisme. N'est-ce pas le fait majeur ? La malheureuse Thirteen a sans doute eu le tort de croiser la route de ces malfrats. Reste à établir en quelles circonstances et pourquoi elle a attiré leur colère.

– Reste aussi la menace envers Sa Majesté ou son entourage, rappela Higgins.

– Je ne l'oublie pas, assura le superintendant, la mine sombre ; mais je vais quand même creuser l'idée d'une association criminelle.

Le portable grésilla.

Marlow écouta attentivement, et ses yeux pétillèrent.

– Du nouveau, Higgins.

– 23 –

Sur le bureau de Marlow, une série de rapports d'enquêtes aux conclusions passionnantes. Tous concernaient les déclarations d'Artémis von Hastings.

– Bon sang de bon sang, Higgins ! La reine du vintage est une belle menteuse !

L'ex-inspecteur-chef tailla son crayon ; son carnet noir allait se remplir.

– Commençons par le dossier des parents, décédés un vendredi 13. Accident de leur bimoteur, inexplicable ; météo favorable, appareil presque neuf, pilote confirmé. L'enquête n'a pas abouti. Les cadavres étaient brûlés et en bouillie, pas d'autopsie. Fille unique, Artémis a hérité de la totalité de la fortune. Son deuil et son chagrin ont été très brefs, car elle a aussitôt acheté un immeuble à Chelsea, engagé du personnel et créé son entreprise.

– La soupçonneriez-vous d'avoir assassiné ses parents ?

– Ne sont-ils pas morts le vendredi 13 ?

– Impossible, aujourd'hui, d'obtenir une preuve.

Marlow hocha la tête.

– Les parents ne sont pas les seuls en cause... Il y a aussi le mari.

– Artémis von Hastings ne serait-elle pas célibataire ?

– Pas du tout, Higgins ! Cette menteuse avait un mari, Adrian-Christopher Blub, un Luxembourgeois, décédé d'une crise cardiaque un vendredi 13. Il dirigeait une banque privée, spécialisée dans la gestion de fortune, et la sienne n'était pas négligeable ; bien entendu, sa veuve en a hérité.

– Envisagez-vous une exhumation ?

– Blub a été incinéré et ses cendres dispersées dans la Manche. Le dossier s'alourdit, non ?

– Le doute s'insinue, admit Higgins.

– Passons aux certitudes : le faux alibi de cette chère Artémis pour le crime de Victoria Thirteen ! Là, nous avançons en terrain solide, grâce à l'informatique. Elle prétend avoir dîné, ce vendredi 13, à l'*Andaz Liverpool Street* ; c'est faux ! Le restaurant n'a enregistré aucune trace de son passage. Autrement dit, Artémis von Hastings n'a pas d'alibi.

– Pas d'erreur possible ?

– Nous avons vérifié et revérifié.

En effet, le dossier de la reine du vintage s'alourdissait.

*

* *

Une octogénaire vêtue avec des habits de petite fille ouvrit la porte du domicile d'Artémis von Hastings.

– Je suis Dou Dou. Et vous, vous êtes qui ?

– Scotland Yard ; nous souhaitons voir la propriétaire.

– Artémis... Je sais pas si elle est ici ; moi, je suis modèle. Allez au premier.

Marlow monta quatre à quatre et troubla un colloque réunissant une dizaine de stylistes en proie à une vive discussion ; la longueur de la nouvelle jupe vintage posait problème.

La voix puissante du superintendant rétablit le calme.

– Je cherche Artémis von Hastings.

– Voyez son secrétariat, au troisième.

Une brunette, en tailleur rose, triait des papiers ; l'intrusion du superintendant la surprit.

– Vous aviez rendez-vous ?
– Où se trouve votre patronne ?
– C'est confidentiel, je...
– Vous parlez, ou je vous arrête !
Affolée, la secrétaire se plaqua au mur.
– Artémis... Elle vient de partir pour l'aéroport !
– Lequel ?
– Heathrow.
– Destination ?
– Je... Je l'ignore !
– N'aggravez pas votre cas, mademoiselle.
– New York.

Marlow rejoignit Higgins qui observait la réunion de stylistes, prêts à s'étriper. À un pouce près, la longueur de la future jupe tendance déciderait d'un succès ou d'un échec planétaire. Des sommes considérables étaient en jeu, le moindre détail comptait.

– Artémis von Hastings tente de s'enfuir, annonça le superintendant ; on va l'intercepter, je lance les appels nécessaires.

Dûment alertées, les polices des frontières et des aéroports furent aussitôt sur les dents ; craignant une fausse information, Marlow ne se limita pas à Heathrow et déclencha le dispositif complet.

Bien qu'elle eût horreur de se rendre à un aéroport, zone grise, bruyante et agitée, la vieille Bentley accomplit son devoir sans rechigner. En dépit d'une circulation intense, son temps de parcours fut honorable.

Au niveau des départs, plusieurs voitures de police ; Marlow s'immobilisa entre deux véhicules.

– Stationnement interdit, indiqua un *bobby*.

Le superintendant s'identifia ; lui et Higgins furent conduits au quartier général improvisé d'où provenaient des cris stridents.

Artémis von Hastings insultait trois inspecteurs, qui la priaient en vain de se calmer ; un cordon de policiers en uniforme l'empêchait de décamper.

– Ça suffit ! tonna Marlow.

La tempête s'apaisa.

– Vous ? s'étonna la grande brune.

– Vous êtes en état d'arrestation, décréta le superintendant.

– 24 –

Marlow avait donné l'ordre à des collègues de transporter la prévenue, en proie à une crise d'hystérie ; la vieille Bentley n'aurait pas accepté ce genre de débordement.

Deux inspectrices l'introduisirent dans le bureau du superintendant où Higgins faisait lentement les cent pas.

– J'exige une libération immédiate ! éructa la reine du vintage.

Les cheveux fous, sa robe noire froissée, maquillée à la hâte, la grande prêtresse de la mode à l'ancienne ressemblait à une paumée.

– Je vous conseille de vous asseoir et de m'écouter, déclara Marlow.

– Et pourquoi ?

– Parce que vous avez menti. Et ce comportement fait peser sur vous de lourds soupçons.

L'attitude martiale de Scott Marlow impressionna la grande brune.

– Vous êtes sérieux ?

– Très sérieux. Et j'attends des réponses sérieuses à mes questions.

Artémis von Hastings s'assit.

– Promettez-moi de vous tenir tranquille ou dois-je prendre des précautions ?

– Je me tiendrai tranquille. Ensuite, vous me libérerez,

me paierez un nouveau billet d'avion et m'indemniserez pour préjudice commercial.

– Je vous le souhaite, commenta Higgins d'une voix paisible ; si vous nous parliez de votre chagrin, à la mort de vos parents ?

– Ça ne vous regarde pas !

– D'après de multiples témoignages, cet événement tragique ne vous a guère affectée ; au contraire, votre bel héritage vous a dynamisée et permis de devenir une femme d'affaires.

– Et alors, c'est un crime ? Mes parents sont morts, j'ai hérité et réalisé mon rêve.

– Adrian-Christopher Blub était-il un rêve, lui aussi ?

– Comptez-vous déterrer tous les squelettes de mon passé ?

– Vous n'êtes pas célibataire, mais veuve.

La suspecte se renfrogna.

– Possible.

– Une mort inattendue, semble-t-il.

– Blub était cardiaque, nous l'ignorions. De toute manière, c'était une erreur de casting ; nous n'aurions pas tardé à divorcer. Il haïssait le milieu de la mode, et moi celui de la finance. On s'est mariés bêtement.

– Une mort opportune, estima Higgins, avant votre séparation programmée, et un nouvel héritage de belle taille.

– C'est Blub qui avait concocté un testament en ma faveur, chez son notaire ! Pourquoi aurais-je refusé l'argent de mon défunt mari ?

Artémis von Hastings tenait bon sa barre et Marlow sentit que, sur ces deux dossiers-là, il n'obtiendrait aucune preuve de son éventuelle culpabilité.

– Vos parents et votre époux sont décédés un vendredi 13 rappela-t-il ; et vous, le vendredi 13 avril, à l'heure où Victoria Thirteen a été assassinée, vous n'avez pas dîné au restaurant *Andaz Liverpool Street*.

– Si, je vous assure...

– Non, j'en ai la preuve formelle. Pourquoi avez-vous menti et où étiez-vous ?

– J'ai pu me tromper, ça arrive à tout le monde ! J'ai dîné au *Beach Blanket Babylon* ou au *Ritz*.

– Nous vérifierons et constaterons que c'est faux.

– Je suis peut-être restée chez moi, je ne me souviens plus !

– Le vendredi 13 n'est pas un jour comme les autres, souligna Higgins, et il vous a déjà frappé rudement, à deux reprises. Votre mémoire devrait être précise.

– Elle ne l'est pas, voilà tout !

– Explication peu satisfaisante, jugea Marlow. Et le vendredi 13 janvier, où vous trouviez-vous ?

– J'ai oublié !

– Si vous consultiez votre agenda électronique ?

Nerveuse, Artémis von Hastings fouilla dans son sac et dénicha l'information.

– Les 12, 13 et 14 janvier, j'étais grippée et alitée. Aucun rendez-vous.

– Des témoins ?

– J'ai fichu dehors le personnel et j'ai dormi.

– Pas de consultation médicale ?

– Ça ne sert à rien ! Du sommeil et la diète m'ont remise sur pied.

– Connaîtriez-vous l'une de ces personnes ?

Marlow présenta la liste des onze premières victimes du vendredi 13, trafiquants de drogue et proxénètes.

Artémis von Hastings fit la moue.

– Aucune.

– Fréquentez-vous un salon de beauté ? demanda Higgins.

– Comme la plupart des femmes.

– Celui de Kaya Stick ?

– Jamais entendu parler. Le mien, c'est *Flower*, entièrement vintage, depuis les crèmes jusqu'aux sièges ! On se croirait revenu aux années cinquante, et les soins sont hautement personnalisés. Quand je réside à Londres, je m'y rends deux fois par semaine.

– Pourquoi vous enfuir ? questionna Marlow.

– M'enfuir ? Mais qu'est-ce que vous inventez ?

– Vous vouliez vous envoler à destination de New York !

– Exact, et je peux vous donner la liste de mes rendez-vous ! La prochaine étape de ma carrière, c'est d'imposer ma vision du vintage aux États-Unis. Et on n'y parvient pas sans un travail acharné sur place ! C'était mon quatrième voyage depuis le début de l'année, et je devais rencontrer des journalistes, des designers, des commerciaux et des femmes d'influence. Un programme d'enfer, minutieusement établi, qui vole en éclats ! Je vous préviens, ça vous coûtera cher. Je suis libre, j'espère ?

– Vous avez menti à Scotland Yard dans le cadre d'une enquête criminelle, assena Marlow, et vous n'avez pas d'alibi.

– En aurai-je besoin ?

– Connaîtriez-vous un dénommé Loki Balder ? interrogea Higgins.

– Non.

– Et Adam Macadam ?

– Pas davantage.

– Réfléchissez à votre emploi du temps les vendredis 13 janvier et 13 avril, recommanda l'ex-inspecteur-chef ; votre avenir dépendra de vos réponses.

– J'ai répondu !

– En êtes-vous si sûre ?

– Vous ne quittez pas Londres et vous restez à notre disposition, trancha Marlow.

Furibonde, Artémis von Hastings se dressa sur ses ergots.

– Dès ce soir, mon avocat attaquera Scotland Yard en dommages et intérêts.

– 25 –

La porte de son bureau claquée, Marlow s'offrit un remontant. Une goulée de son whisky préféré le ragaillardit.

– Estimons-nous heureux, Higgins, elle ne nous a pas arraché les yeux ! Mesures impératives : la mettre sur écoute et surveillance permanente. Ce genre d'excitée commet forcément des imprudences. Et elle possède un joli profil dans le style vendredi 13 : ses parents, son mari, et pas d'alibi pour les douze victimes répertoriées !

Higgins ajouta une ligne sur son carnet noir.

Le voyant du téléphone d'urgence de Marlow s'alluma. Le superintendant redouta une intervention du grand patron, mais entendit la voix d'un interlocuteur très inhabituel.

– Oui, il est auprès de moi... Je vous le passe.

Étant donné la gravité de la situation, Higgins avait confié à Malcolm Mac Cullough un numéro à joindre en cas d'événement exceptionnel.

Marlow connaissait le commissaire-priseur dont il appréciait les compétences.

L'ex-inspecteur-chef écouta attentivement l'étonnant récit de son ami.

– Ils ont été arrêtés ? Parfait. Merci, Malcolm ; nous nous en chargeons.

Marlow était intrigué.

– Adam Macadam revient dans le jeu, révéla Higgins ; contrairement à ses dires, il n'a pas quitté Londres et s'est rendu à une vente aux enchères où il a eu une violente altercation avec un compétiteur. Mac Cullough a dû réclamer l'intervention des vigiles, lesquels furent contraints d'appeler la police.

– Je fais transférer ces boxeurs au Yard, décida Marlow.

*

* *

Adam Macadam était dans un triste état : bosse au front, pommette gauche sanguinolente, chemise déchirée.

– Vous a-t-on soigné ? se préoccupa Higgins.

– Un médecin de la police s'est occupé de moi, déclara-t-il d'une voix lasse. Rien de grave, d'après lui ; des bleus, des ecchymoses et des blessures superficielles. Mais j'ai l'impression qu'une voiture m'a roulé dessus, et j'ai mal partout. Je peux m'asseoir ?

Sans attendre l'autorisation, l'ingénieur s'affala sur une chaise, le regard éteint.

– Nous sommes surpris de vous revoir si vite, s'étonna Marlow ; ne deviez-vous pas partir en voyage ?

– Annulé à la dernière minute ; l'administration repousse son appel d'offres. Comme ma journée devenait libre, j'ai réglé des petits problèmes au bureau, et je suis allé à la vente aux enchères annoncée depuis longtemps, et qui suscite un énorme intérêt. Des objets provenant du Titanic, c'est fabuleux !

– Êtes-vous amateur de ce genre de reliques ?

– Pas spécialement, mais là, c'était exceptionnel ! À New York, paraît-il, 5 500 objets ont déjà été écoulés ; Londres n'était qu'un petit ajout, avec quelques pièces : des valises, un chérubin en bronze, des tasses, une montre, des vêtements et j'en passe ! L'atmosphère était électrique, l'assistance se passionnait et les prix flambaient. Je me suis pris au jeu et n'ai pas voulu repartir bredouille. Quand a été proposé un morceau du canot de sauvetage numéro 13, j'ai formulé une offre. Le vestige était si modeste que la concurrence se réduisit à un petit bonhomme surexcité ; à ma troisième enchère, il s'est jeté sur moi et m'a tabassé ! Abasourdi, j'ai mis du temps à réagir et j'ai pas mal dérouillé. Des vigiles m'ont secouru, sans réussir à calmer le teigneux ! Heureusement, des *bobbies* lui ont bloqué les bras ; déchaîné, il a failli se dégager. Ils l'ont plaqué au sol et menotté, le forcené ne cessait de les injurier. On m'a emmené au poste de police afin de recueillir ma déposition, un toubib m'a administré les premiers soins, puis une voiture m'a trimbalé ici. J'avoue que j'étais à l'ouest ! Voilà, vous savez tout, et je ne suis pas prêt de retourner dans une vente aux enchères.

– Aviez-vous déjà croisé votre agresseur ?

– Jamais, superintendant. Un cinglé pareil, on devrait l'enfermer ! Il ne paye pas de mine ; pourtant, côté violence, c'est le top ! Si on ne l'avait pas stoppé, il m'aurait détruit.

– Avez-vous porté plainte pour coups et blessures ?

– Vos collègues me l'ont recommandé, mais je n'ai aucune illusion ; il prétendra que j'ai commencé et qu'il a été obligé de se défendre.

– Il y a de nombreux témoins, objecta Marlow.

– Les uns se défileront, les autres se contrediront, et un bon avocat tirera aisément ce dingue d'affaire ; c'est peut-être même moi qui serai condamné à verser une amende !

– Vous ne semblez pas avoir confiance en la justice, monsieur Macadam.

– Et vous, superintendant ? Il suffit d'écouter les informations !

Higgins s'approcha de l'ingénieur.

– Pourquoi tant d'intérêt envers le morceau du canot numéro 13 du Titanic ?

– Dans mon métier, le numéro 13 est maudit ! D'une certaine manière, je désirais m'acheter un gri-gri. Quand le commissaire-priseur a expliqué que le canot numéro 13 avait permis à plusieurs passagers de survivre, j'ai eu le déclic ; ce bout de bois ne m'aurait-il pas protégé des coups du sort ? J'aurais dû m'abstenir... La superstition, c'est vraiment pas fun !

La voix de l'ingénieur tremblait.

– Vous m'excuserez, je n'ai pas la forme...

– Nous allons vous reconduire chez vous, annonça Marlow.

– Je préférerai des examens à l'hôpital... Ce dingue m'a drôlement secoué.

Le superintendant fit le nécessaire, et une inspectrice prit en charge Adam Macadam, chancelant.

– Nous devrions interroger le fou furieux, suggéra Higgins.

– Est-ce indispensable ? protesta Marlow qui avait horreur des déments.

– Cela nous permettrait de clore ce dossier-là.

Sachant qu'il était inutile de résister à son collègue, le superintendant joignit le responsable afin qu'on lui amenât le teigneux.

– Quoi !... Vous me le rattrapez en vitesse !

Furibond, Marlow raccrocha.

– Elle est bonne celle-là ! L'hystérique avait été placé en cellule de dégrisement, en raison de fortes senteurs d'alcool ; il a réclamé de l'eau, bousculé un planton et s'est enfui ! Vous aviez raison, Higgins ; ce gaillard nous doit des explications.

– 26 –

La vieille Bentley stationna à proximité du cordon de police fermant l'accès à la demeure où, en plein Chelsea, s'était réfugié le fuyard qui avait enfourché une moto et parcouru les rues de Londres, pour aboutir à une vaste bâtisse entourée d'une petite pelouse mal entretenue. Sept fenêtres grillagées, une porte en chêne haute et étroite, un toit ancien couvert de tuiles, deux cheminées ; on aurait logé là une grande famille.

Une dizaine de voitures de police cernait la place, et des *bobbies* tenaient les curieux à l'écart. Marlow et Higgins se présentèrent au gradé qui dirigeait l'opération.

– Connaît-on l'identité du forcené ? demanda le superintendant.

– Je viens de l'obtenir : professeur Alexander Carbiro, italien, cinquante ans, enseignant à l'université. Casier judiciaire vierge. Nous avons eu beaucoup de chance de ne pas le perdre, tellement il a pris de risques. Il aurait pu écraser des piétons ou provoquer un effroyable accident. Nos hommes ont eu un comportement remarquable, nous n'avons pas de blessé à déplorer.

– Pas de réaction de ce Carbiro depuis qu'il s'est cloîtré ?

– Silence total. Il se barricade et ne souhaite visiblement pas se rendre.

– D'autres personnes à l'intérieur ?

– Nous l'ignorons. Nous attendons des tireurs d'élite et un commando capable de donner l'assaut.

– Disposerait-on d'un numéro de téléphone ? s'enquit Higgins.

Le gradé le composa.

Treize interminables sonneries.

On décrocha, une voix aiguë résonna.

– Décampez, sales flics ! Je suis un homme libre !

– Professeur Alexander Carbiro ?

– Vous connaissez mon nom ?

– J'ai lu l'un de vos nombreux ouvrages sur la Révolution française et votre récent article dans le *Times*.

À la question : « À quelle époque auriez-vous aimé vivre ? », le brillant universitaire avait répondu : « En 1793, à Paris, pendant la Terreur. » Accusant de tous les maux l'abominable aristocratie, formée de jouisseurs, de corrompus et d'incapables, le bon professeur aurait acclamé les bourreaux qui coupaient quotidiennement les têtes de ces privilégiés. Les voir monter à l'échafaud et, selon ses termes, « contempler les flots de sang de ces pourris, oppresseurs du peuple », lui aurait provoqué un bonheur absolu. « Chaque jour, concluait-il, la Terreur renforçait le pays et servirait bientôt d'exemple au monde entier. »

– Vous... Vous avez lu mes textes ?

– Je vous le confirme.

– Qui êtes-vous ?

– Inspecteur Higgins.

– Avez-vous suivi des études convenables ?

– Cambridge me paraît une référence incontestable ; et l'enseignement de l'Histoire est l'un des plus rigoureux.

– Ce n'est pas faux, admit le professeur.

– Pourrions-nous en discuter chez vous ?

– Vous en profiterez pour m'arrêter !

– Nous n'en sommes pas encore là, monsieur Carbiro ; j'ai des questions à vous poser, bien entendu, et votre avenir immédiat dépendra de vos réponses. N'auriez-vous pas envie de vous expliquer ?

Un long silence.

– J'ai envie. Venez, mais seul ! Sinon, je vous abats, vous et vos collègues !

– J'arrive.

Marlow s'insurgea.

– Ne vous jetez pas dans la gueule du loup, Higgins ! Ce type est fou, ses réactions sont imprévisibles.

– J'ai le sentiment qu'il a beaucoup à nous apprendre et que le jeu en vaut la chandelle.

– Attendez au moins que les tireurs d'élite soient en position !

– Notre homme ne se montrera pas. S'il ne fait pas immédiatement usage d'une arme, j'aurai l'occasion de le maîtriser.

– Je vous accompagne.

– Carbiro exige que je sois seul, et je ne dois pas le décevoir.

– Higgins...

L'ex-inspecteur-chef se dirigea lentement vers la maison du forcené, et tous les policiers présents retinrent leur souffle. Certains avaient déjà vu l'un des leurs tomber sous les balles d'un tueur ; plusieurs fermèrent les yeux, redoutant le bruit caractéristique d'un coup de feu.

Marlow n'imaginait pas la disparition de Higgins ; héritier d'une longue dynastie où avaient figuré de remarquables enquêteurs, ne traversait-il pas le temps ?

La lourde porte de la maison s'entrouvrit.

Higgins s'immobilisa, à l'écoute d'un grincement que chacun perçut. Le canon d'un fusil apparaîtrait-il, menaçant l'intrus ?

– Vous êtes vraiment seul ?

– Comme promis.

– Jetez votre arme !

– Je n'en porte jamais.

Un œil noir et inquiet observa Higgins.

– Juré ?

– Juré.

– Entrez, refermez derrière vous et ne bougez pas.

La voix du professeur tremblait ; à bout de nerfs, il semblait incontrôlable.

Et Marlow vit la lourde porte se refermer.

– 27 –

Higgins contempla une immense pièce aux poutres impressionnantes. Un sinistre carrelage marron foncé, une longue table de ferme couverte de dossiers et de livres consacrés à la Révolution française, des sièges fatigués et des commodes de qualité médiocre.

Haut de 1,60 mètre, le professeur Alexander Carbiro avait des cheveux grisonnants et gominés, surmontant un visage émacié. Petits yeux noirs, nez étroit et pointu, menton prononcé composaient une figure agressive et angoissée.

Chemise blanche, veste bleue, pantalon rouge : l'historien était une illustration vivante du drapeau français dont quantité d'exemplaires se déployaient tout au long de la salle.

L'érudit serrait le manche d'un hachoir.

– Seriez-vous un bon cuisinier ? interrogea Higgins.

La question désarçonna le petit homme.

– Non, je ne mange que des plats préparés.

– Alors, posez cet ustensile ; vous risquez de vous couper.

Surpris par le calme et le ton paisible de cet inspecteur, Carbiro obtempéra.

– Êtes-vous propriétaire de cette grande maison ?

– Non, c'est un logement de fonction qu'accorde l'université. Personne n'en voulait, car il est inchauffable et manque de confort ; moi, je n'ai jamais froid, j'apprécie l'austérité, et ce cadre me convient à merveille. À l'étage, j'ai reconstitué le tribunal révolutionnaire qui a condamné le tyran Louis XVI à la guillotine, puis Marie-Antoinette, la traîtresse d'Autrichienne. Quelle époque fascinante ! Les courageux libérateurs de la France n'ont pas hésité à décapiter ces dégénérés, et nous devrions nous inspirer de leur exemple. Marat, Saint-Just, Robespierre ! Voilà les phares de l'humanité qui ont répandu le sang pour le bonheur du peuple !

– Je ne saisis pas le rapport avec le Titanic, avança Higgins.

– Il n'en existe pas.

– Pourquoi assistiez-vous à cette vente aux enchères ?

Alexander Carbiro se débarrassa de son hachoir et ferma le col de sa chemise.

– C'est délicat et intime.

À pas lents, l'ex-inspecteur-chef longea la table de ferme et constata que la totalité des ouvrages traitaient de la Terreur, en une bonne vingtaine de langues.

– Je le comprends, professeur, mais une plainte pour coups et blessures a été déposée contre vous et je souhaite entendre votre version des faits.

– La vérité est simple : un grand type m'a agressé, je me suis défendu, et c'est à moi de porter plainte !

– Vous ne semblez pas blessé.

– Et le choc psychique ?

– Votre réaction a été plutôt rugueuse, et votre adversaire sérieusement secoué, au point d'être hospitalisé.

– Mon intégrité physique était en jeu ! De la légitime défense.

Higgins feuilleta une apologie de Robespierre, prophète des siècles à venir.

– Les raisons de votre présence, professeur ?

Carbiro croisa les bras.

– Ma vie privée restera privée.

– Une certitude, précisa Higgins : vous et votre adversaire souhaitiez acquérir un fragment du canot de sauvetage numéro 13 du Titanic.

Le visage du professeur changea brusquement de couleur et d'expression.

– Vous... Vous avez dit...

– Le canot numéro 13.

D'une pâleur inquiétante, les traits creusés, Alexander Carbiro tenta d'atteindre une commode.

– Mes pilules... Vite, mes pilules !

Le professeur tourna de l'œil à deux pas du meuble et tomba lourdement, avant que Higgins ait eu le temps de le retenir.

Aussitôt, l'ex-inspecteur-chef ouvrit la porte principale de la demeure et, d'un signe, appela ses collègues.

À la tête d'un commando, Marlow se précipita.

– Vous êtes indemne, Higgins ?

– Carbiro a eu un malaise ; que l'équipe médicale intervienne.

Pendant qu'un médecin examinait le professeur, l'ex-inspecteur-chef inventoria le contenu de la commode : des assiettes et des gobelets en carton, des torchons, et des boîtes d'un puissant anxiolytique qu'il montra à un médecin.

– Un remède de cheval prescrit par les psychiatres qui veulent assommer leurs patients, indiqua-t-il ; les nerfs de votre bonhomme doivent être joliment déglingués.

– Il s'en sortira ? demanda Marlow.

– Une petite piqûre, et il se réveille ; ça ne m'étonnerait pas qu'il soit coutumier de ce genre de syncopes. Je vérifie les bricoles habituelles et, si c'est bon, je vous le restitue. Côté cerveau, ça dépend de son spécialiste.

La sinistre bâtisse intriguait Higgins. Tandis que le praticien s'occupait d'Alexander Carbiro, il monta à l'étage, composé de trois grandes chambres, dont deux vides, et d'une salle de bains vétuste. Se fiant à son instinct, l'ex-inspecteur-chef se transforma en fauve à la recherche de sa proie ; inutile de s'agiter et de tout chambouler, l'essentiel était de se laisser guider par une sorte de sixième sens qu'il avait appris à développer lors de ses séjours en Orient.

En pénétrant dans la chambre du professeur, meublée de façon banale, Higgins sut qu'un indice s'y trouvait. Humant l'atmosphère de l'endroit, saturé d'une eau de toilette industrielle, il scruta la table de nuit et souleva un lourd cendrier en bronze dépourvu de cendres.

– 28 –

Des cris suraigus emplirent la bâtisse ; Higgins regagna la grande salle où Alexander Carbiro, de nouveau muni de son hachoir, menaçait le médecin et les policiers.

– Décampez, exigeait-il ; sinon, je vous découpe en morceaux !

Entraînés à maîtriser les forcenés, quatre membres du commando intervinrent avec rapidité et précision.

– Je suis gravement blessé, hurla le professeur, et c'est lui qui m'a agressé ! se plaignit-il en désignant Higgins. J'ai une bosse et des plaies ! Il m'a empêché de prendre mes médicaments !

Marlow obligea l'hystérique, dûment menotté, à s'asseoir et le regarda dans les yeux.

– Écoutez-moi bien, mon gaillard : vous vous calmez et vous arrêtez de raconter n'importe quoi. Vous êtes coupable de délit de fuite, de vol d'une moto de police, d'excès de vitesse, de multiples violations du code de la route, d'agression envers les forces de l'ordre, et j'en passe ! Grâce à l'inspecteur Higgins, on vous a interpellé sans commettre la moindre violence, et ce n'est certainement pas lui qui a causé vos petits bobos !

Tel un gamin réprimandé à cause d'une grosse bêtise, le professeur baissa la tête.

– Je voudrais un verre d'eau et une pilule, murmura-t-il.

Higgins se chargea de donner satisfaction à l'érudit, lequel se hâta d'absorber son remède.

– Je me sens déjà mieux...

– De quoi souffrez-vous ? demanda l'ex-inspecteur-chef.

– Je n'ai pas à vous répondre !

– Si nous revenions au canot numéro 13 ?

Les yeux du professeur chavirèrent.

– 13... numéro 13... Une autre pilule !

– Doucement, s'opposa le médecin ; coup sur coup, ça risque !

– Je crois connaître votre problème, monsieur Carbiro : vous êtes triskaidékaphobe.

Toutes les personnes présentes contemplèrent Higgins avec stupéfaction.

– C'est le terme technique pour désigner quiconque éprouve la peur panique du chiffre 13.

Fasciné, Alexander Carbiro peinait à respirer.

– Possible... Oui, c'est possible.

– Et cette affection est si grave que votre psychiatre vous a prescrit un remède puissant.

– C'est possible.

– Et si vous étiez aussi paraskevidékatriaphobe ?

– Je... Je ne comprends pas !

– En termes clairs, vous ne redoutez pas seulement le chiffre 13, mais davantage encore le vendredi 13.

Le professeur claqua des dents ; de la sueur inonda son front.

– Ne parlez pas de ce jour-là ! Vous ignorez l'ampleur de sa nocivité.

– Pourquoi désiriez-vous tant acquérir un fragment du canot numéro 13 ?

– Parce qu'il avait sauvé des vies ! Cette fois, au cours de cette catastrophe, le 13 s'est révélé bénéfique, et je souhaitais profiter de ce miracle. Et sans le sale type qui m'a tabassé, j'aurai réussi !

– Où vous trouviez-vous les vendredis 13 janvier et 13 avril, monsieur Carbiro ?

Le professeur émit un long soupir, proche d'un râle d'agonie ; penchant la tête en arrière, il aspira de l'air.

– Chaque vendredi 13, déclara-t-il avec gravité, il faut combattre le déferlement des innombrables dangers. C'est pourquoi on ne doit ni voyager, ni se marier, ni faire de courses, ni travailler, ni conclure de contrat. Impératif absolu : se barricader chez soi.

– Et vous avez observé cette règle ?

– Je n'y déroge jamais ! Enfin, presque...

En proie à un souvenir douloureux, Alexander Carbiro se tassa sur lui-même.

– Une fois, une seule fois, voici trois ans, j'ai violé cette loi. Ce fut la pire journée de mon existence ! En quittant mon domicile, j'ai glissé et me suis déboîté l'épaule ; à l'hôpital, on a décelé une maladie infectieuse, à soigner d'urgence. En arrivant à l'université, au début de l'après-midi, une échelle est tombée et m'a raté de peu ; à cause de la chute partielle d'un plafond, ma salle de cours était fermée. Et cent autres tracas ont suivi... Depuis, je ne cours plus de risques. Les vendredis 13, je me cloître !

– En ce qui concerne les deux derniers, intervint Marlow, avez-vous des témoins ?

– Bien sûr que non ! J'évite tout contact humain, je ne regarde pas la télévision, je n'écoute pas la radio, je n'allume pas mon ordinateur, je coupe mon portable et je ne lis pas le journal.

– Vous faites quoi, au juste ?

– Rien, absolument rien ! Toute forme d'activité serait condamnée à l'échec. J'avale trois pilules contre l'angoisse, je reste assis et je compte les secondes jusqu'à l'extinction de ce maudit vendredi 13 ! Et dire que cette année, il y en aura un troisième en juillet !

« Combien y a-t-il de détraqués en liberté ? » s'inquiéta Marlow, atterré.

Higgins, lui, prenait des notes, comme si les déclarations du professeur avaient un sens.

– Connaissez-vous Artémis von Hastings ? demanda-t-il.

– Absolument pas, répondit sèchement Alexander Carbiro.

– J'ai l'impression que vous mentez.

– 29 –

Le professeur se dressa sur ses ergots.

– Je vous attaquerai pour injure et diffamation !

Higgins montra à Carbiro un bristol couvert d'un texte étrange :

La treizième revient, c'est encore la première, et c'est toujours la seule. Car tu es reine, ô toi, Artémis, la première ou la dernière.

– Est-ce bien votre écriture ?

– En effet, admit l'érudit, mais l'auteur de ce poème est un écrivain français, Gérard de Nerval, qui se savait marqué par le chiffre 13. Lors du treizième anniversaire célébrant sa première crise de démence, accès au rêve éveillé, il composa des vers dédiés à Artémis.

– Pourquoi les avoir retranscrits ?

– Pour me protéger de la malédiction du vendredi 13 ! Je ne néglige aucune précaution.

– La coïncidence est un peu grosse, jugea Marlow ; où avez-vous rencontré Artémis von Hastings ?

Le professeur trépigna.

– Je vous répète que je ne la connais pas ! En plus, c'est sûrement une aristocrate, et je déteste ces gens-là ! Ils oppressaient le peuple et méritaient de finir à l'échafaud ! On devrait pourchasser les derniers !

– Êtes-vous marié ? questionna Higgins.

Alexander Carbiro se calma.

– Je n'y ai jamais songé.

– Entretenez-vous une liaison ?

– Cela ne vous regarde pas, mais j'accepte de révéler que mes recherches, mes écrits et mes cours occupent la totalité de mon temps. Lorsque votre mission d'éducateur consiste à propager l'idéal révolutionnaire de la Terreur, le monde des sentiments paraît dérisoire.

Scott Marlow aurait volontiers enfermé ce type d'éducateur dans un asile ; cette démarche sortant du champ de ses prérogatives, il réprima une colère montante.

– N'auriez-vous pas consulté une spécialiste des rêves et du vendredi 13, Frigga Gorman ? interrogea Higgins.

Carbiro tira sur les manches de sa veste.

– Vous vous moquez de moi ? Je suis historien, j'étudie des faits, je transmets des vérités et je déteste les charlatans ! Si cette « spécialiste » était sérieuse, elle aurait publié une thèse ou des articles, et je les aurais lus.

– Fréquenteriez-vous un dénommé Loki Balder ?

Le professeur hocha négativement la tête.

– Et Adam Macadam ?

Réaction identique.

– Et vous n'êtes pas client d'un institut de beauté de Chelsea ?

Alexander Carbiro eut presque envie de rire.

– À quoi rime cet interrogatoire ? Terminons-en, messieurs ! La situation est simple, je désire rédiger une déposition et la signer. Résumons : j'assiste à une vente aux enchères afin d'acquérir un modeste vestige du Titanic. Un fou furieux tente de me rouer de coups et, malgré sa grande taille et son agressivité, je parviens à me défendre. Ensuite, la police me bouscule, je m'explique ; sous un prétexte que j'ignore, on me transfère brutalement à Scotland Yard et l'on me jette en cellule ! Affolé, je saisis la première occasion pour échapper à la torture, me réfugier chez moi et attendre de l'aide. Je n'ai menacé personne, manié aucune arme et commis aucun crime.

– Notre version et celle de votre victime sont sensiblement différentes, affirma Marlow.

– Ma victime ? Quel terme excessif ! Et comment s'appelle cet échalas ?

– Adam Macadam, ingénieur, spécialiste du revêtement des routes.

– J'espère que la justice sera sévère et qu'un séjour en prison le mettra à genoux. Nous sommes à Londres, pas dans la brousse ! Mais dites-moi, inspecteur... Où avez-vous trouvé le texte de Nerval ?

– Sur votre table de nuit, monsieur Carbiro.

– Dans ma chambre ? C'est une violation de domicile ! Vous serez condamné, et lourdement !

– Baissez le ton, ordonna Marlow, irrité ; oubliez-vous la ribambelle de vos délits ?

– Montons à votre chambre, proposa Higgins ; j'aimerais obtenir vos explications à propos d'un second détail.

À l'attitude de son collègue, le superintendant sentit qu'il tenait quelque chose d'important.

– Je refuse ! protesta l'historien.

– Étant donné votre comportement, précisa Marlow, je peux perquisitionner pendant qu'on vous ramènera en prison. Vous coopérez ou non ?

Le professeur serra les poings et grinça des dents.

– C'est du harcèlement !

– Allons-y.

Traînant les pieds, Alexander Carbiro grimpa l'escalier à la vitesse d'un escargot. Prévoyant une nouvelle tentative de fuite, Marlow était prêt à lui barrer le chemin.

Sur le palier, le professeur s'immobilisa et se retourna.

– Êtes-vous certain que votre démarche est légale ?

Le regard noir du superintendant servit de réponse ; contracté, l'historien ouvrit la porte de sa chambre.

– Vous avez vu, ça vous suffit ?

– Vous fumez ? demanda Higgins.

Carbiro hésita.

– Ça m'arrive.

– Dans cette chambre ?

– Ça m'arrive.

– Pipe, cigare, cigarette ?

– Cigarette.

– Quelle marque ?

– N'importe laquelle... Je n'ai pas de préférence.

– Vous continuez à mentir, monsieur Carbiro, et très mal.

Higgins s'approcha de la table de nuit.

– Ce cendrier m'a intrigué ; il est large, lourd et profond, mais ne contient aucune trace de cendres. Soulevez-le, je vous prie.

Le professeur recula.

– Pourquoi, je...

– Soulevez-le, répéta Marlow en poussant l'historien.

Réticent, il obtempéra.

Apparut une feuille de papier blanc cassé.

– Est-ce bien votre écriture, professeur ? interrogea Higgins.

Carbiro demeura muet.

– Une liste de noms, poursuivit Higgins : Tinker, Pickles, Chipper, Piper, Harris, etc. Éprouveriez-vous un intérêt tout particulier pour les chiens de la reine ?

– 30 –

Treize chiens.

Le professeur Alexander Carbiro avait répertorié treize dorgis, de son écriture hachée.

Après avoir consulté la liste, Marlow bouillonnait.

– Vos explications, Carbiro ?

– Je... j'aime les chiens.

– Vous en avez un ?

– Non, non... Je n'aurais pas le temps de m'en occuper.

– Pourquoi cet inventaire ? Et je croyais que vous aviez peur du chiffre 13 !

– Une conjuration supplémentaire.

– Les chiens de Sa Majesté vous effraieraient-ils ?

Les lèvres du professeur blanchirent.

– Sa Majesté, Sa Majesté... Je déteste votre monarchie, votre reine, votre aristocratie désuète et tyrannique ! Je suis venu en Angleterre pour soutenir les républicains et leur apprendre les leçons de la Terreur ; quand ils seront correctement formés, ils détruiront Buckingham comme leurs glorieux prédécesseurs ont détruit la Bastille !

Redoutant une explosion de Marlow qui ne supportait pas que l'on touchât aux valeurs fondamentales, Higgins s'interposa entre le superintendant et le professeur.

– Fouille complète de la maison, décida Marlow, persuadé d'être face au tueur du vendredi 13, un fou de la pire espèce. On vous conduit au Yard.

– Qu'est-ce que ça signifie ? s'insurgea le professeur.

– Que nous vous soupçonnons d'être un assassin et de préparer votre treizième crime.

Le regard de l'accusé se figea.

– Là, un monstre !

Pensant à une manœuvre de diversion, Marlow ne se retourna pas ; Higgins aperçut un énorme chat noir, assez élégant en dépit d'une panse rebondie.

– Votre compagnon, professeur ?

– Non, bien sûr que non ! C'est forcément un émissaire du vendredi 13 !

– Suivez-moi, exigea Marlow, et ne tentez surtout pas de vous enfuir.

*

*   *

Tandis qu'une voiture de police emmenait Alexander Carbiro, Higgins et Marlow tinrent à explorer eux-mêmes la grande bâtisse. Déjà ému par les déclarations antimonarchiques du prévenu, le superintendant subit un second choc en découvrant un dossier qui contenait des photographies officielles d'Elizabeth II et des membres de la famille royale, toutes rageusement barrées de rouge, avec la mention : « Mort aux tyrans ! »

Au moins, le doute n'était plus permis.

Marlow rejoignit son collègue, lequel finissait d'explorer un petit bureau crasseux. En réalité, le professeur n'habitait qu'un dixième de la vaste bâtisse dont la majeure partie était à l'abandon.

– Regardez ça, Higgins ! Une preuve supplémentaire. Pourvu que les psychiatres ne déclarent pas cet assassin irresponsable ! Avez-vous déniché autre chose ?

– Ceci.

L'ex-inspecteur-chef brandit une carte de visite professionnelle.

– Superbe ! s'exclama Marlow ; cette fois notre enquête est bouclée !

*

* *

Raide et compassé, Alexander Carbiro était statufié sur sa chaise, face au superintendant. Derrière lui, Higgins allait et venait.

– Je proteste, marmonna l'historien.

– Contre quoi ? s'étonna Marlow.

– Contre cette arrestation abusive.

– Si vous cessiez de vous moquer de Scotland Yard ?

– J'ai la pureté de Robespierre et l'innocence de Saint-Just.

– Vous avez répertorié des chiens appartenant à Sa Majesté et monté un dossier révélant votre intention de supprimer la famille royale.

Le superintendant étala les photos sur son bureau. Le professeur garda son sang-froid.

– La supprimer... démocratiquement ! L'idéal de la Terreur finira bien par toucher votre pays qui ne s'appellera plus le Royaume-Uni. Et je serai la figure de proue de ce mouvement révolutionnaire et inéluctable.

La froideur résolue d'Alexander Carbiro était impressionnante.

– Vous n'avez aucun motif de me retenir ici, ajouta-t-il ; la justice anglaise n'emprisonne pas les gens à cause de leurs opinions politiques.

– Tel n'est pas le motif de votre arrestation, précisa Higgins.

– Alors, quel est-il ?

– L'un de ces noms vous serait-il familier ?

L'ex-inspecteur-chef soumit au suspect la liste des onze premières victimes de l'assassin du vendredi 13.

– Je ne connais aucune de ces personnes.

– Relisez, monsieur Carbiro.

Le professeur prit son temps.

– Je confirme.

– Vous ne vous droguez pas ?

– Certes non !

– Et vous ne fréquentez pas de prostituées ?

– C'est contraire à la morale révolutionnaire ! Ces pauvres créatures sont les victimes des tyrans que Robespierre voulait décapiter. Les exploiter est une honte.

– Pourquoi souhaitiez-vous améliorer votre image ?

Surpris, Carbiro se tourna vers Higgins.

– Je... je ne comprends pas !

– N'est-ce pas le but recherché, lorsqu'on s'adresse à une agence de communication ?

– Mais ce n'est pas mon cas !

– Que vous a conseillé Victoria Thirteen ?

– Qui ?

– Victoria Thirteen, la directrice de l'agence dont vous avez sollicité les conseils.

– Vous divaguez, inspecteur !

Higgins posa sur les genoux de l'historien la carte de visite professionnelle de la jeune femme assassinée.

– Ne s'agirait-il pas d'un document... incontestable ?

– Peut-être, mais...

– Il se trouvait dans votre bureau et prouve que vous étiez en relation avec Victoria Thirteen, déclara Marlow ; et vous n'avez aucun alibi pour l'heure du crime.

– 31 –

Alexander Carbiro reprit son souffle.

– Un alibi ? Pourquoi en aurais-je besoin ?

– Ne jouez pas les simplets, professeur. Vous avez supprimé douze personnes, les deux derniers vendredis 13, et vous prépariez le treizième crime que vous auriez perpétré le vendredi 13 juillet. Et votre cible était Sa Majesté la reine Elizabeth II.

L'historien demeura bouche bée.

– Vous... vous ne parlez pas sérieusement ?

– Votre dossier pèse lourd, monsieur Carbiro, et vous passerez de longues années en prison.

À la surprise du superintendant, le petit homme nerveux ne perdit pas ses nerfs.

– Vous vous trompez. En fait, vous n'avez pas la moindre preuve, et mon avocat me libérera rapidement de vos griffes.

– Quand avez-vous rencontré Victoria Thirteen ? interrogea Higgins.

– Vous aussi, vous vous trompez. Je n'ai jamais rencontré cette personne.

– Pourtant, vous possédiez sa carte professionnelle. Comment l'expliquez-vous ?

– Je ne l'explique pas.

– Vous devriez faire un effort, recommanda Marlow.

– Je ne sais pas, moi ! C'est sûrement une machination, on a tenté de me compromettre.

– Et qui donc ?

– À vous de le découvrir ! C'est votre métier d'établir la vérité, non ?

– Je crois qu'elle l'est, monsieur Carbiro.

L'assurance du superintendant inquiéta le professeur.

– Vous avez essayé de me coincer, superintendant, et c'est raté. Restons-en là, d'accord ? Vous savez bien que je n'ai commis aucun meurtre !

– Un faisceau d'indices concordants me persuade du contraire.

– Non, non, ce n'est pas possible !

– Reprenons tout à zéro, Carbiro ; cette fois, plus de mensonges, et seulement la vérité.

– Votre maladie est la cause de vos actes, intervint Higgins ; c'est la peur panique du vendredi 13 qui vous a poussé à supprimer des créatures monstrueuses, responsables de vos souffrances. Vous n'aviez pas le choix, n'est-ce pas ?

Le petit homme se tassa.

– Il m'est arrivé... Je... J'admets.

Les deux policiers observèrent un silence total. L'assassin du vendredi 13 était sur le point d'avouer.

– Cette maladie est terrifiante ! Terrifiante et humiliante... Moi, un érudit, avoir la phobie du vendredi 13 ! C'est grotesque, complètement grotesque. J'ai consulté, en vain, une dizaine de médecins. Ils me gavent d'anxiolytiques, et ça me permet de survivre, pas de guérir.

Le professeur paraissait accablé et sincère.

« À tous les coups, pensa Marlow, on va droit vers les psychiatres et des tonnes d'expertises contradictoires ! »

– Votre désespoir a déclenché une colère vengeresse, insista Higgins, et vos victimes sont reliées au vendredi 13. En frappant ainsi, vous espériez vous délivrer d'un maléfice.

Carbiro se frotta les tempes.

– Vous n'y êtes pas du tout... Enfin, j'exagère ! Maléfice, c'est le terme exact. Maléfice... Une voyante m'a abordé, dans la rue, et a prononcé ces mots : « Vous êtes envoûté. Le maléfice du vendredi 13 vous étrangle. »

– Comment savez-vous qu'il s'agissait d'une voyante ?

– C'était une bohémienne, vêtue d'une robe multicolore, la tête couverte d'un fichu orange, parée de grandes boucles d'oreilles en métal. J'aurais aimé discuter, mais elle s'est éloignée et a disparu dans la foule. Et j'ai entendu la voix rocailleuse d'un vieux bonhomme : « Le diable a encore frappé, on appelle l'exorciste au secours ! » Il vendait un journal minable de faits divers plus ou moins inventés. « Exorciste »... Le terme m'a intrigué. J'ai acheté un exemplaire et dévoré l'article vantant les mérites d'un curé bedonnant, au visage rond et sympathique. Une idée folle m'a traversé l'esprit : et s'il pouvait m'aider ? Moi, envoûté, victime d'un maléfice ? Impensable ! Et pourtant... C'était au début du mois de janvier, et le premier vendredi 13 de cette horrible année, qui en comporte trois, s'annonçait. J'ai tergiversé une journée entière, et je me suis décidé. Moi, le professeur Carbiro, solliciter l'aide d'un exorciste ! Moi, révolutionnaire et athée, m'agenouiller devant un catholique, adepte d'une superstition dépassée ! Atroce... Vraiment atroce.

– Vous l'avez vu ou non ? s'impatienta Marlow.

– Je l'ai vu.

– Son nom ?

– Le père John Charmey.

– Où réside-t-il ?

– À Molwich, un village situé au nord-ouest de Londres, à une centaine de miles. Le coin est charmant et isolé, on se croirait revenu plusieurs siècles en arrière. L'église est ancienne, le père Charmey habite un modeste presbytère et cultive son potager. Son accueil fut chaleureux, il m'a invité à déguster un alcool local qui m'a enflammé la bouche. Je ne lui ai pas caché mes opinions, il ne s'est pas offusqué et m'a demandé la raison de ma visite. Comme j'étais incapable de m'exprimer, il a tracé un signe de croix et marmonné une prière en latin. Aussitôt, j'ai éprouvé un profond apaisement et j'ai réussi à lui exposer mon cas. Les mains jointes, les yeux mi-clos, il m'a écouté sans m'interrompre. Et son diagnostic fut formel : j'étais bien victime d'un envoûtement ! À la fois abattu et soulagé, j'ai osé poser la question cruciale : me délivrerait-il du mal ? « Ce ne sera ni rapide, ni facile, a-t-il répondu ; vos démons sont anciens et tenaces. Mais l'issue de ce rude combat sera peut-être favorable. » Premier impératif : me cloîtrer chaque vendredi 13. Le second : une fois par trimestre, me rendre à son église où il me purifie avec de l'eau bénite, m'enveloppe de vêtements liturgiques, me fumige et psalmodie des formules incompréhensibles.

– Ressentez-vous une amélioration ? interrogea Higgins.

– Rien de tel avant un an, a dit le père Charmey.

– Quelle somme a-t-il réclamé ? questionna Marlow.

– Il refuse tout paiement. Grâce à lui, j'ai enfin de l'espoir !

Le professeur ressemblait à un enfant désemparé.

– Vous allez rentrer chez vous, monsieur Carbiro, décréta Higgins, et reprendre vos activités. Votre avocat vous conseillera sur la marche à suivre dans l'affaire Macadam, en vous recommandant sans doute une conciliation.

– Et... Scotland Yard ?

– Il n'y a eu ni mort ni blessé, mais vos délits sont passibles de sanctions que nous étudierons.

– Je... je suis libre ?

– Vous l'êtes.

– 32 –

Alexander Carbiro se releva et, à reculons, se dirigea vers la porte du bureau.

– Merci... Mille mercis.

Se retournant, il sortit.

Le superintendant fulminait.

– Est-ce bien raisonnable, Higgins ? Ce type est un fou furieux !

– Nous ne le lâcherons pas d'un pouce. Surveillance permanente.

Marlow mit aussitôt en place le dispositif ; pas un geste de Carbiro n'échapperait au Yard.

Cette stratégie était la meilleure ; en prison, le professeur aurait reçu l'aide d'avocats et de psychiatres, modifié ses déclarations et protesté de son innocence. Il aurait fallu le remettre en liberté, avec interdiction de le harceler et de l'approcher. Le tenir au bout d'une longue laisse, selon une vieille technique policière, permettrait peut-être d'accumuler des preuves ; en tout cas, Carbiro serait empêché de nuire.

On frappa.

– Entrez !

Un jeune inspecteur timide obtempéra.

– J'ai plusieurs rapports, superintendant.

– Conclusions ?

– Artémis von Hastings ne cesse de téléphoner à New York.

Elle qualifie Scotland Yard de repaire de... Excusez-moi, le terme est trop grossier.

– Qui appelle-t-elle ?

– Des journalistes, des agences de publicité, des organisateurs de défilés de mode, des chefs d'entreprise. Toujours le même discours : victime de persécutions policières particulièrement scandaleuses, elle est retenue à Londres contre son gré.

– Des rendez-vous ?

– Aucun.

– Pas d'appels privés ?

– Non, superintendant.

– Autre chose ?

– Loki Balder.

– Repéré, enfin ?

– Pas formellement.

– C'est-à-dire ?

– On a suivi deux cent dix-sept pistes infructueuses, mais trois témoignages semblent sérieux, et on les approfondit. Un concerne Liverpool, un deuxième Swansea, un troisième Chelsea.

– Doublez les effectifs sur Chelsea, préconisa Higgins.

– Je m'en occupe immédiatement, promit le jeune inspecteur qui partit en courant.

– Un bon petit gars, estima Marlow ; ça me réconforte pour l'avenir. Encore Chelsea... Le centre névralgique de cette affaire !

– À l'exception du village de l'exorciste, objecta Higgins.

– Vous avez envie d'interroger ce curé ?

– N'est-ce pas indispensable ?

*

* *

Le tueur du vendredi 13 était satisfait. Son plan continuait à se dérouler comme prévu, et ses pions se déplaçaient avec aisance sur l'échiquier. Scotland Yard n'y voyait que du feu, et même l'inspecteur Higgins pataugeait ! Cependant, la méfiance demeurait de mise ; l'adversaire était de taille, et le moindre faux pas risquait d'attiser ses doutes.

La date du vendredi 13 juillet inquiétait et rassurait les enquêteurs.

Elle les inquiétait, car le treizième meurtre était fixé ce jour-là ; elle les rassurait, car ils disposaient de suffisamment de temps et d'indices pour contrecarrer le destin. Enfermés dans cet étau, Higgins et Marlow échafaudaient des théories en explorant les sentiers que l'assassin avait tracés. Ils leur réservaient des certitudes, à la fois trompe-l'œil et somnifères.

Mais le tueur du vendredi 13 veillait au grain ; une imprudence, une erreur de stratégie, et les policiers reprendraient la main. Et ce serait un désastre, puisque la date du treizième meurtre ne saurait être modifiée.

Un exploit d'équilibriste, d'éventuels impondérables... L'assassin avait conscience des fragilités de son projet et s'étonnait d'avoir autant progressé ; et chaque nouveau pas renforçait sa confiance et sa détermination.

Le point de non-retour avait été franchi, un projet insensé prenait corps, respectant d'anciennes exigences et ouvrant l'avenir. C'est au monde entier que le tueur du vendredi 13 donnerait un exemple, en démontrant que l'on ne piétinait pas sans conséquence des valeurs fondamentales.

Certes, Scotland Yard pouvait encore intervenir et briser le rêve ; mais il restait peu de temps à ses enquêteurs pour comprendre le mécanisme des crimes. Et ils n'avaient pas trouvé le bon chemin.

*

* *

Afin d'effectuer un rasage parfait, Higgins utilisait un savon au santal et un blaireau en pure soie, avant d'égaliser les poils de sa moustache poivre et sel avec un lissoir en nacre. L'ensemble de ces opérations nécessitait du temps et de la minutie ; et c'était le moment d'une réflexion intense sur la journée à venir.

L'ex-inspecteur-chef n'en doutait pas : on le manipulait depuis le début de cette affaire, et l'organisateur des crimes du vendredi 13 était un stratège de première force.

Il était trop tôt pour retourner la situation ; manquant d'éléments décisifs, Higgins préférait suivre le chemin qu'on lui frayait, en demeurant d'une vigilance extrême.

Un chemin qui l'éloignait de Chelsea et le conduisait à un exorciste.

– 33 –

La journée était simplement merveilleuse. La chaleur raisonnable d'un été à dix-huit degrés, un léger vent rafraîchissant, de petits nuages décorant un ciel d'un bleu très doux, une campagne paisible peuplée de haies et de pelouses admirablement tondues, des villages coquets d'un autre temps... Le moteur discret, la vieille Bentley savourait la petite route qui menait à la minuscule localité de Molwich.

S'aidant d'une carte détaillée, Higgins servait de navigateur ; le GPS dernière génération de Marlow ayant indiqué deux faux itinéraires, il fallait revenir aux méthodes anciennes.

Molwich, il est vrai, n'était qu'un hameau d'une dizaine de demeures médiévales cachées au sein d'une forêt de chênes. À première vue, pas de route, et le bout du monde ; d'un pneu prudent, la Bentley parcourut un étroit sentier, heureusement sec, et atteignit une église massive, de style roman. À côté, un presbytère en pierre de taille précédé d'un potager.

Un sexagénaire corpulent et barbu, vêtu d'une chemise à carreaux rouge et noir et d'un jean, repiquait des salades en fumant une pipe rustique.

Il leva la tête et, de ses grands yeux marron, observa les arrivants avec la quiétude des êtres sur lesquels le temps n'a pas de prise.

– Inspecteur Higgins et superintendant Marlow ; avons-nous l'honneur de parler au père John Charmey ?

– Scotland Yard serait-il possédé du démon ?

– Nous en avons tellement à combattre ! Nous accorderez-vous un entretien ?

– J'allais m'offrir une pause. Si vous appréciez l'authentique liqueur de prunes, vous ne serez pas déçus ; je la fabrique moi-même, et cette médecine, comme disaient mes prédécesseurs, m'évite de m'empoisonner avec des médicaments dangereux. Croyez-moi, messieurs : de bons légumes, une bonne gnôle et du bon tabac, ça vous façonne des rocs ! Eh bien, venez découvrir mon royaume.

Higgins observa l'abside.

– Serait-il possible de visiter votre église ?

– La maison de Dieu est ouverte à tous, même aux policiers.

Sans nier la puissance et l'élévation vers le ciel des cathédrales gothiques, l'ex-inspecteur-chef éprouvait une profonde admiration pour les édifices de l'époque romane, ressemblant à des creusets alchimiques où la pensée se condensait.

Celle de Molwich, compacte, comportait un porche, une porte étroite surmontée d'un arc de cercle, un baptistère, une allée centrale bordée de deux bas-côtés, un transept, un autel et une abside, évocation du paradis des justes.

Le lieu incitait au recueillement ; hors du temps, il effaçait les illusions et les perversions du progrès technique, et permettait de ressentir les liens de l'âme humaine avec l'invisible. Au sommet de robustes colonnes, des têtes casquées ; et l'un des chapiteaux représentait deux chevaliers, équipés de boucliers, chevauchant le même cheval. À l'orient, un seul vitrail, consacré à la cité céleste, hérissée de hautes tours.

– Étonnant, estima Higgins.

– Qu'est-ce qui vous surprend ? demanda le père Charmey.

– La présence d'un monument de cette qualité dans ce coin perdu.

– Ce n'est pas le seul exemple ! Les anciens bâtisseurs savaient discerner le génie d'un lieu et implantaient parfois des cathédrales dans des bourgades.

– Molwich n'abritait-il pas une commanderie templière ?

Le religieux regarda le policier d'un autre œil.

– Auriez-vous étudié l'histoire de cet ordre ?

– De façon superficielle, mais les sculptures me semblent significatives : deux chevaliers sur le même cheval, n'est-ce pas l'évocation de l'idéal fraternel des Templiers ? Ces têtes ne sont-elles pas celles des adeptes qui vécurent ici ? Et la clé de voûte du transept n'incarne-t-elle pas le Grand Œuvre alchimique dont ils possédaient le secret ? En produisant de l'or, ils ont attiré la jalousie et la convoitise des puissants, jusqu'à ce que le roi maudit, Philippe le Bel, leur portât un coup fatal.

– Exact, inspecteur ; faux témoignages, procès truqués, juges achetés, torture et bûcher ! Ce bandit n'a reculé devant aucune bassesse, agissant en parfait chef de gang.

Le père Charmey contempla la clé de voûte, une tête humaine évoquant un soleil environné de flammes.

– Est-ce le symbole du Grand Œuvre ? Je le suppose, mais je n'en ai pas la preuve. À son époque bénie, ce hameau abrita une vingtaine de Templiers, dont un savant qui avait travaillé en Égypte ; les archives conservées au presbytère ne sont guère loquaces, et sans doute faudrait-il entreprendre des fouilles afin d'exhumer des documents nouveaux. Je n'en ai malheureusement pas les moyens.

– Ce vitrail, c'est la Jérusalem céleste ?

– En effet, inspecteur : la cité divine que les Templiers voulaient bâtir sur terre. Leur extermination mit fin à ce projet, et l'Occident sombra dans un matérialisme producteur de mille souffrances. La mort tragique de cet ordre n'est pas une anecdote historique ; elle marque la fin de ce

Moyen Âge si décrié, à tort, car il fut un véritable âge d'or spirituel, économique et social. Nous sommes tellement fiers de notre progrès que nous ne voyons plus la bêtise triomphante !

Un superbe chat noir, bien nourri, se frotta contre la jambe du religieux.

– Tu as faim, Satan ! On s'en occupe.

Le chat et le trio sortirent de l'église.

– Les Templiers ont été victimes d'un maléfice qu'ils auraient dû conjurer, précisa le père Charmey : celui du vendredi 13.

– 34 –

Marlow se figea sur le seuil de l'édifice ; soudain, ce curé lui parut beaucoup moins sympathique.

– Vous plaisantez ?

– Jamais quand il s'agit du vendredi 13. C'est ce jour-là, en octobre 1307, que tous les Templiers de France furent arrêtés. Caïn tua Abel un vendredi, Jésus fut crucifié un vendredi, Adam et Ève chassés du paradis un vendredi, et la liste des grands malheurs pourrait s'allonger. Mais ne cédons pas à la déprime, messieurs ; nourrissons Satan et goûtons ma liqueur.

Le presbytère, comme l'église, était un petit bijou d'architecture ; une salle voûtée en occupait la majeure partie. Sur la robuste table de chêne, une bouteille d'alcool et des verres à pied.

– Je me fais un devoir de remonter le moral des paysans du coin, indiqua le père Charmey ; la prune est toujours prête. Pardonnez-moi, Satan d'abord.

Dans la cheminée, un chaudron où mitonnait un ragoût ; à l'aide d'une louche, le religieux remplit l'écuelle du chat noir, qui attaqua son repas avec un appétit féroce.

– Un détail m'intrigue, messieurs : le motif de votre visite ?

– Vos qualités d'exorciste.

Le père Charmey leva les mains au ciel.

– Je me serais bien passé de ce travail-là ! Mais Dieu a exigé qu'il en fût ainsi, et je me plie à ses exigences.

– Utilisez-vous des objets particuliers pour extirper le démon d'une âme envoûtée ?

– En premier lieu, il convient de poser le diagnostic ! Être possédé n'est pas un lot commun, et je renvoie la quasi-totalité de mes « patients » vers des psychologues et des psychiatres.

– Et les vrais possédés ?

– Venez voir.

Le religieux ouvrit une porte basse, surmontée d'un décor floral en pierre, alluma une bougie et éclaira une petite pièce. Un prie-Dieu, un grand et lourd crucifix en bronze, une coupe en cuivre contenant de l'eau bénite, une autre du sel, un goupillon, un livre de prières.

– Voici l'endroit où je traite les malheureux attaqués par le diable.

– À quels signes les reconnaissez-vous ? interrogea Marlow, troublé.

– Ils sont répertoriés : haine envers Dieu, insultes à l'encontre de Jésus et de la Vierge Marie, critique virulente des sacrements et des rites, puissance physique anormale, dédoublement de la voix et de la personnalité. Le démon n'atteint pas seulement l'âme d'un possédé, il s'empare aussi de son corps et le manipule comme un pantin dont les réactions peuvent devenir dangereuses.

– Vous voulez dire... criminelles ?

– C'est malheureusement possible, superintendant. Vu la gravité de ce genre de cas, je dois pratiquer un long rituel, à intervalles plus ou moins réguliers, et sans exclure une rechute.

– En quoi consiste-t-il ?

– Je dispose d'un ancien manuel d'exorcisme agréé par la Sainte Église, et la force de la prière n'est pas un vain mot. J'asperge le possédé d'eau bénite, je lui impose les mains, je le bénis avec la croix, je renouvelle les promesses du baptême et je prononce quantité de formules destinées à chasser les démons.

– Tâche éprouvante, estima Higgins.

– Mieux vaut avoir une santé de fer, je vous l'accorde ! Grâce à la bouteille, on s'endurcit.

– N'avez-vous jamais peur du diable ?

John Charmey tâta sa barbe.

– Peur, non, puisque je manie les armes nécessaires pour le vaincre ; néanmoins, étant donné la taille de l'adversaire, prudence et précision sont de rigueur.

Les trois hommes sortirent de la salle d'exorcisme, dont le religieux referma la porte, et regagnèrent la salle voûtée. Il s'empressa de remplir de prune trois verres, et la senteur de l'alcool à la fois puissant et fin embauma la pièce.

– Étonnant, non ? Une gnôle de cette intensité-là, messieurs, vous n'en boirez nulle part ailleurs !

Afin de se remettre les idées en place, Marlow absorba cette médecine et apprécia ses effets, presque immédiats. Enchantement du palais, douce chaleur se répandant à travers l'organisme... Cette prune avait quelque chose de divin.

– Je suppose que les noms de vos patients sont strictement confidentiels, avança Higgins.

– Strictement, confirma l'exorciste ; et si vous êtes venu pour les obtenir, vous repartirez bredouilles.

– Seul l'un d'eux nous intéresse.

– Un ou cent, c'est du pareil au même ! Dans mon domaine, le silence absolu est la règle.

– Et si le possédé qui nous intéresse était un assassin ?

Le père Charmey vida son verre et se resservit.

– C'est du sérieux ?

– Du très sérieux.

Le religieux bourra sa pipe d'un tabac blond ; nerveux, il gratta plusieurs allumettes.

– Et vous êtes certain que j'ai rencontré votre suspect ?

– D'après lui, vous êtes son exorciste et vous avez déjà pratiqué plusieurs fois le rituel sur sa personne.

– N'avez-vous pas songé à un affabulateur ?

– C'est précisément cette hypothèse que vous seul pouvez écarter.

Le père Charmey émit une sorte de grognement.

– Vous ne lâchez pas facilement le morceau, inspecteur !

– Quand il s'agit de sauver des vies et de découvrir la vérité, jamais.

– Bon, j'accepte de vous écouter ; tâchez de prononcer le nom d'un fou qui n'a pas mis les pieds chez moi.

– Professeur Alexander Carbiro.

La pipe tomba des lèvres de l'exorciste et se cassa en deux.

– 35 –

La prune aida le religieux à reprendre contenance.

– Vu les circonstances, jugea-t-il, inutile de tergiverser : le professeur Alexander Carbiro est le cas le plus difficile que j'ai eu à traiter. Que lui reprochez-vous au juste ?

– S'il est le tueur du vendredi 13, d'avoir commis douze crimes et de préparer le treizième.

Le père John Charmey s'épongea le front d'un revers de manche et, d'un pas lourd, se dirigea vers une commode en merisier d'où il sortit une nouvelle pipe en bruyère. Il malaxa le tabac, bourra le fourneau, alluma et tira de longues bouffées.

– Voilà longtemps que je redoutais une semblable tragédie ! Comme je vous l'ai dit, la guérison n'est jamais définitivement acquise et des rechutes peuvent se produire. Carbiro présente tous les signes d'une possession ancienne et grave ; au terme de chaque séance d'exorcisme, je lui conseille fermement de consulter un psychiatre et de prendre les remèdes nécessaires. A-t-il suivi ces directives ? En dépit de ses affirmations, j'en doute ; de mon côté, je ne constate que d'infimes progrès. Les démons qui l'habitent sont d'une effroyable résistance !

– Lorsqu'il délire, que raconte-t-il ? demanda Higgins.

– Les horreurs habituelles à propos du Christ, de la Vierge et des sacrements, en diverses langues et avec une rare violence.

– Rien d'autre ?

Le père Charmey réfléchit.

– Si, une haine viscérale de la royauté britannique ; il s'exprime alors en français, chante des refrains révolutionnaires et s'enflamme en annonçant son désir de couper des têtes et de les promener au bout d'une pique, après avoir réduit en cendres Buckingham Palace.

Scott Marlow frémit ; et si ce malade, possédé du diable, passait à l'acte ? Utilisant son portable, le superintendant donna l'ordre de doubler le dispositif de surveillance autour de Carbiro et de l'intercepter sans ménagement s'il devenait dangereux.

– Pendant ses crises ou lors de vos séances d'exorcisme, interrogea Higgins, le professeur Carbiro a-t-il formulé des menaces précises et cité le nom de ses futures victimes ?

Le religieux fouilla dans sa mémoire.

– Non, une voix étrangère parlait à travers lui, poussant des cris et lançant des injures. C'est pénible à supporter... Grâce au rituel, ce déchaînement s'apaisait peu à peu, et Carbiro s'affalait sur le prie-Dieu. Nos contemporains ont oublié la force de la prière et sont ainsi privés de son énergie ; celles que j'énonçais écartaient quelque temps des démons agressifs et pernicieux, qui demeuraient tapis au fond de l'âme de ce malheureux. Avec le temps, j'espérais les renvoyer aux ténèbres, et votre intervention me navre.

– Vous-même, mon père, questionna Higgins, considérez-vous la monarchie britannique comme une institution nécessaire ?

– Indispensable, inspecteur ! Je sais que les rapports entre les papes et les rois d'Angleterre ont souvent été orageux, mais Rome et Buckingham Palace ont survécu aux tempêtes et restent des bornes solides dans notre monde tourmenté. Je vais prier pour l'âme de ce pauvre professeur et, si vous me le ramenez, je pratiquerai un nouvel exorcisme.

Higgins parcourait lentement la salle d'hôtes, l'œil aux aguets.

– À l'heure actuelle, révéla Marlow, Carbiro est sous contrôle, et nous l'empêcherons de nuire.

– Dieu vous entende, superintendant ! s'exclama le père Charmey. Encore une goutte de prune ?

– Ma foi...

Higgins tourna une page de son carnet noir.

– Quittez-vous parfois cet endroit magnifique, mon père ?

– Jamais, inspecteur ! Je me suis définitivement établi ici, et mes journées sont bien remplies. Messes, séances d'exorcisme, confessions, repas avec les gens du coin, entretien du potager et de l'église... Je n'ai pas une minute à moi. Et je n'oublie pas Satan ! Qui d'autre pourrait s'occuper correctement de lui ? N'ayant pas le goût des voyages, je remercie chaque jour le Seigneur de m'avoir accordé cette existence-là, à son service.

– Vous nous avez beaucoup aidés, reconnut Scott Marlow.

– Que Dieu nous vienne en aide à tous ; dans son infinie bonté, il nous délivrera du Mal.

Le superintendant se leva, Higgins referma son carnet noir.

– Ah, ne partez pas comme ça ! Un instant, je descends à la cave.

Le religieux réapparut avec deux bouteilles.

– De la prune pour vous remonter le moral ! Les moines n'ont-ils pas façonné les grands crus, Dom Pérignon n'est-il pas le roi du champagne ? À ma modeste place, je tente d'atteindre la perfection de cet alcool-là.

Les deux policiers remercièrent le père John Charmey.

En sortant du presbytère, Higgins prit le temps d'admirer la vieille église où s'étaient déroulées des cérémonies templières. À mille lieues du monde moderne et de ses turpitudes, incarnant une sérénité d'un autre âge.

Marlow sentit que son collègue était la proie d'une intense réflexion, comme s'il cherchait à relier des éléments disparates afin d'en discerner l'éventuelle cohérence.

Mais l'ex-inspecteur-chef ne formula aucune conclusion.

– La situation ne s'éclaircit-elle pas, Higgins ? Le témoignage de cet exorciste nous permet de cerner le personnage de ce professeur Carbiro.

– Certes, certes...

– Ces histoires de démons et de possession, ça ne m'enchante pas ; bon Dieu, que la nature humaine est compliquée !

Higgins n'émit pas d'objection.

À l'instant où Marlow ouvrait la portière de sa vieille Bentley, le téléphone de voiture grésilla.

– Oui, c'est moi... Non ?... Sûr de sûr ?... On arrive !

Le superintendant raccrocha, remonté.

– Loki Balder vient d'être arrêté.

– 36 –

La cinquantaine, petit, carré, épais, des épaules de lutteur, la chevelure grisonnante, les sourcils drus, le regard agressif, le nez tordu, pesant au moins cent kilos, Balder était assis face à Scott Marlow et le défiait en affichant un demi-sourire. À quelques pas du suspect, Higgins l'observait.

– On me veut quoi ? Et vous êtes qui ?

– Je suis le superintendant Marlow, et mon collègue est l'inspecteur-chef Higgins. Nom, adresse, profession.

– Pourquoi je vous répondrais ?

– Parce que vous êtes accusé de meurtre.

– Elle est bonne, celle-là ! J'ai cogné sur pas mal de minables, mais je n'ai tué personne.

– D'après le rapport que j'ai sous les yeux, les policiers qui vous ont interpellé l'ont échappé belle. Il a fallu six hommes pour vous maîtriser, et trois ont été sérieusement blessés.

– J'ai horreur qu'on m'embête. Et quand c'est des flics, en plus, ça m'énerve.

– Nom, adresse, profession.

– Allez-vous...

– Calmons-nous, recommanda Higgins ; je suppose que vous n'avez rien à vous reprocher.

Étonné, le râblé tourna la tête vers cet inspecteur élégant, à la voix apaisante.

– Vous êtes bon, vous, et vous avez tout compris ! C'est

ça, c'est exactement ça... Je suis un type absolument clean et cool.

– En ce cas, vous pouvez donner satisfaction au superintendant.

Le costaud parut troublé.

– Ouais...

– Votre nom ? demanda Marlow.

– Loki Balder.

– Nationalité ?

– Norvégienne.

– Adresse ?

– Variable.

– Qu'est-ce que ça signifie ?

– Que je n'ai pas de domicile fixe.

– Vous habitez bien quelque part ?

– Ça dépend des jours. Un cirque, une copine, un hôtel... Je déteste m'incruster.

– Profession ?

– Lutteur de foire.

– Où exercez-vous ?

– Ça dépend des jours. Un cirque, un spectacle de rue, une salle de sport... Là où je m'amuse. Je suis un nomade, moi.

– Et vous vivez de votre activité ?

– Je veux, superintendant ! Lutte à mains nues contre cinq adversaires que je disperse et que je ventile, sous les acclamations du public, et je me remplis les poches ! Le massacre, ça excite la foule. Et personne n'a encore réussi à me terrasser. Les grands costauds sourient en me voyant... Et deux minutes après, ils sont dans le coma ! J'ai toujours été le meilleur, et c'est pas demain qu'on me détrônera ! Bon... C'est tout ce que vous souhaitez savoir ?

– Pourquoi vous cachiez-vous ? interrogea Higgins.

– Me cacher, moi ?

– Au fond d'une cave d'un immeuble cossu de Chelsea, précisa Marlow ; c'est un veilleur de nuit qui a signalé votre présence qu'il jugeait anormale.

– L'endroit me plaisait, et...

– Assez d'idioties ! tonna Marlow. Pourquoi vous terriez-vous à cet endroit ?

Furieux, Loki Balder se leva.

– Vous me traitez d'idiot, moi ?

– Rasseyez-vous immédiatement, ordonna le superintendant, ou vous serez menotté.

– N'étiez-vous pas judoka ? demanda Higgins.

Le Norvégien se calma et se rassit.

– Le meilleur, et j'aurais pu être champion du monde !

– Pourquoi ne pas l'avoir été ?

– Une stupide histoire réglementaire.

– Votre fédération ne vous a-t-elle pas radié à vie pour avoir brisé le bassin d'un adversaire à coups de talons ?

Balder se renfrogna.

– Un simple accident. Il n'y avait pas de quoi en faire un plat ; les sports de combat, c'est les sports de combat.

– À Londres, plusieurs plaintes ont été déposées contre vous, indiqua Marlow.

– Ça ne me surprend pas ! Des tas de types sont persuadés d'être plus forts que moi, j'ai beau les prévenir, ils m'agressent. Moi, je me défends. C'est légal, non ? Si on me fiche la paix, je suis un bon garçon ; si on me cherche, on me trouve. Bon, je peux partir ?

– Nous avons encore de nombreuses questions à vous poser.

– Qu'est-ce qu'il y a encore ? Ah, cette histoire de cave ! D'accord, je l'ai squattée ! Je vous le répète, l'endroit me plaisait. Des tapis par terre, des conserves, des bouteilles de bière et même un lit de camp ! Aussi confortable qu'une chambre d'hôtel. Des squatters, on en compte des millions à Londres, et la police ne perd pas son temps à les cuisiner !

– Cette occupation illégale n'est qu'un modeste grief, estima Higgins ; venons-en à l'essentiel.

Loki Balder se crispa.

– L'essentiel, l'essentiel... Ça signifie quoi ?

– Vos activités criminelles.

– 37 –

Loki Balder s'indigna.

– Activités criminelles... Vous êtes dingue !

– N'êtes-vous pas lié à des trafiquants de drogue ?

– Je n'absorbe pas cette saloperie. Pas besoin d'excitant, moi ; ma force me suffit.

– Où vous trouviez-vous le vendredi 13 janvier de cette année ?

Le Norvégien sembla stupéfait.

– Comment voulez-vous que je m'en souvienne ? Je ne tiens pas de carnet de rendez-vous !

– Et vous n'êtes pas lié non plus à des proxénètes ?

– Sûrement pas ! Je déteste ces types-là. Et je n'ai pas recours à leurs employées... Moi, je ne manque pas de succès auprès des filles et je n'ai pas besoin de les payer.

– Connaissez-vous Victoria Thirteen ?

Balder se concentra.

– Victoria comment ?

– Thirteen.

– Non, connais pas.

– Une jolie femme d'une trentaine d'années, directrice d'une agence de communication.

– Ah, la communication ! La plaie de notre époque... On raconte tout et n'importe quoi, et le bon peuple en redemande.

– Quelle que soit la justesse de votre analyse, insista Higgins, je réitère ma question : connaissiez-vous Victoria Thirteen ?

– Je confirme : non.

– Ennuyeux, déclara Marlow ; très ennuyeux.

– Et pourquoi ?

– Parce que nous avons la preuve du contraire.

– Du bluff ! Ne me fourrez pas dans une embrouille policière !

– Une Porsche bleu nuit, ça ne vous dit rien ?

Loki Balder afficha un sourire narquois.

– Je ne possède qu'un vieux vélo.

Scott Marlow consulta son dossier.

– Vous êtes monté dans la voiture de Victoria Thirteen, affirma-t-il, et cette malheureuse a été assassinée d'une manière particulièrement barbare. Alors, Balder, cessez de mentir et expliquez-nous pourquoi vous l'avez tuée.

L'ex-judoka se redressa, prêt à frapper ; de l'index, Higgins lui toucha un point sensible entre les omoplates.

– Vous... Vous n'oserez...

Tétanisé, le Norvégien se tassa sur lui-même.

– La vérité, exigea Marlow.

– C'est quoi, votre preuve ?

– C'est Scotland Yard qui pose les questions, rappela le superintendant ; et soyez certain que la preuve de votre présence dans la Porsche de Victoria Thirteen est inattaquable.

– Vous n'avez pas oublié une pareille voiture, observa Higgins.

En proie à un intense débat intérieur, Loki Balder croisa les doigts.

– Oublié, oublié... Non, pas complètement.

Un long silence s'instaura ; le Norvégien cherchait ses mots.

– C'était en fin de soirée, il n'y a pas longtemps, je ne sais plus quel jour, et je faisais du stop. Une superbe voiture s'est arrêtée... Une Porsche bleu nuit que conduisait une belle fille, habillée moderne, sympathique et souriante. Elle m'a ouvert sa portière, m'a demandé où j'allais.

– Votre réponse ?

– Je ne me souviens pas. Moi, je maraude... Là ou ailleurs, ça m'est égal

– Et vous êtes monté ?

– Affirmatif.

– L'attitude de Victoria Thirteen vous aurait-elle choqué et déclenché votre fureur ?

– Ah non, non, pas du tout...

– Aucune altercation ?

– Aucune !

– De quoi avez-vous parlé ?

– De rien d'important... Du temps, de la circulation...

– Pas de son métier, ni du vôtre ?

– J'ai dû lui apprendre que j'étais lutteur de foire.

– Où êtes-vous descendu ?

– Pas loin de l'hôpital de Chelsea, je crois.

– Elle ne vous a pas donné son nom ?

Loki Balder hocha la tête.

– Une simple promenade en voiture... Vous vous moquez de nous ? s'insurgea Marlow.

– Mais c'est la vérité !

– La vérité est bien différente, Balder ! Vous avez séduit cette jeune femme, elle vous a emmené chez elle et, pour une raison que vous nous révélerez, vous l'avez tuée.

– C'est... c'est du délire !

– Je vous accuse d'avoir assassiné Victoria Thirteen le vendredi 13 avril à 21 h 13, à son domicile de Chelsea.

Le regard du Norvégien devint fixe.

– Le vendredi 13 avril à 21 h 13... Vous en êtes sûr ?

– Certain.

– Tant mieux !

– Pardon ?

– Tant mieux, mille fois tant mieux ! Je n'ai pas de calepin, pas d'agenda électronique, pas une excellente mémoire, mais la soirée et la nuit de ce vendredi 13, je ne les oublierai jamais !

Marlow et Higgins furent interloqués.

– Donc, vous avouez ?

– Avouer ? Avouer mon innocence ! Ce sacré vendredi 13, quelle nouba ! Un beau cadeau de cette chienne de vie.

Détendu, semblant se remémorer de délicieux moments, Loki Balder se cala sur sa chaise, pencha la tête en arrière et sourit.

– Si vous vous expliquiez ? suggéra Higgins.

– Impossible, messieurs ! La galanterie me l'interdit.

– Quand on est suspecté de meurtre, ne convient-il pas d'en franchir les bornes ?

– Pas question.

– En ce cas, intervint Marlow, écartons vos fariboles ! Vous n'avez pas d'alibi, Balder.

Le Norvégien se redressa.

– Ah si, j'en ai un ! À l'heure de votre crime, j'étais en compagnie d'une femme exceptionnelle.

– Son nom ?

– Écoutez, c'est délicat, je...

– Son nom, Balder.

– Vous ne me croirez pas !

– Laissez-nous juges.

– Ça me gêne vraiment beaucoup... J'ai mon honneur, moi ! Et j'ai promis à cette grande dame que notre liaison resterait secrète.

– Désolé de briser votre intimité, précisa Higgins, mais ce sont les nécessités d'une enquête criminelle. Si vous désirez établir votre innocence, il faut révéler l'identité de cette personne.

Loki Balder s'octroya une longue minute de réflexion.

– Elle s'appelle Artémis von Hastings.

– 38 –

Lorsque les policiers entrèrent dans la pièce aux murs roses où Artémis von Hastings dessinait un modèle de jupe inspiré des années cinquante, un chat noir s'enfuit par une fenêtre entrouverte et s'éloigna en empruntant une gouttière.

Vêtue d'une robe blanche au col fermé, coiffée d'un large chapeau violet, portant des lunettes à monture d'écaille et aux verres fumés, la reine du vintage garda les yeux sur son ouvrage.

– D'après ma secrétaire, vous vouliez me voir d'urgence ; à quel propos ? De toute façon, mon avocat a déposé plainte contre Scotland Yard. Vous me paierez de belles indemnités pour accusations infondées, croyez-moi ! Et je ne parle pas des dédommagements relatifs à l'interruption forcée de mon activité professionnelle.

– Nous aimerions obtenir la vérité à propos de la soirée du vendredi 13 avril, déclara Higgins avec calme.

– Je n'ai rien à dire.

– D'abord, vous nous avez menti en prétendant avoir dîné au restaurant ; ensuite, vous avez évoqué une grippe. Nous savons que c'est faux.

– Ah oui ? Et qu'avez-vous comme preuve ?

– Un témoin.

La grande styliste aux cheveux noirs marqua le coup. Marlow aurait souhaité lui en assener d'autres, mais les écoutes n'avaient procuré aucun élément intéressant, et la suspecte n'était pas sortie de son domicile de Chelsea.

– Et qui est ce témoin ?

Artémis von Hastings était blême. Elle abandonna son dessin, se leva et s'approcha de la fenêtre entrouverte afin d'absorber un peu d'air.

– Ne serait-il pas temps de dire enfin la vérité ? proposa Higgins.

– Vous bluffez ! Ce témoin n'existe pas, vous l'avez inventé !

– Loki Balder ne serait-il pas votre amant et n'avez-vous pas passé ensemble la soirée et la nuit du vendredi 13 avril ?

– Loki, murmura-t-elle, en état de choc.

Comme elle défaillait, l'ex-inspecteur-chef l'aida à s'asseoir.

– Loki... Je ne veux plus entendre ce nom-là !

Elle se releva brusquement et alluma un cigarillo avant d'arpenter son atelier.

– Ce sale type... Non, il est beau et fort ! C'est idiot, je suis tombée amoureuse de lui.

– En auriez-vous honte ? demanda Higgins.

– C'est un va-nu-pieds, et moi la reine du vintage, grande prêtresse de la mode ! Une liaison pareille, impossible ! Pourtant, j'en avais tellement envie... S'encanailler ainsi, quelle jouissance ! Mais les folies ont leurs limites.

– Vous avez donc rompu ?

– À l'aube du samedi 14 avril, après une folle nuit que je n'oublierai pas.

– À quelle heure Loki Balder vous a-t-il rejointe, le vendredi 13 avril ?

– À 20 heures.

– Comment pouvez-vous être aussi précise ?

– J'étais excitée, inspecteur, très excitée ! J'avais préparé moi-même le dîner et je regardais ma montre toutes les deux minutes, à cause de mon soufflé au fromage et à l'armagnac.

– Seriez-vous une excellente cuisinière ?

– Non, justement ! Je m'imposais une épreuve terrible, ça me mettait les nerfs à vif et ça m'excitait davantage.

– Ce soufflé a-t-il été réussi ?

– Une catastrophe ! Mais Loki n'est pas un gastronome, et c'est de moi qu'il avait faim. Je n'ai pas eu le temps de... souffler !

Un éclat de rire nerveux anima Artémis von Hastings.

« A-t-elle toute sa tête ? » s'interrogea Scott Marlow.

– Entre le vendredi 13 avril, 20 heures, et l'aube du samedi 14 avril, énonça Higgins, vous confirmez avoir été en compagnie de Loki Balder ?

– Impossible d'être plus proche de lui ! s'exclama la styliste. Il me rendait folle, nous avons fini la nuit dans un bain de champagne.

– Où avez-vous rencontré Loki Balder ?

– Au bas de ma maison, une semaine avant ce fabuleux vendredi 13 ! Il réparait le vélo d'une vieille dame et m'a adressé un sourire qui m'a fait fondre. On a engagé la conversation, il m'a invitée à boire une bière au pub et m'a raconté sa vie de judoka et de lutteur de foire. J'étais fascinée, je l'ai convié à dîner, il a choisi sa date. Insensé, non ? Au fond, je ne regrette rien.

– Néanmoins, observa Higgins, vous ne le reverrez pas.

Artémis von Hastings regagna sa table de travail et se pencha de nouveau sur son dessin.

– Je mène une superbe carrière, affirma-t-elle avec froideur, et j'ai l'intention d'atteindre des sommets. Des Loki Balder, j'en connaîtrai d'autres et je ne m'attacherai à aucun d'eux. Le bonheur à deux n'est pas mon but. Et puis... Ça ne vous regarde pas !

– Une dernière question, intervint Higgins ; ne détiendriez-vous pas une information capitale à propos du vendredi 13 ?

Étonnée, la reine du vintage évita le regard de l'ex-inspecteur-chef.

– Je n'ai plus rien à vous dire. Sortez de chez moi.

Marlow espérait que son collègue tenterait de déstabiliser la suspecte mais il se contenta de la saluer et de quitter la pièce à l'atmosphère étouffante. Bougon, le superintendant le suivit.

Sur le trottoir, il ne cacha pas sa déception.

– Bon sang, ce témoignage innocente cette brute de Balder ! Il va falloir le libérer.

– J'en ai peur, reconnut Higgins.

– Et si cette excitée mentait ?

– Je n'en ai pas l'impression, mais n'éliminons pas cette hypothèse.

– Artémis von Hastings serait au moins complice et peut-être l'assassin du vendredi 13 !

– J'aimerais revoir la voyante, Frigga Gorman.

– 39 –

Une vedette de cinéma patientait dans la chaleureuse antichambre du cabinet de consultation de Frigga Gorman ; les deux policiers saluèrent la brune qui s'empara d'un magazine de mode.

La porte du bureau s'ouvrit une dizaine de minutes plus tard ; l'un des membres de la chambre des Lords s'éclipsa, la voyante sembla surprise.

– Est-ce urgent, messieurs ?

– En effet, précisa Higgins.

– Entrez.

Frigga Gorman se répandit en excuses auprès de sa célèbre « patiente », lui garantissant que l'attente serait brève. Vexée, la comédienne préféra partir.

La jolie blonde s'installa à son bureau.

– Désolé d'avoir perturbé votre journée, déplora l'ex-inspecteur-chef.

– Ce n'est pas grave ! Cette capricieuse reviendra. Quel souci vous amène ?

Vêtue d'un corsage vieux rose et d'un pantalon noir, la spécialiste des rêves était toujours aussi élégante, et sa ressemblance avec Grace Kelly lui offrait un intense pouvoir de séduction.

Une douce lumière passait par les deux hautes fenêtres, éclairant la table de verre en demi-cercle et la bibliothèque en merisier.

– Nous avons une question indiscrète à vous poser.

– Suis-je obligée de vous répondre ?

– Nullement, mais vous nous rendriez sans doute un grand service.

– En ce cas, je vous écoute.

– Dans les derniers rêves de votre amie et patiente Artémis von Hastings, n'existerait-il pas un thème obsessionnel ?

– C'est effectivement une question très indiscrète, inspecteur ! Vous fournir des indications m'obligerait à violer le secret professionnel.

– J'en suis conscient, mademoiselle, mais nous désirons seulement empêcher un nouveau crime.

Les yeux bleus de Frigga Gorman se teintèrent d'inquiétude. Elle alla chercher un classeur et consulta le dossier Artémis von Hastings.

– Un motif prédomine depuis six mois, constata-t-elle : un homme dont elle ne parvient pas à voir le visage décapite des chiens.

Marlow faillit s'étrangler.

– Les décrit-elle de façon précise ? interrogea Higgins.

– Précise, serait trop dire ; « pas grands, nerveux, agressifs », voilà les termes utilisés.

– Comment interprétez-vous ces rêves ?

– Le chien est symbole de fidélité ; je suppose qu'Artémis a une féroce envie de mettre fin à une liaison qui lui cause davantage de souffrance que de plaisir, mais ne réussit pas à rompre.

– A-t-elle prononcé le nom de Loki Balder ?

Frigga Gorman réfléchit.

– Non, je l'aurais noté.

– Et cette liaison violente et douloureuse, vous en a-t-elle parlé ?

– J'ai essayé plusieurs fois de l'amener sur ce terrain, inspecteur, mais elle s'est toujours refermée comme une huître.

– Votre riche bibliothèque comporte de nombreux ouvrages consacrés à l'occultisme, observa Higgins ; accordez-vous du crédit aux pratiques des exorcistes ?

– J'avoue ne pas avoir approfondi le sujet. N'affirme-t-on pas que la ruse suprême du diable consiste à faire croire qu'il a disparu ? Les exorcistes ont sûrement un rôle à jouer.

– En auriez-vous rencontré un ?

– Pas encore. J'aimerais connaître les rêves d'un tel personnage ! Ce doit être fascinant.

L'ex-inspecteur-chef prenait des notes ; il tourna quelques pages de son carnet noir.

– Auriez-vous lu les ouvrages du professeur Alexander Carbiro ?

– Non, inspecteur ; sur quoi portent-ils ?

– La Terreur qui, selon lui, marque l'apogée de la Révolution française.

– Cette abominable période ne me passionne pas. Tant de cruauté, tant de violence... Au moins, vous ai-je été utile ?

– Je l'espère.

On sonna.

La jolie blonde regarda sa montre.

– Mon prochain patient est en avance ; puis-je le recevoir ?

– Je vous en prie ; merci de votre aide.

*

* *

Avant d'absorber un indispensable triple whisky au pub le plus proche, Marlow joignit ses subordonnés qui lui confirmèrent que le professeur Carbiro et Artémis von Hastings étaient sous étroite surveillance. Quant à Loki Balder, auquel on avait servi un repas, il commençait à s'impatienter.

– La situation est maîtrisée, annonça le superintendant à Higgins qui appréciait un verre de rosé bien frais, un véritable œil-de-perdrix. Vous avez entendu la voyante ? Cette folle d'Artémis von Hastings veut décapiter les chiens de la reine et sans doute s'attaquer ensuite à Sa Majesté elle-même !

– Ne négligeons pas son alibi, lequel innocente Balder.

– Et s'ils mentaient tous les deux ? Je vais m'occuper de ce lutteur de foire !

Higgins demeura silencieux.

– La belle voyante ne me semble pas d'une innocence absolue, ajouta Marlow ; trop jolie et trop aimable pour être honnête ! Et si elle nous racontait des sornettes ?

– Concernant le meurtre de Victoria Thirteen, elle aussi possède un alibi.

– Le témoignage de l'esthéticienne, je sais... J'en viens à douter de tout, Higgins ! Et le vendredi 13 juillet approche.

– L'essentiel nous échappe, murmura l'ex-inspecteur-chef, contrarié.

Cette confidence ne rassura pas le superintendant. Son portable grésilla : un appel de Scotland Yard.

– Oui, je vous écoute... Quoi ?... C'est sérieux, vous avez vérifié ?... Nous arrivons.

Marlow vida son verre.

– Un grave incident à Buckingham.

– 40 –

Afin d'étouffer un scandale et de ne pas être jeté en pâture aux médias, le chef de la sécurité de Buckingham Palace avait alerté Marlow dont il connaissait le patriotisme indéfectible. Son arrivée l'apaisa, mais la présence de Higgins l'inquiéta ; avec cet inspecteur-là, impossible de dissimuler ou d'enjoliver. Et puis certains prétendaient qu'il avait l'oreille de Sa Majesté.

Le dignitaire reçut les policiers dans un bureau discret, sobrement décoré d'aquarelles bucoliques.

– Ici, affirma-t-il, nous pouvons nous exprimer de façon totalement confidentielle.

« Notre entretien sera donc enregistré », conclut Higgins.

– Que s'est-il produit ? demanda Marlow, impressionné d'avoir accès à l'un des sanctuaires de la monarchie britannique.

– Officiellement, répondit le chef de la sécurité, nous avons interpellé un altermondialiste français qui voulait remettre à Sa Majesté une pétition en faveur de l'abolition du Commonwealth. L'incident plaira aux médias. La vraie raison de votre présence est un peu différente...

Le notable reprit son souffle.

– Nous avons intercepté un courrier... douteux.

– En rapport avec le vendredi 13 juillet ? supposa Higgins.

– Vous m'aviez averti, mais la menace paraissait tellement grotesque !

– Cette fois, le serait-elle moins ?

– Constatez vous-même.

Une feuille de papier présentait une série de dessins sinistres : douze cercueils fermés et un treizième ouvert, accompagné de photographies d'Elizabeth II et des principaux membres de la famille royale.

Une signature : *Le tueur du vendredi 13.*

– Qu'en pensez-vous, messieurs ?

– Que c'est très sérieux, déclara Higgins, et qu'il vous faut prendre, dès maintenant, un maximum de précautions. Je confirme ma précédente mise en garde : le vendredi 13 juillet, Sa Majesté et les principaux membres de la famille royale devront être placés sous protection rapprochée, dans des résidences sécurisées, et n'effectuer aucun déplacement.

– Vous n'imaginez pas le casse-tête ! Annulation de rendez-vous, modification du calendrier des obligations officielles, explications à fournir...

– Je compatis, admit Higgins, mais n'est-ce pas préférable à une tragédie ?

– Certes, certes... Ne pourriez-vous pas incarcérer au plus vite le dément qui répand ces menaces ?

– Nous nous y employons, assura Marlow ; le Yard déploie les grands moyens.

– Avec un document pareil, ne vous sera-t-il pas facile d'identifier le coupable ?

Le superintendant l'examina attentivement.

– Hélas ! non. La police scientifique dispose de puissants moyens d'investigations, mais elle a besoin d'un matériel de départ. Nous étudierons cet horrible message sous toutes ses coutures ; malheureusement, c'est le produit d'un banal travail informatique qu'auraient pu réaliser des millions de gens à l'aide d'ordinateurs grand public. L'auteur n'a couru aucun risque.

– N'en courez pas non plus, recommanda Higgins au chef de la sécurité, qui se haussa du col.

– Scotland Yard est, paraît-il, la meilleure police du monde. Démontrez-le, messieurs.

*

* *

L'avocat de Loki Balder était un Pakistanais élancé, habillé d'un costume gris perle d'un goût parfait. Parlant un anglais raffiné, agrémenté d'un léger accent oxfordien, il toisa Marlow et Higgins.

– Vous détenez de manière illégale un innocent, et je réclame sa libération immédiate.

– Qui vous a averti ? questionna Marlow, irrité.

– Secret professionnel. L'important est d'éviter une erreur judiciaire et de respecter les droits fondamentaux de l'individu. Qu'avez-vous contre mon client ?

– Un épais dossier.

– Argument dérisoire, superintendant ! Le passé ne détermine pas l'avenir. Quel est votre chef d'accusation actuel ?

– Loki Balder est monté dans la voiture d'une femme assassinée de façon abominable.

– Vos commentaires n'ont pas de valeur juridique, et la présence éventuelle de mon client à l'intérieur de ce véhicule ne prouve nullement sa culpabilité. Vous en êtes conscient, les brutalités policières n'ont pas bonne presse ; ou bien vous formulez des griefs précis à l'encontre de mon client, ou bien je repars avec lui.

Furibond, Marlow était obligé de s'incliner.

– J'exige une adresse.

– Vous avez la mienne, je représente M. Balder ; et n'essayez pas de l'espionner. Les persécutions infondées sont passibles de poursuites pénales.

Le superintendant convoqua un inspecteur qui s'acquitterait des formalités administratives ; et Loki Balder se retrouverait hors de portée de Scotland Yard.

*

* *

Marlow n'eut pas le temps de remâcher sa hargne, car l'un de ses adjoints se présenta au rapport.

– On ne perd pas de vue les suspects, patron !

– Manquerait plus que ça ! Des résultats ?

– Du côté du professeur Carbiro, rien de significatif ; il ne sort pas de chez lui et se fait livrer des pizzas. Nous avons vérifié : le fournisseur a pignon sur rue, et ce n'est pas l'un de ses amis.

– Et du côté d'Artémis von Hastings ?

– Celle-là nous fatigue ! Elle n'arrête pas de téléphoner et de bavocher. Des fabricants de tissus, des boutiques de mode, des journalistes... On a tout écouté, aucun intérêt. Elle non plus ne sort pas de sa tanière.

Le téléphone réservé aux urgences sonna.

Marlow fut réconforté.

– Ça bouge. La reine du vintage tente de s'enfuir.

– 41 –

Grâce aux équipements sophistiqués du Yard, Higgins assista en direct au déplacement d'Artémis von Hastings. Les caméras ultraminiaturisées des inspecteurs fournissaient l'image et le son, et on avait l'impression de visionner un film dont l'héroïne était la grande brune.

Cheveux ramassés en chignon, mèches folles, robe blanc cassé à col montant, escarpins violets, la styliste marchait d'un bon pas, son portable collé à l'oreille gauche.

– Contact en vue, prophétisa Marlow ; on a des voitures à proximité ?

– Quatre et trois motos, répondit l'adjoint ; elle ne nous échappera pas.

Artémis von Hastings bouscula un passant sans s'excuser, ferma son portable et entra dans une pâtisserie affichant « produits d'origine biologique ».

– Trouvez-moi le pedigree du propriétaire de cette boutique, ordonna Marlow.

Un inspecteur y pénétra et filma la suspecte qui acheta un éclair au chocolat, une meringue au café, un baba au rhum et une tartelette aux fraises. La vendeuse posa avec soin les gâteaux dans un carton qu'elle entoura d'une ficelle. Elle félicita l'acheteuse de son choix et lui offrit une pâte d'amande que la styliste dégusta. Les deux femmes évoquèrent la douceur de l'été et le plaisir de vivre à Chelsea, puis Artémis von Hastings quitta le magasin.

– Quelqu'un doit l'attendre, avança Marlow ; ces achats n'étaient qu'une diversion.

La reine du vintage ne parcourut qu'une faible distance avant de s'immobiliser, d'ôter la ficelle, d'ouvrir le carton et de dévorer l'éclair au chocolat sous le regard indifférent des passants.

– Le propriétaire s'appelle Jojo Flambard, annonça un informaticien ; c'est un Français de cinquante-deux ans, installé à Chelsea depuis six mois. Ses pâtisseries attirent une clientèle huppée.

Artémis von Hastings savoura le baba au rhum, ne fit qu'une bouchée de la meringue et termina par la tartelette. Elle rechercha une poubelle écologique, y jeta le carton et regagna son domicile.

– Fausse alerte, admit Marlow, dépité ; elle n'avait qu'une envie : se gaver de pâtisseries.

Un jeune inspecteur accourut.

– Le tueur du vendredi 13 veut vous parler. Ligne trois.

Marlow appuya sur le bouton.

– Oui, c'est bien moi... Oui, je vous écoute.

Une minute s'écoula, le correspondant raccrocha.

– La voix était masquée, indiqua le superintendant ; l'assassin nous convoque à l'ancienne cabine verte de Savoy Place. Là, nous connaîtrons la vérité.

– Allons-y, décida Higgins.

*

* *

Au sud d'Adelphi Terrace, Savoy Place bénéficiait d'une célébrité particulière. En 1928, l'entreprise propriétaire des lieux, l'*Institute of Electrical Engineers* avait obtenu un privilège unique : que la cabine téléphonique installée à cet endroit fût peinte en vert, à la différence de toutes les autres de couleur rouge, afin d'être en harmonie avec les grilles vertes protégeant le siège de l'entreprise. Pendant la Seconde Guerre mondiale, ces dernières avaient été fondues, mais l'unique cabine verte de Londres avait survécu aux bombardements.

Méfiant, Marlow avait requis une brigade spéciale pour inspecter le site et ses environs ; le tueur ne tendait-il pas un piège aux policiers ? Efficaces et rapides, les techniciens ne décelèrent rien de suspect.

À l'heure annoncée par le mystérieux correspondant, le téléphone de la cabine sonna.

Higgins décrocha ; un amplificateur permit au superintendant d'entendre la conversation.

– Ici le tueur du vendredi 13. Douze cadavres... Et bientôt le treizième ! Et Scotland Yard est impuissant !

Un rire aigu déchira les oreilles de l'ex-inspecteur-chef.

– Pourquoi commettre tous ces meurtres ?

– Vous n'avez pas encore saisi ?

– Expliquez-nous.

– La tyrannie sera abattue et la liberté triomphera !

– De quelle tyrannie s'agit-il ?

– Le prochain vendredi 13, Black Cat terrassera ses ennemis.

– Pourriez-vous les nommer ?

On raccrocha.

Malgré les capacités des dernières technologies, la conversation avait été trop brève pour que les spécialistes parvinssent à localiser l'appel. Seule certitude : il provenait de Londres.

– Ça évoque le professeur Carbiro, estima Marlow, mais il est sur écoute et n'a pas lancé d'appel.

Le portable du superintendant se manifesta.

– Comment, un ennui ?... Vous vous fichez de moi !

Retrouvez-le immédiatement, utilisez tous les moyens disponibles, chiens compris !

Marlow était blême.

– Carbiro s'est enfui, avoua-t-il ; comme il ne répondait pas au livreur de pizza, l'un des guetteurs est venu aux nouvelles, a fait le tour de la maison et aperçu une petite fenêtre entrebâillée, à l'arrière du bâtiment. Un commando a ouvert la porte et fouillé la baraque... Carbiro s'est envolé ! C'est la catastrophe, Higgins.

– Rendons-nous là-bas ; nous y découvrirons peut-être un indice précisant sa destination.

À mi-parcours, nouvel appel.

À l'écoute du rapport d'un inspecteur au débit précipité qui éprouvait de la peine à former des phrases cohérentes, le superintendant faillit perdre le contrôle de sa voiture.

– Buckingham Palace ! s'exclama Marlow ; le professeur Alexander Carbiro est au palais et vient d'agresser quelqu'un.

– 42 –

Animée des élans de sa jeunesse, la vieille Bentley avait démontré une puissance d'accélération à laquelle elle-même ne croyait plus. Alors qu'elle apercevait Buckingham Palace, une averse rafraîchit son moteur.

À une centaine de pas de la résidence royale, un impressionnant déploiement de forces de l'ordre ! Avec courtoisie, des *bobbies* tenaient les badauds à l'écart ; on parlait d'accident ou d'agression.

– Accès interdit, déclara fermement un policier en uniforme lorsque Marlow et Higgins voulurent franchir le cordon.

– Superintendant Scott Marlow et inspecteur Higgins.

Le *bobby* salua.

L'un des assistants du superintendant se précipita.

– Tout va bien, chef ! Nous contrôlons la situation. Aucune victime, suspect interpellé.

– Les événements ?

– Une de nos équipes était aux trousses du professeur Carbiro, et le jugeait plutôt agité. Quand elle a constaté qu'il tentait de dissimuler un couteau de cuisine sous sa veste, chacun a pressé l'allure. Heureuse initiative ! À la vue d'une femme promenant deux corgis, il a hurlé : « Mort aux chiens, mort à la reine ! » et s'est rué sur la malheureuse pour la poignarder. Ses deux compagnons l'ont défendue en mordant l'agresseur aux chevilles, et leur courage nous a permis de le stopper.

– Et sans eux, rugit Marlow, furieux, vous auriez récolté un cadavre ! Vous attendiez des félicitations ?

– Patron, je...

– Si vous espériez de l'avancement, oubliez ! Où est la victime ?

– Dans la voiture de police, devant vous.

– Et Carbiro ?

– Dans celle d'à côté.

Marlow et Higgins se préoccupèrent d'abord d'une vieille dame, élégante et soignée.

Le superintendant fut saisi : elle ressemblait à Elizabeth II ! À l'évidence, le professeur Carbiro avait cru qu'il agressait la reine d'Angleterre et qu'il allait décapiter à la fois ses chiens et la tradition monarchique qu'il exécrait.

Calme et posée, la rescapée se repoudrait ; son tailleur gris perle était impeccable.

– Comment vous sentez-vous ? demanda Higgins après les présentations d'usage.

– Parfaitement bien, inspecteur ! J'en ai vu d'autres, et mes deux compagnons, Nelson et Wellington, m'ont protégée avec leur pugnacité habituelle. Si vos hommes ne s'étaient pas déployés, j'aurais moi-même maîtrisé ce forcené et ne lui aurais pas caché ma façon de penser. Son comportement est tout à fait inadmissible.

– Désirez-vous un examen médical ?

– Je suis en excellente santé. Puisque j'ai signé ma déposition, j'aimerais rentrer chez moi.

– Félicitations pour votre courage.

– Le monde est rempli de fous furieux, inspecteur. Bonne fin de journée.

Alors que la vieille dame se dirigeait vers Buckingham

Palace, Higgins eut un léger doute ; mais il lui fallait à présent, en compagnie de Marlow, interroger Alexander Carbiro.

Prostré sur la banquette arrière de la voiture de police, le petit homme, à l'étroit dans son costume noir, sanglotait.

– J'ai échoué et je recommencerai, marmonnait-il.

– Que désiriez-vous accomplir ? questionna Higgins, apaisant.

Carbiro se redressa, l'œil mauvais.

– Trancher enfin la tête de la tyrannie ! J'aurais délivré le peuple anglais et brûlé le palais des oppresseurs ! La foule m'aurait porté en triomphe et nous aurions déclamé l'hymne révolutionnaire !

– Cette vieille dame n'était pas la reine, professeur.

– Bien sûr que si, je l'ai reconnue, avec deux de ses maudits chiens qui ont osé me mordre !

– Faisons quelques pas, voulez-vous ? proposa Higgins.

Alexander Carbiro s'extirpa du véhicule.

Déplorant la prise de risque de son collègue, Marlow ordonna à plusieurs inspecteurs d'encadrer le malade mental ; lui-même se tint prêt à bondir à la moindre menace du professeur.

Ce dernier éprouvait de la peine à marcher ; tête basse, il fixait ses chaussures.

– Je recommencerai, affirma-t-il ; je recommencerai jusqu'au triomphe final !

– Vos crimes précédents n'étaient donc que la préparation de celui-là ?

– Vous avez tout compris, inspecteur ! J'ai tué des dégénérés avant de trancher la tête pensante. Et ce petit échec n'empêchera pas la révolution.

– Vous admettez avoir supprimé Victoria Thirteen ?

– Un dernier galop d'essai !

– Et c'est bien la malédiction du vendredi 13 qui vous donne la force d'agir ?

– Sans aucun doute ! Les démons de la justice révolutionnaire animent mon bras.

– Reste un détail gênant.

Alexander Carbiro s'immobilisa.

– Lequel, inspecteur ?

– L'assassinat de la reine aurait dû couronner votre croisade... Mais nous ne sommes pas un vendredi 13.

Le professeur eut un sourire satisfait.

– Ma ruse décisive ! Vous ne redoutiez que cette date-là et vous baissiez la garde... Moi, je guettais la meilleure occasion et je fus à deux doigts de remporter la victoire suprême. Je vous ai bien eus, hein ? Dansons la carmagnole, vive le son du canon !

Au moment où le professeur commençait à virevolter en brandissant le poing et en chantant à tue-tête, les inspecteurs du Yard l'entourèrent et l'agrippèrent.

– 43 –

Le 10 juillet était une belle journée d'été, douce et ensoleillée ; Londres était calme, les élégantes arpentaient les artères de la capitale, oubliant presque la pollution de la mégapole. Et de nombreux touristes admiraient la relève de la garde à Buckingham Palace.

Fatigué mais soulagé, Scott Marlow s'était offert un énorme breakfast traditionnel, additionnant son thé noir d'une rasade de whisky écossais ; après d'épuisantes émotions, il avait besoin d'un remontant.

À 8 h 30, il accueillit un Higgins vêtu d'un blazer bleu coupé à la perfection, d'une chemise blanche sur mesure ornée d'un nœud papillon au rouge profond, et d'un pantalon beige clair au pli impeccable. En dépit de cette tenue estivale, à la décontraction de bon goût, l'ex-inspecteur-chef semblait préoccupé.

Tout en ajustant sa cravate à pois, le superintendant calculait le nombre impressionnant d'heures de travail exigé par la rédaction des documents administratifs ; clore le dossier du tueur du vendredi 13 ne serait pas une mince affaire.

– Comment s'est déroulée la nuit ? demanda Higgins.

– D'abord, le professeur Carbiro fut coopératif ; il a signé des aveux complets.

– Et ensuite ?

– Ensuite, il a mangé du poisson et des frites, puis s'est lancé dans un violent discours contre la monarchie britannique. J'ai aussitôt appelé un médecin et un psychiatre qui ont procédé à une batterie de tests et lui ont administré un sédatif. À l'heure qu'il est, Carbiro dort.

– L'avis du psychiatre ?

– Le professeur est un maniacodépressif à tendance paranoïde.

– Irresponsable ?

– Le psychiatre hésite ; il souhaite l'avis de plusieurs collègues. Un comité d'experts et notre chère justice dicteront l'avenir d'Alexander Carbiro. Cette affaire est terminée, Higgins.

Face à la vitre du bureau de Marlow, l'ex-inspecteur-chef observait le lointain.

– Ne serait-ce pas votre avis ? s'inquiéta le superintendant.

– Vous avez des aveux et un mobile. Cependant...

– Cependant ?

– Avez-vous averti Buckingham de l'arrestation du coupable ?

– Pas encore.

– Attendez ce soir, mon cher Marlow ; et continuez à surveiller de près Artémis von Hastings.

– Vous la soupçonnez de complicité ?

– J'ai besoin d'ordonner mes idées, et cette belle journée ne sera pas de trop.

L'estomac de Marlow se noua.

– Higgins... Vous n'allez pas remettre en cause l'évidence ?

– L'évidence ? Je m'en suis toujours méfié.

– Qu'envisagez-vous ?

– Je dois consulter mes notes.

*

* *

À cause des immeubles de bureau bouchant l'horizon, Berkeley Square et sa nymphe sculptée avaient perdu beaucoup de leur charme. Néanmoins, Higgins avait adopté cet endroit pour relire l'intégralité de son carnet noir consacré à cette mystérieuse affaire et tenter d'entrevoir enfin une vérité qui ne cessait de lui échapper depuis le début de l'enquête.

Au numéro 17 de Burton Street, sur le côté est de la place, était née en 1926 la future Elizabeth II, que le professeur Alexander Carbiro voulait décapiter afin de déclencher une nouvelle révolution. Higgins choisit un banc à l'ombre, et commença un lent travail de décantation. À la manière des anciens alchimistes, il avait placé l'ensemble des éléments dans un athanor, le fourneau où, au terme de multiples opérations, apparaissait la matière première, indispensable à la réalisation du Grand Œuvre.

Cette matière première, en l'occurrence, serait le nom du tueur du vendredi 13.

L'urgence consistait à stopper le tourbillon de faux-semblants dont l'intensité avait égaré les enquêteurs. À maintes reprises, Higgins s'était aperçu qu'il passait à côté de l'essentiel, confiant même ce sentiment à Marlow, sans pouvoir en préciser les motifs.

En apparence, l'affaire était résolue ; un fou sanguinaire, atteint de la maladie du vendredi 13, avait abouti en prison et deviendrait un remarquable sujet d'étude aux yeux des psychiatres. Et les juges décideraient de sa durée d'internement, probablement brève.

Artémis von Hastings, menteuse patentée, était-elle sa complice ? Pas d'alibi pour les crimes des vendredis 13, la treizième carte du Tarot représentant la Mort soigneusement dissimulée chez elle, des attitudes bizarres, son amour de l'occultisme... Autant d'indices n'autorisant pas une conclusion limpide et indiscutable. Et le suspect proche de la reine du vintage n'était pas Carbiro, mais le lutteur de foire Loki Balder, pourtant innocenté par son témoignage, du moins pour l'assassinat de Victoria Thirteen.

Victoria Thirteen, au nom significatif[1] ! Victoria Thirteen qui s'était trop vite estompée, alors qu'elle aurait dû demeurer au cœur de l'enquête ! À présent, Higgins en était persuadé : le hasard n'avait joué aucun rôle dans son assassinat.

On avait sciemment décidé de la supprimer ; pourquoi en arriver à de telles extrémités, sinon parce que la victime détenait un secret d'une importance majeure ?

Les déclarations de Miss Pibody, bras droit de Victoria Thirteen, ne manquaient pas d'intérêt ; les qualités de sa patronne étaient la mobilité, la réactivité, la rapidité d'intervention et une discrétion absolue, elle qui s'occupait de « clients hyperfortunés qu'elle débusquait Dieu sait comment ». Victoria Thirteen n'organisait-elle pas des événements privés de dimension internationale en assurant aux participants une parfaite tranquillité, à l'abri des médias ?

La victime avait décroché un gros contrat, on avait jugé nécessaire de mettre un terme définitif à son entreprise. À moins que... Une idée folle traversa l'esprit de Higgins au moment où un chat noir en maraude sauta sur ses genoux, s'installa confortablement et ronronna.

Un impératif : ne pas troubler ce moment de bonheur, tout en continuant à explorer ses notes. Là, espérait Higgins, gisait un détail qui confirmerait son étonnante hypothèse.

Et une phrase l'intrigua : « Je regardais ma montre toutes les deux minutes. » Une phrase prononcée par Artémis von Hastings lorsqu'elle préparait un soufflé au fromage. Une phrase qui incita Higgins à tourner les pages de son carnet afin de retrouver un autre problème de montre.

Le détail ressurgit en pleine lumière.

Et, cette fois, tout s'éclaira.

---

1. Rappelons que *Thirteen* signifie treize.

– 44 –

Après avoir expliqué au chat noir qu'il était contraint de le déranger, Higgins s'était rendu à Scotland Yard où le superintendant pestait contre la paperasse.

– Je crains que cette enquête ne soit pas terminée et que le tueur du vendredi 13 s'apprête à commettre un nouveau crime sous l'apparence de Black Cat, le chat noir auteur de l'assassinat de Victoria Thirteen.

Marlow se cala dans son fauteuil ; en dépit du caractère extravagant de ses propos, Higgins ne s'exprimait pas à la légère.

– Que... que proposez-vous ?

– Afin de vérifier le bien-fondé de ma théorie, allons immédiatement chez Kaya Stick.

– L'esthéticienne ?

– Elle-même... Si je puis dire.

*

* *

Sentant ses occupants soucieux et pressés, la vieille Bentley n'avait pas musardé. Higgins et Marlow pénétrèrent à vive allure dans l'immeuble de Chelsea qui abritait l'institut de beauté Kaya Stick, mais trouvèrent porte close.

Le superintendant sonna à la porte voisine, une septuagénaire alerte apparut.

– Scotland Yard, annonça Higgins ; acceptez-vous de nous aider ?

– Pourquoi refuserais-je ?

– Quand avez-vous vu l'esthéticienne pour la dernière fois ?

– Quand vous êtes venus ici ; je vous reconnais, je vous ai observés par mon œilleton.

– Ne reçoit-elle pas une nombreuse clientèle ?

– Elle ne reçoit personne, et je ne l'ai aperçue que trois ou quatre fois. Au moins, je ne suis pas importunée !

– Ne vous inquiétez pas, nous sommes obligés d'entrer et d'examiner les lieux.

– Serait-ce une criminelle ?

– N'ayez aucune crainte, recommanda Higgins ; en ce cas, elle ne réapparaîtra plus.

Rassurée, la septuagénaire referma sa porte tandis que l'ex-inspecteur-chef ouvrait celle de Kaya Stick à l'aide de l'outil que lui avait offert le roi des cambrioleurs, avant de jouir de sa retraite.

Canapés, fauteuils, tapis, vieux meubles de campagne, plantes vertes, armoire Tudor contenant des produits de beauté... L'endroit n'avait pas changé. Higgins explora le cabinet de toilette et trouva ce qu'il cherchait : une perruque composée de cheveux noirs et des lentilles de couleur noisette.

– Qu'est-ce que ça signifie ? demanda Marlow.

– Que Kaya Stick n'existe pas. Souvenez-vous superintendant : Frigga Gorman a consulté sa montre, un superbe objet serti de diamants. Et Kaya Stick a commis une erreur, une petite erreur. Voulant s'appuyer sur l'heure d'un rendez-vous fictif, afin de nous congédier, elle s'est exclamée : « Ah, je me suis trompée, j'ai mis mon bracelet ! » Trompée ? Pas vraiment. Frigga Gorman et Kaya Stick portaient la même montre, un modèle suisse célèbre, la *Reverso* ; d'un côté, un cadran ; de l'autre, un rectangle doré. Et le même sertissage de diamants. Kaya Stick, autrement dit Frigga Gorman déguisée, avait oublié de replacer sa *Reverso* en position « montre ».

– Alors...

– Alors, Frigga Gorman n'a aucun alibi pour l'assassinat de Victoria Thirteen. Plus encore, elle a conçu ce trompe-l'œil destiné à s'innocenter et à nous égarer, tant il lui fallait occulter son projet criminel.

– Quel projet, Higgins ?

– À Frigga Gorman de nous le dévoiler.

– Fonçons chez elle !

*

* *

Marlow sonna et frappa à la porte de *F. Gorman, Dreams*, sans succès. Alerté par ce vacarme, le voisin se manifesta.

– Vous êtes qui ?

– Scotland Yard, répondit Marlow.

– Ah... Vous souhaitez voir la voyante ?

– Exactement.

– Trop tard : elle est partie hier avec une valise. Elle était si pressée qu'elle m'a bousculé dans l'escalier. Les rêves, les rêves... Ils se transforment parfois en cauchemars !

Higgins ouvrit la porte du domaine de Frigga Gorman, et les deux policiers fouillèrent les lieux à la recherche du moindre indice qui leur permettrait de connaître la destination de la voyante.

Échec total.

L'ex-inspecteur-chef s'assit dans le fauteuil de la fugitive.

– La situation est claire : Victoria Thirteen était chargée

d'organiser un événement secret réunissant d'importantes personnalités, probablement au nombre de treize. Frigga Gorman l'a supprimée pour prendre sa place et continuer sa croisade meurtrière. Après les trafiquants de drogue et les proxénètes, à quelle catégorie haïssable compte-t-elle s'attaquer ?

– Je verrais bien des financiers, avança Marlow ; mais... Elle ne peut pas agir seule !

– En effet, et nous avons identifié son principal complice : Loki Balder, un homme d'une rare violence. Ils se sont partagé les douze premiers crimes.

Le superintendant ne cacha pas son anxiété.

– Ces deux-là sont en fuite, et nous ignorons leur cible du vendredi 13 juillet ! Je lance immédiatement un avis de recherche sur tout le territoire, avec un maximum de moyens.

Higgins ne croyait guère à l'efficacité de cette démarche ; il existait peut-être un meilleur moyen de retrouver la piste des deux criminels.

– On a tenté de nous faire admettre la culpabilité d'Artémis von Hastings et surtout celle du professeur Carbiro, rappela-t-il. C'est Frigga Gorman, habillée en cartomancienne, qui l'a abordé pour le persuader que des démons l'envoûtaient ; et c'est Loki Balder qui lui a présenté un faux journal, fabriqué par ses soins, pour lui donner l'adresse d'un exorciste, le père John Charmey.

– Lui, leur complice ?

– Interpellons-le et dressons son pedigree complet.

– 45 –

À l'instant où, en cette soirée du jeudi 12 juillet, le jeune Holmes apportait un épais dossier relatif au père John Charmey qu'avait fourni l'informatique du Yard, Higgins, relisant une nouvelle fois ses notes, prit conscience d'un détail. Le vendredi 13 janvier, la voiture des trafiquants de drogue avait explosé sur une route du Kent ; et le vendredi 13 avril, les proxénètes avaient été étranglés dans la banlieue de Maidstone... une ville du Kent !

Il feuilleta aussitôt les documents relatant la carrière du père Charmey et découvrit qu'il avait reçu en héritage une propriété au lieu-dit les Treize chênes... dans le Kent ! De temps à autre, il la louait à des organisateurs de séminaires.

Alors que Marlow se renseignait sur cette bâtisse, deux policiers amenèrent l'exorciste, vêtu d'une robe de bure ; un lourd chapelet lui servait de ceinture.

– Que signifie, messieurs ? s'étonna-t-il.

– Pourquoi êtes-vous devenu le complice de Frigga Gorman et de Loki Balder ? demanda Higgins.

Les yeux marron du religieux se rétrécirent.

– Voilà une affirmation osée, et...

– Nous savons presque tout ; et un prêtre ne peut commettre le péché de mensonge. Que préparent vos amis ?

– Ils sont le bras armé de Dieu.

– Ils vont encore tuer, mon père !

– Les descendants des monstres qui ont anéanti l'ordre

du Temple doivent être châtiés. Ce sera ma dernière déclaration ; à présent, je me consacre à la prière. Dieu reconnaîtra les siens.

« Inutile d'entamer un interrogatoire, pensa Higgins ; Frigga Gorman a décelé les failles de ce défenseur des Templiers en lui promettant d'accomplir le désir de vengeance qui le hante. »

Pendant qu'on conduisait le père Charmey en cellule, Marlow utilisait ses talents informatiques.

– Je l'ai ! annonça-t-il : l'ancienne ferme des Treize chênes, à proximité d'Ashford, dans le Kent. Date du XVIe siècle, entièrement rénovée il y a dix ans, propriété de John Charmey, treize chambres dotées de tout le confort, calme absolu.

– Qui accueille-t-elle demain, vendredi 13 ?

– J'appelle le gestionnaire.

Aucune réponse.

– Essayez de joindre la police locale, suggéra Higgins.

Après plusieurs tentatives infructueuses, Marlow obtint enfin un responsable qui lui procura des renseignements précis.

– Le bâtiment a été loué pour deux jours par Victoria Thirteen, apprit-il à Higgins ; il accueille un séminaire rassemblant des éminences grises de la finance mondiale. Pas les potiches qu'on voit à la télévision, mais les décideurs de l'ombre. Discrétion oblige, le service d'ordre est réduit au minimum, et ne servira qu'à dissuader d'éventuels curieux.

– Pas de temps à perdre, jugea Higgins.

*

* *

En cas d'extrême urgence, Marlow se montrait d'une parfaite efficacité. Deux hélicoptères transportèrent le superintendant, l'ex-inspecteur-chef et un commando des forces spéciales pour les déposer à une demi-heure de route de la ferme des Treize chênes ; là les attendaient une trentaine de policiers lourdement armés. Étant donné la dangerosité de l'adversaire, mieux valait ne pas lésiner sur les moyens.

La nuit était douce, un manteau d'étoiles ornait le ciel ; une dizaine de véhicules transportèrent l'ensemble des hommes désireux d'éviter une tragédie. La voiture de tête avertit ses suivantes que la route aboutissant aux Treize chênes était barrée ; un panneau proclamait : « Travaux – Circulation interdite ».

Deux policiers vérifièrent l'état du terrain : un engin de terrassement obstruait la chaussée, une cabane de chantier était éclairée.

À leur approche, sa porte s'ouvrit brusquement, et un homme de grande taille les menaça d'un fusil de chasse.

Tandis que les policiers reculaient, mains en l'air, leurs collègues se faufilèrent derrière la cabane, percutèrent l'agresseur et le plaquèrent au sol.

C'est un personnage vociférant qu'ils présentèrent à Marlow et Higgins.

– Monsieur Macadam, quelle surprise ! Vous aussi avez été envoûté par Frigga Gorman ?

– Je ne vous permets pas de l'insulter ! C'est une femme merveilleuse, une vraie voyante, une...

– Seriez-vous amoureux ?

– Et alors, inspecteur ? Ça vous choque ?

– Ce qui me choque, c'est votre participation à une entreprise criminelle.

– Criminelle ? Vous divaguez !

– Que vous a demandé Frigga Gorman ?

– Rien de sorcier ! Remettre en état la route conduisant à une vieille bâtisse et en bloquer l'accès.

– Et vous passez la nuit dans une cabane de chantier ?

– Frigga m'a prié de surveiller cet endroit jusqu'à demain soir.

– Pourquoi ?

– À cause des démons du vendredi 13 ! Ils auraient rongé la chaussée et ruiné mon travail. Samedi, je partirai avec Frigga et nous nous offrirons un tour du monde.

Marlow ordonna à ses hommes d'emmener Adam Macadam ; la belle Frigga avait fait une victime supplémentaire.

*

* *

Les membres des forces spéciales investirent la ferme des Treize chênes ; à l'intérieur d'une grange, ils trouvèrent les cinq policiers préposés à la sécurité du séminaire. Libérés, ils expliquèrent qu'ils avaient été la proie d'une sorte de lutteur de foire, armé de deux revolvers, qui menaçait de les abattre s'ils tentaient de résister.

Dans cinq minutes, il serait minuit ; et l'assassin du vendredi 13, Higgins en était persuadé, agirait.

Les treize participants à ce séminaire secret étaient réunis au salon ; deux Chinois, deux Indiens, un Brésilien, un Japonais, deux émirs, un Allemand, deux Américains, un Britannique et un banquier originaire de Singapour. Au terme d'un excellent dîner, ils appréciaient un authentique cognac hors d'âge que leur servait Loki Balder, vêtu d'une veste de smoking blanche et d'un pantalon noir. Une bosse suspecte traduisait la présence d'une arme.

Marlow chargea les spécialistes de l'intercepter avant qu'il n'entame un carnage. Higgins, lui, consultait le plan de la vaste demeure pour repérer le vestiaire. Et Marlow le vit se hâter en direction d'une aile de la bâtisse située à l'opposé du salon.

L'ex-inspecteur-chef poussa doucement la porte en chêne clair et découvrit le tueur du vendredi 13, un chat noir à la taille fine et debout sur ses deux pattes. Il était minuit pile.

– Bonsoir, mademoiselle Gorman ; « Le vendredi 13, disiez-vous, c'est la porte de l'enfer ; les démons s'engouffrent dans cette brèche et déclenchent mille malheurs. » Vous avez assassiné Victoria Thirteen afin de prendre sa place et de couronner votre croisade meurtrière menée en compagnie de Loki Balder. Vous avez manipulé Adam Macadam et le père John Charmey, tracé une superbe fausse piste et désigné deux faux coupables, Artémis von Hastings, et le professeur Carbiro, au cerveau fragile. Trafiquants de drogue, proxénètes, financiers... Contre qui aviez-vous prévu d'envoyer les démons de l'enfer, le prochain vendredi 13 ?

– Contre Scotland Yard, révéla Frigga Gorman, qui brandit un revolver et tira.

– Épilogue –

En dépit de son léger surpoids, Marlow savait se montrer rapide ; bon tireur, et redoutant l'une de ces maneuvres dangereuses dont Higgins se rendait coupable, il l'avait suivi de manière à intervenir en cas de péril. Sage précaution : la balle de Marlow avait touché Frigga Gorman à l'épaule droite, un millième de seconde avant le tir du chat noir. Son projectile avait frôlé la tête de l'ex-inspecteur-chef.

Quant à Loki Balder, il avait été désarmé au terme d'une féroce bagarre avec trois membres des forces spéciales, habitués à maîtriser les forcenés. Les treize financiers en avaient été quittes pour une belle peur bleue, vite effacée par une tournée d'alcools forts. Et les discussions sur l'avenir de la planète reprirent leur cours.

Mary ne répondant à aucun appel, Higgins, très inquiet, avait demandé à Marlow de le raccompagner chez lui, à la vive satisfaction de la vieille Bentley, heureuse d'emprunter en souplesse les routes de campagne.

Le grand portail était ouvert, plusieurs véhicules stationnaient au pied des chênes centenaires. Marlow se gara, le chien Geb vint accueillir les arrivants, se dressa et posa ses pattes légèrement boueuses sur les épaules de son maître.

Mary apparut au sommet du perron.

– Tiens, vous voilà ! Vous auriez pu prévenir.

– Nous avons vainement essayé.

– J'étais en cuisine. J'ai invité quelques amies à dîner, nous fêtons le troisième vendredi 13 de l'année.

– Des amies... s'étonna Higgins.

– Les meilleures voyantes, extra-lucides et cartomanciennes de la région ; il n'est pas inutile de connaître l'avenir.

De la vieille demeure émanaient de suaves odeurs de rôtis et de gâteaux au chocolat.

– Bon, décida Mary ; installez-vous. Pour une fois, vous allez rencontrer des personnes intéressantes.

Geb prit la tête, et les deux policiers découvrirent une assemblée de dames coquettes, ravies de rencontrer les gloires de Scotland Yard.

Soudain, Mary s'interposa.

– Ça ne va pas, pas du tout ! Avec vous deux, nous serions treize à table !

Les convives se figèrent.

– Je me retire, annonça Higgins, avec dignité.

Chacun salua son courage, mais il fallait bien un sacrifié.

Surgissant du salon oriental, Trafalgar le siamois bondit sur une chaise vide et s'assit avec majesté.

– Puisqu'il est le quatorzième, vous pouvez rester.

Les hôtes de Mary approuvèrent.

« Voilà la preuve, pensa Higgins, que tous les chats ne sont pas diaboliques. »

Achevé d'imprimer
à Noyelles sous Lens
pour le compte de France Loisirs,
123, bd de Grenelle
75015 PARIS

Imprimé en France
Dépôt légal : septembre 2016
N° d'édition : 87435